U0926194

不曾相爱的爱情

尹高洁散文集

尹高洁 著

北方联合出版传媒（集团）股份有限公司
万卷出版公司 VOLUMES PUBLISHING COMPANY

图书在版编目（CIP）数据

不曾相爱的爱情：尹高洁散文集／尹高洁著. --
沈阳：万卷出版公司，2018.8
ISBN 978-7-5470-4906-8

Ⅰ.①不… Ⅱ.①尹… Ⅲ.①散文集-中国-当代
Ⅳ.①I267

中国版本图书馆 CIP 数据核字（2018）第 090307 号

出 品 人：刘一秀
出版发行：北方联合出版传媒（集团）股份有限公司
万卷出版公司
（地址：沈阳市和平区十一纬路 25 号　邮编：110003）
印 刷 者：北京长宁印刷有限公司
经 销 者：全国新华书店
幅面尺寸：145mm×210mm
字　　数：266 千字
印　　张：10.625
出版时间：2018 年 8 月第 1 版
印刷时间：2018 年 8 月第 1 次印刷
责任编辑：李坪
封面设计：東方朝阳
版式设计：東方朝阳
责任校对：张希茹
ISBN 978-7-5470-4906-8
定　　价：48.00 元

联系电话：024-23284090
邮购热线：024-23284050
传　　真：024-23284521

常年法律顾问：李　福　　举报电话：024-23284090
如有印装质量问题，请与印刷厂联系。联系电话：010-56249152

自 序

这本散文集汇集了我1998年—2013年这15年的大部分散文。

为什么把这本散文集取名为“不曾相爱的爱情”呢？因为在本书中出现的所有我喜欢过、爱过的女孩子，都没有喜欢过我、爱过我。我整个青春岁月里的数段所谓的“爱情”，从始至终，都只有我一个人沉浸其中。我从来没有享受过真正的“两情相悦”的爱情。对于一个崇尚爱情的人来说，这是一个巨大的悲哀。

所以，你可以从书中感受到浓浓的悲凉和伤感，感受到我那些曾经无穷无尽的孤独和绝望。

直到2013年8月，我遇到了一个女孩，这个女孩后来成为了我的妻子。我的妻子拯救了我孤独的生命。她让我彻底告别了那个曾经总是带着伤感情绪的男孩，蜕变成一个自信的男人。

自从2013年10月24日写完《那座校园的传说》，我就再也没有写过散文。我感觉就像告别了诗歌一样，我告别了散文。我感觉我已写不出那些曾经深入骨髓的孤独绝望的散文了。于是，我毅然罢笔。

曾经的那15年，在我整理这本散文集的时候，又一幕幕在我脑海中重现。回忆到深处，仍然让我止不住地热泪盈眶。

我是真的用心在经营我的生命，不辜负我的生命。

这本散文集分为六辑。

第一辑，“从我的生命里走过”。这一辑主要写了在我青春岁月中出现的一些重要的女孩，她们曾经是我喜欢过、爱过的女孩，包含了我的爱情和友情。为了避讳，我把所有女孩的真实姓名，用了字母来代替。在我的青春岁月里，我刻骨铭心地爱过3个女孩：一个是我整个中学时代的女神，一个是我童年时代的玩伴，一个是我大学时代的梦幻。事实上，关于这3个女孩的故事，我在长篇小说《一座校园的传说》里有过描述。而在这一辑里，对于她们3个女孩，我有着更加真实和深切的表达。很多东西，是连她们都不晓得的，我第一次公布出来。公开发表这些散文，是要有着很大的勇气的。

还有一些女孩，我曾经喜欢过，但仅止于喜欢，有的甚至连话都没讲过。

还有一些女孩，是我中学时的同学，也是我那时最好的女性朋友。我对她们就是那种单纯的友情，我们之间有着特别纯真美好的回忆。

很喜欢郭敬明在小说《夏至未至》里写过的一句话："那些男孩，教会我成长；那些女孩，教会我爱。"

很多很多年过去，不管曾经发生过什么，我都深深地祝福她们。感谢她们从我生命中走过，让我的生命变得丰富多彩，让我的回忆变得摇曳多姿。

第二辑，"少年时代的爱情"。这是我大学一年级的时候，专门为一个曾经深深爱恋的女孩写的情感系列文章。写这个系列，是受到余杰的随笔集《说，还是不说》里的情感系列文章《俩人行》的启发。

余杰是那个年代几乎所有大学生的精神偶像，他的随笔令人震惊，他的情感散文又让人怆然。多年过去，我仍然记得他描写他与小雅的初恋故事。我觉得，余杰的初恋故事，跟我有诸多相似之处。余杰写了《俩人行》，我借鉴那种写作方式，也写了这13篇系列文章。我至今还记得《俩人行》最后一句："俩人一起走的路到了尽头，想哭是理所当然的。"

我想起我整个中学时代与那个女孩的点点滴滴，仍然暗自神伤。

第三辑，“爱情今生与我无缘”。这句话出自上海男人余纯顺，那个对爱情和婚姻充满绝望，那个独自行走在茫茫沙漠，最后仰天倒在大漠中的壮士。很多很多年，我都特别特别喜欢这句话，我感觉这句话充满了无尽的悲壮、无穷的悲凉和无限的悲哀。

这一辑中所有的文章，都写于大学时代。我整个的大学四年，都是一个人孤孤单单走过来的。经常一个人走在来去的路上，看到校园里一对对恋人亲密的神情，我对爱情的渴望与绝望总是像老鼠爪一样，时时挠着我的心，让我受尽了折磨。是胆怯、自卑、懦弱和一些可笑的爱情哲学害了我，让我没能在大学拥有一份可持续的、两情相悦的恋情。

我经常在想：如果时光可以倒流，我会选择回到大学校园，奋不顾身地开启一段美好的恋情，而不是总是不断地纠结、纠结、纠结，最后落得个背影凄凉、满目疮痍的结局。

第四辑，“大学读书笔记”。这一辑中大部分文章，其实都是由我的日记整理而成。

我有写日记的习惯。我从 1994 年 11 月 13 日开始写日记（那时是读高中一年级），一直坚持到现在，几乎每天都要写。写日记已经成为一种习惯，甚至内化为一种生命的存在形式。

大学二年级的时候，我就立志以后要考中文研究生，因此便通过日记，把读书心得写下来，目的就是练笔，为正式的研究生专业课考试做文笔上的准备。后来考研失败了。现在回过头去看那时的读书笔记，大多数篇章还是有自己独到的观点的。

这一辑，年轻气盛，激扬文字。

第五辑，“我曾这样爱过”。这是我 2011 年写给一个心仪的女孩子的情书。

大学时代，我爱慕过几个女孩，但大多因为自卑、胆怯，而不敢有什么具体的行动。为此留下了很多很多的遗憾。

大学毕业后来到深圳，因为工作的不如意，自卑加深，更加不敢去追求女孩子。

2011年，那时我因为在网上创业，经济条件比较好，底气比以前足了许多。美丽的M. Y的出现，激发了我30多年压抑的所有情感。我大胆地释放了自己，疯狂地追求她。那是我生命当中最强烈的一次情感释放。我就像徐志摩追求林徽因一样，明知无望，但是爱情的力量让我一封接一封地写情书给她。

可是，即使我做了我该做的一切，我仍然没有得到她。因为，她不爱我。

她也承认，我对她很好，但是她偏偏无法爱上我。

这真的是一件无可奈何的事。

什么精诚所至、金石为开，什么水滴石穿、海枯石烂，统统都不管用。喜欢就是喜欢，不喜欢就是不喜欢。

正如金庸小说《白马啸西风》里结尾的那段话："那都是很好很好的，但是我偏偏不喜欢。"

第六辑，"安静的忧伤"。我大学毕业很长一段时间里，工作都非常不如意。我换过18份工作。频繁的跳槽，让我生活上穷困潦倒。一个同在深圳的老同学，曾经跟我说过一句话："如果你连送女孩子一束玫瑰花的钱都出不起，你凭什么谈恋爱?"

这句话极其现实，它让我深切地认识到我的落魄的现状。因此，我根本不敢去追求任何女孩子。但是，独自在深圳打拼，内心又极其寂寞，极其渴望像其他人一样，有一个可以相互依偎的女朋友。

窘迫的现实让我的情绪更加地忧伤，于是，写出来的文章自然而然地就带着浓浓的伤感。我想起在那几年出现在我生命当中的几个女孩，想起我无奈的放弃，想起我苦苦的煎熬，内心便如针扎一般的疼痛。

或许会有很多人认为这一辑里的散文太过阴晦，太过灰暗，太过伤感。但是，它们是我曾经最真实的内心的写照，我毫不讳言我内心里灰色的一面。并且，我极其珍爱我的这些文章，我个人甚至认为，这些阴郁风格的文章，是我文学才华最巅峰的表现。

毫无疑问，这本散文集是对曾经那15年的时光最好的总结。

所有从我生命里走过的人，从此见或不见，我都深深地感激你们，并祝福你们。而对于未来将进入我的生命里的人，我对你们的到来，表示我热烈的期待。

我将用我自己的方式，度过这一生。

2017年11月24日，写于深圳

尹高洁

目录

1 第一辑　从我的生命里走过

弹箜篌的女子

碧空万里，冷月无声。在一个冬季的月夜里，你穿着白色毛衣，披一头长发，独自行走在这幽谧的旷野间。月下的旷野，便似笼了仙娥的轻纱，万物影影绰绰。间或有乡村的犬吠传来。你抬望那轮冷月，久久地，久久地，浩渺中油然感到一种旷世恒有的美。你庆幸只有你一个人欣赏这美，因为有了第二个人在身边，便是对这美的亵渎。

月儿就那么冷冷地悬在那里，寂静、冷傲，叫人想起雪地里绽开的一朵白梅。哦，你不正像那轮月儿吗？孤标傲世，但又绝不封锁自己，尽情地向世界无所顾忌地展示你的真与美、爱与伤：

可是为什么啊
上苍要给我这样一段
美丽的尘缘
在明日，明日的你啊
会不会想起我今宵
美丽凄绝的
容
颜

——《远驶的列车》

谁也无法否认你诗意的美，你独特的精神气质总吸引着你身边的每一个人。无论站在冷冷的风中，还是平静的阳光下，诗歌的气息总聚拢在以你为中心的空间。既然上苍赋予了你诗一般清纯的美，你自然不必羞答答地掩盖它。明月总是不吝将她绝代的光华飘洒人世的。

你像阳光一般开朗，可是谁又看得出你内心月儿一般的忧伤呢？你曾对我说：“能写诗的人总是易多愁善感，我一直都在努力摆脱那种易受伤的可怜兮兮。我不知你怎样，我是会凭空添加忧闷的……”其实你纵不对我说，我从你的诗中也知道了：

不敢抬头仰望你的双眸
生怕找到受伤的痕迹
你的声音在耳边响起
如一把古琴
在我肺腑上拉过

——《断章》

不知为什么，你的多愁善感，总让我想起林黛玉来。林黛玉在一个风雨潇潇的秋夜，写下“不知风雨几时休，已教泪洒窗纱湿”的迷离伤惘的诗句；而在另一个《寒夜》里，你写道：

伫立灯下
收揽一怀寂寞 静静地
听凭惆怅浸漫周身
我只能画你的名字
一遍又一遍
而那些无法感触的岁月
在四周猎猎作响
只因往昔
已被串成一个长长的句型
让我说又不敢说
忘又不能忘

你的诗歌凄清、迷惘、忧郁、感伤，总让人心绪产生悠悠的鸣响。不可否认，你是受了席慕蓉与舒婷两位女诗人的影响。你总感动

于《一棵开花的树》和《惠安女子》《会唱歌的鸢尾花》。我一直以为，你便是那个“有琥珀色眼睛”的“惠安女子”的化身：

天生不爱倾诉苦难
并非苦难已永远绝迹
当洞箫和琵琶在晚照中
唤醒普遍的忧伤
你把头巾一角轻轻咬在嘴里

你说，读她们的这些诗，你感动得直想流泪。难怪呢，你自己的诗作里，总有几滴很清很清的“泪”，在晶晶地闪着。而这“泪”，并非矫揉造作的呀，它们流自于灵的纯秀、魂的真美，如黎明里狭长青草上的点点露珠，自然清丽。

在你的作品中，让所有读过你的诗歌的朋友最感动的，应该是那首《泅渡》了吧：

也许我该承认你
就是我在佛前求了五百年
才得来的一段尘缘
你的轻语如身边
徐徐摇起的清风
一遍遍拂过我青春的海岸线
徜徉于湛蓝的梦里
我愿意为你摒弃
尘世间所有的诱惑
我愿意用所有的细心营造一座沙垒
然后为你作永久的守候
我也愿意泅渡过海
为着对岸你温暖的目光
我愿意泅渡
因为我知道你才是我
那段求了五百年才得来的尘缘

对这首诗，我不想多说什么。我只记得你曾说过的一段话，这也许可以作为这首诗的最好的注脚：“很久很久的一段时间以来，我都渴盼着做一个流浪歌手的情人，做追风少年的伴侣。我知道，这是一个荒诞不经的梦。但因为这个梦，我将蓝色奉为最爱……我所有美丽的浪漫梦想都化作诗，只为这个美丽的少女时代的梦……”

不知这样是不是理解了你：为了心中的那份至高无上的美，即便那只是一个荒诞不经的梦，也要为之追求不息；纵然这个美丽的梦被现实击得支离破碎，然而你在受伤躺下的当儿仍会微笑着说不悔，因为你已追求过了。追求一份缥缈的美，在现实生活中也许会被嘲笑，然而将其上升到精神与艺术的高度，这种追求又委实是一种可歌可泣的蓝色精神。

作为诗友，我当然只有默默地祝福……

你静静立于冬季的旷野中，独自欣赏那轮月儿。一阵冷风吹过，寒气袭骨。天气寒了，是不是要下雪了？可你说你并不喜欢雪，你认为它太假了。可为什么你又说“雪的洒落虽包含结束晶亮的一生但毕竟是生命成长的一个过程”？这矛盾又如何解释呢？这是你思想的一种变迁，抑或是你在竭力掩饰一种情感？

月儿仍是那么冷冷地悬在那里，寂静，冷傲。便是这同一轮月，照耀千古，漫过唐诗宋词元曲，浸进每一个诗意朦胧的魂灵。蓦然，一缕细细的箜篌之声，若水波一般荡来，绵绵不绝。只闻这箜篌之声，好似朝露暗润花瓣，有若晓风低拂柳梢，柔肠千缕，温存万种，竟有似曾相识之感。这是从哪里传来的呢？又是谁弹的呢？

你细聆之中，忽然想起了古代那位善弹箜篌的白衣女子。啊，这曲子，可不正是她弹的吗？你心中一阵莫名地激动，再看那轮冷月——

这凄冷的月儿
照过洞庭照过西湖
照过千年前那个
弹箜篌的女子
今夕

又洒在我飘起的秀发上

——《山月》

也许，很久以来，你就幻想着自己便是古代那位弹箜篌的女子，将满腔的真情倾付明月与清风。因而你为一首《古相思曲》所深深感动：

在那样古老的岁月里
也曾有过同样的故事
那弹箜篌的女子也是十八岁吗
还是说今夜的我
就是那个女子

哦，女孩，在你的心声与那位弹箜篌的女子交流时，你不知道，我们都已唤你作“弹箜篌的女子”了。

1998 年 1 月 21 日

飞翔的歌声我的梦

总是一个人走在来去的路上，
仿佛所有的日子都在堆积忧伤。
这一程山水还有多远多长，
什么时候才可以不再流浪……

独自走在上学的路上，总喜欢唱这首仿佛特意为我作的歌。尤其在黄昏，每当唱起它时，心中便油然升起一抹淡淡的伤感。然而，愈是这样，却愈是喜欢唱，仿佛是一生离不开的情人。

这是一个美丽的黄昏。遥远的地平线上，夕阳只露出了它的淡淡的一角，满天的红光在轻轻飘荡，好似姑娘头上的红绸巾荡在风中一般。在这样的情境里，我的歌声依然如故地响起，似田舍上弥散的轻烟，给黄昏赋予了另一种妙不可言的内在的美丽。

蓦然，前方不远处的一幢小楼的阳台上，一道白影投进了我的眼睛。我心一动，快步走近那幢小楼，稍稍抬起了头，只见一位衣袂飘飘的白衣少女，正立于堆了花盆的阳台上，静静面对着夕阳沉落的方向。那少女秀丽雅致，清淡如菊，脸如美玉生晕，唇若蓓蕾初萌；更那目似秋水，滢然有光，那般澄澈，恰似一潭清明到极处的山泉，仿佛透过它，便可窥见她内心的世界。她静静地望着远方，做沉思状，目光中渗出一股很淡很清的忧伤来，把我全部的身心都融化在内。

南宋真人丘处机曾填《无俗念》一首，其词云：

春游浩荡，是年年、寒食梨花时节。
白锦无纹香烂漫，玉树琼葩堆雪。

静夜沉沉，浮光霭霭，冷浸溶溶月。
人间天上，烂银霞照通彻。

浑似姑射真人，天姿灵秀，意气舒高洁。
万化参差谁信道，不与群芳同列。
浩气清英，仙材卓荦，下土难分别。
瑶台归去，洞天方看清绝。

此词用于眼前这位白衣少女，不正合适吗？看她临风而立，衣袂飘袅，真个风拂玉树，雪裹琼苞，宛若仙娥凭立瑶台，凝眉思索。

忽然听得那少女轻轻叹息了一声。那一声叹息，竟好似一瓣花朵轻轻落在泥土上，轻柔无限；好似蕴含着无限的愁思与惆怅，就像碧天里飘着点点絮云，声音虽小，却也叫我心感神伤。

我痴痴地望着那少女秀美的面庞，心想：你可有什么烦恼的心事，能告诉我，让我为你分担忧愁吗？纵便不能解去你的忧愁，也叫我做你一个忠实的听众啊。我真想走过去，把我的这些想法告诉她，却忍着羞怯，不敢移动半步。一会儿又自我辩解：便任她凭于这细细的风中，郁郁的花间，静静思考只属于她自己的事，又何必去打搅她。须知女孩子纯洁的遐思本就是一种静默而神圣的艺术，是容不得半点亵渎的。我若这么上去一搅和，不但亵渎了她，而且破坏了此时此刻这宁谧的氛围。

可是，她到底在想什么呢？是追忆往昔？是斟酌岁月？是过滤情感？是细味青春？是思索生命？……哦，女孩子细密的心思，本就是一首绝妙的朦胧诗，岂是我能揣摩出来的？

忽然，那少女右手轻轻一抬，缓缓转过身去，竟径自走入屋里去了，只留了一个空空的阳台在那里。我心下一惊，差点叫出声来，心下好生悔恨，未能与她说上两句话儿。如若她这一进去而不再出来，可不令人扼腕遗憾吗？我只有焦急地站在原处，盼着她再出来。

天幸过不多久，那少女果然又出来了，只是手里多了一本书。我心下一阵欣喜，又凑近几步，见那书的封面好生眼熟。再仔细一看，原来是一本诗集《黎明中的铜镜》。

那少女伏在阳台栏杆上，将手里的那本书翻了起来。翻不多久，竟停在某页细细看起来。我心下更加欢喜了。那本书我也有一本的，它荟萃了八十年代朦胧诗派优秀诗人的代表作，我经常爱不释手。难道她也跟我一样，喜欢读诗吗?

我身边所认识的女孩子多半有两种嗜好：一是爱诗，一是爱梦。诗与梦在女孩子身上有着美妙的融合。女孩子诗中有梦，梦中有诗；诗点缀着梦的意境，梦升华着诗的形象。而此时，这位看诗书的女孩子，不正是一首清纯的诗吗？可是，她是一个美丽的梦吗？……

我正瞧着少女胡乱遐思，她忽然抬起了头。或许见了我这副呆呆的模样吧，竟冲我友好地笑了笑。我竟一下子慌了神，还报了一个不自然的笑，满面通红地急急向学校走去，却时不时地回头恋恋地看……

次日，又是一个黄昏。我走在去学校晚自习的路上，仔细回味着昨天那个充满无限魅力的微笑，心中默默祷祝，让我能再次见到那个少女。

可是，当我走到小楼旁，等了很久，也不见她出来。

我心中升起一种沉沉的失落感。我不知道她是谁……我不知道以后还能不能再见到她……我悔恨我昨天为什么不鼓足勇气走上去跟她说话……

此后，我再也没有看到过那位白衣少女。每到黄昏，我总习惯地走到那幢小楼旁，仰头翘首，守候良久，渴望再见她一面。然而，无数个夕阳西下，黄昏悄逝，她就像梦一样，在我的世界，消失得无影无踪。

1995 年 12 月 3 日初稿
1996 年 7 月 14 日小改
1998 年 8 月 2 日大改

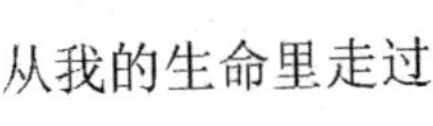

烛　光

灯光默默释放着宁静与平和。

一道题已把晓兰难住很久了。她微蹙眉头，手中的笔不断旋转着。差不多半个小时了，这该死的题竟还没得个头绪。晓兰左手拇指搭住中指，轻轻弹了弹太阳穴。抬起头来，窗外夜色如蝉翼般薄明。

突然，停电了，教室里的黑色立时与窗外的夜色融为一体。晓兰长长吐了口气。

教室里立即喧闹起来，同学们纷纷出去买蜡烛。不一时，烛光四起，伴随着阵阵话语与笑声。

晓兰从课桌里拿出一截蜡烛来。这截蜡烛只有寸来长，因为极少停电，已搁置很久了。

点燃蜡烛，烛光渐渐明亮，将晓兰圆月般的面庞映得明艳娇丽。

晓兰索性放下了笔，不再去想那道该死的题。她双手叠在课桌上，下颌搁在手背上，默默凝视着眼前那闪闪的烛光。

烛光跳跃着，闪耀着，那么微弱，又那么明亮，像一个小幽灵，吐着红色、蓝色的光芒。烛光轻轻荡漾着，流动着，好像在荡漾一种柔情与温存。

晓兰诚然被眼前这点美丽的烛光吸引住了。她凝视着它，目光也被染上了红色、蓝色，随着那点烛光一动一静，一静一动。

晓兰好希望就这么静静地看着它，直至看完这一段美丽而悲壮的生命过程。

周围不知什么时候已归于安静。同学们都在静静写作业了。

晓兰还在默默凝视着眼前的烛光，她实在不愿辜负这难得的宁静而美丽的时刻。

突然想起了一句诗："梦回云深处，白兰独自开。"诗句很美，晓兰很喜欢。晓兰就喜欢独自做一些与常人不同的事。

蜡烛燃了还不到一厘米，突然电灯又亮了。

唉，美丽的时刻，为什么总是那么短暂？

教室里又喧闹了起来，烛光纷纷熄灭。

晓兰叹了口气，嘴凑近那点摇晃的烛光，轻轻呼出一口气，烛光立时灭了。

轻烟一缕，缓缓散去。

晓兰又陷入了那道尚未解出的题的思索之中。

晓兰盼着，明晚这时候，最好再停一次电。

1998 年 12 月

孤雁

耳机里传来深情款款的配乐诗朗诵。这首席慕蓉的《一棵开花的树》，曾经感动过意皓无数次。这次重又听起，意皓仍是痴痴不已。

意皓太喜欢席慕蓉的诗了，爱她的凄清、忧郁、迷惘、感伤。她把席慕蓉所有的诗歌都抄录了下来，几年来，已有几个大大的本子。爱诗的朋友翻阅那些手抄集，敬佩不已。

她十四岁时写了首短诗，叫《放飞》。这首诗虽然还很稚嫩，但柔婉凄迷，读来很是亲切，叫人感动。诗在校文学刊物上发表了，社长亲自作评。意皓因这一首诗而名闻校内。从此谁都知道，她是个多愁善感的会写诗的少女。

诗与少女联系在一起，本就是一种令人回味不已的美丽。

几年了，她作了很多诗。诗沿袭着《放飞》的风格，得到了不少人的称赞，称她的诗美，一种凄婉哀怨的美。

听完《一棵开花的树》的配乐诗朗诵，她站起身来，推窗望去，校园里一片幽静。天空碧蓝如玉，白云飘逸。不知怎的，她又莫名感到一阵忧伤。或许是刚才听完那首诗有所感，或许想起了某件触动心绪的往事。此时，她很想写首诗，写那种凄婉哀怨风格的诗。

突然记起了某个黄昏，落日熔金，景色绚丽。她刚刚读了几首席慕蓉的诗，突然对景伤怀，想起独自在异乡求学，举目无亲，感觉到自己真是一只孤雁。于是灵感大发，伏案疾笔，写下一首诗，题目就叫作“孤雁”：

落日下
我是一只孤雁

随风扬起的黄沙
将我爱人的躯体掩埋
爱人啊
你已离我千万里
当我从高空猝然而落时
你可看见我眼中的热泪
你疼吗我的爱人
你冷吗我的爱人
你不再回应我声声的鸣叫吗
你不再睁眼看我痛楚的容颜吗

此刻斜阳西坠黄沙飞扬
远落雁群的我
为你衔来乍放的雏菊
让这灿灿的金黄暖你一个冬季吧
而我将为你作永久的孤雁

她得意地把这首诗寄给远方的爱诗的朋友，请他欣赏。朋友默然良久，终于委婉地指出了她诗歌的通病：席慕蓉式的诗歌，席慕蓉式的情感。

朋友不明白，为什么她总是沉浸于席氏的模式不得自拔。席氏的诗之所以受到那么多少男少女的喜爱，就是因为她用自己独特的情感唱出了普遍的心声。任何长久的模仿都是一种可怕的灭亡。

意皓同样沉默。她有点不大相信，自己的诗歌虽然受席氏影响深，但怎么会是席式的诗歌呢？她一直喜爱自己的这种风格。如果这种风格俨然就是席氏的，那自己独特的风格又何在？

念及此，她的心有些微微疼痛。依照往日，这种疼痛很可能引发一首伤感的诗歌。可是这当儿，她只静静地站立着，思索着。

窗外，一片幽静。

1998年12月

给 F. X. L 的信

兰姐:

又是说“祝你生日快乐”的时候了。

从我们相识到现在，已经整整五年了。那时候，我们都是 16 岁的少年，稚气十足。匆匆就是五年了，由不得不产生一种对时间的恐惧感。无论这五年我们过得多么不尽如人意，毕竟还有我们相交的友谊；无论是在一起的四年，还是相别的一年，我都珍视着这份可贵的友谊，生怕不小心给丢失了。

很怀念在楚云时那一天下午，闪闪的红烛映亮你快乐的面容。那时我感到了一种极大的满足感。朋友的快乐就是我的快乐。

去年今日我在邵阳，你在长沙，相隔千里，只有以字问好。现在距离虽近，但又要上课，仍只好以字问好。我不清楚去年今日罗强国的表现如何，但愿他今年今日的表现比去年今日更佳，这便是我的心愿了。你和罗强国经常吵架，也不知究竟是为了什么事。暑假中见你对他简直恨到骨头里。现下暴风雨过了，平静下来了，两个人之间磕磕碰碰也没什么，可能更给平静的生活添了些生趣，也未尝不是好事。只不过既然两个人都是初次，请一定好好珍惜，以后你可能会遇到一个比他更优秀的人，但绝对绝对没有他待你那么好了。

这几日碍于面子，给一个刚识得的老乡送了生日礼品，但到底有没有诚意，自己也不清楚。这张卡片是精心挑选的，只有两块钱，比那件礼品便宜得多了，但情意之轻重却又不能以价格计算了。

真诚地握你的手。

生日快乐!

天天快乐!

1999 年 9 月 12 日

板蓝根

这一日，离高考只有三天了，男孩突然发现，女孩课桌里的书全部搬走了。男孩知道，女孩是回她所在的县城参加高考去了。而他将留在这个城市参加高考，高考之后也会回到自己的家乡，也许从此彼此再无相见之日。

他心想，女孩临走时竟不曾给自己打个招呼，就那样悄悄地离去，宛如一片云。男孩内心隐隐有一种失落感，但更沉重的是一种负疚感。

男孩呆想了很久，猛然清醒地知道，他和女孩有一种东西应该在今日结束。他从课桌角落里摸出一包小小的板蓝根。时日太久了，板蓝根包装袋上已布了一层细尘。他轻轻吹去细尘，走到教室门前一株大树下伫立着。正值七月炎夏天气，大树枝繁叶茂，阳光透过枝叶细缝，光影斑驳。

男孩一只手托着这包小小的板蓝根，看着上面的字，另一只手抚住树，默默地叹息，任思绪又飞回到往昔岁月。

那还是上一学期，十二月间，天气骤寒，男孩感冒了，咳嗽得好厉害。吃了好几天药，总不见好，整个人很不舒服。

一日下课休息间，忽一个女同学递过来一包小小的板蓝根，同时指着自己的同桌说："是她的。"男孩认识她，文文静静的一个女孩子。来这个高考补习班几个月了，男孩还没跟她说过一句话。只见那女孩羞怯怯地站在那里，显得很不好意思。男孩先看那包板蓝根上的字："……用于感冒咳嗽……清热消毒……"看完，他朝女孩微微笑了一下，轻轻说了声"谢谢!"女孩一下子显得有些慌乱。她指着自己的咽喉，慌乱地说："那个……对这个……很有好处……"话未说完，一张脸已略显腼腆的红晕。男孩再次朝女孩微笑了一下。女孩也

回笑了一下，便坐下了。

男孩手里捧着这包小小的板蓝根，轻轻读着上面的字，心下生出一阵温暖，一阵感动。他高考落榜，来到这个城市的一所补习学校读书。为了全力以赴准备明年的高考，他改变了原本开朗的性格，放弃了交朋友的机会，每天一个人默默地学习，不言不语，成了一个非常孤僻的人。但是他的勤奋征服了班上的每一个同学，所有的同学都佩服他，虽然没有一个人是他的朋友。他这样孤独地生活、学习，突然之间，一个女孩子竟在他生病而无助的时候，给他送了包小小的板蓝根，他心中怎能不生出许多的温暖和感动。更重要的是，他突然明白了一个女孩子对自己的那份深深的情意。他突然想起，女孩本是坐在前排的，近来不知怎的和一个同学换了座位，搬到后头来了，就坐在男孩的右前排。在补习班，人人都争着往前头坐，可她竟搬到后头来了，男孩先对此有些不解。在一刹那间，他明白了。

男孩有一份欣喜，但同时理智又在告诉他：这不可能！

两个人就像两艘船，因同时遭遇暴风雨，不期然地停泊在同一个港湾，因此而相识。但是，两个人心中都有对未来的追求，都有一份美丽的梦。而这梦，是不同的。男孩不知道女孩的梦如何，但他自己知道，他的梦很远很远，很美很美，他将穷尽自己一生的精力去追求、去奋斗。他，永远是属于孤独的。在这次暴风雨过后，两艘船又将向着不同的方向驶去，或许此后永不再相遇。此次相遇，不过是生命的一次偶然。

男孩意识到这点，就不得不遗憾地在心里说："对不起！"

他并没有吃这包板蓝根。他把板蓝根放进课桌的角落里，然后继续自己的学习。几天以后，他的感冒好了，吃了另一种叫作"沙星片"的药。

男孩仍一如既往地保持他冷漠的面孔，几乎不跟任何人谈笑，包括那个女孩，只是继续过着他孤独而充实的生活。

有一天，女孩突然向他借音乐磁带。他喜欢在学习之余听音乐，作为补习生活的调剂，因此他买了很多音乐磁带。当女孩向他借磁带时，他先有一丝惊讶，但立时大方地挑了一盘磁带给她。那是一盘轻音乐曲子，全是世界名曲。

几天后，女孩把磁带还给他，说："谢谢你。"他问："怎么样？"

女孩说："很好听，那首《莫斯科郊外的晚上》最好听。"他笑了，说："我是最喜欢这首曲子的，我不知已听了几百遍了。"女孩笑说："真的呀？"他点了点头，说："还要听什么磁带，尽管说好了。"女孩笑说："下次再借吧。"他又点点头，就觉得没什么话了。女孩见无话，便自走了。他突然想起，他因极喜欢这首曲子，特意从别处把歌词歌谱抄在一张纸上，夹在磁带盒里。如此，任谁借了这盘磁带，都会知道，他最喜欢的是这首曲子。

自女孩还了磁带后的那日起，两人几乎没有说过一句话。男孩心中有一种愧疚，但从不表露出来。女孩也好像没事一样。生活过得非常平静。只是有一天，男孩从外面刚要进教室，突然发现女孩正坐在自己的座位上，好像在认真地看什么。男孩心头一惊。他一向爱在课桌上的草稿纸上随意写一些感想或诗词之类的文字。那日他在草稿纸上写的是一首词，词云：

资水春晚，问谁识、多情人杰？想当初，几多欢歌，搅乱飞雪共携。一别两年矣，思念如絮，旧情依叶叶。

可知否，两地闲居，郁不散，愁难解。只念得将来重聚，同度佳节。却到头来，空梦一场，惟余悲切。

女孩其时看的正是这首词。男孩轻轻叹息了一声，默默又退了出去。

这时，离高考只有一两个月了。

男孩永远无法忘记那个晚上。下了晚自习，男孩回到寝室。几个男生聚在一起正闲聊着什么，见他进来，便纷纷叫他请客。他问为什么。一个男生说班上有个女孩子喜欢你呢。男孩笑说："哦？真的吗？是谁呀？"那个男生便举了四个女孩的名字，叫他 ABCD 地选。其中有那个女孩的名字。男孩当然知道，可他不得不装傻，只说："开什么玩笑！"便爬上床去。那男生突然冲口而出，把那个女孩的名字说出来了。

男孩早做好了准备，但听到这一句话，仍不由得心头一惊。但他只能继续装傻，哼着曲子上床睡觉了。那男生叫道："他竟然不相信！"

他不知道别人如何知道了女孩的心事。一般地，女孩子的心事是不告诉人的，尤其是这种有关感情一类的事，怎会轻易让人知晓。

他突然又想起，这个男生与女孩是好朋友。一刹那，他又明白了。

但他仍然没有做什么表示。高考马上就要来了，他时间抓得更紧了。而女孩，和平日一样，文文静静，没什么变化。

他知道女孩会回她所在的县城去参加高考。直觉告诉他，只要他对她说一声"为什么不留在这里考试呢"，女孩一定会留下来。可是，他没有说。

女孩就这样悄悄走了，没有一个字留下。男孩怅惘了很久，他甚至不忍心去猜测女孩临走前的情绪和心理。

但是男孩深深知道暗恋的痛苦。那是一种无涯的等待，焦灼的期盼，可偏偏表面上还要装出若无其事的样子，将这种等待与期盼深深压在心底。更令人痛苦的是，当终于鼓足勇气向对方表白心迹，而对方竟然置之不理，那是怎样一种淋漓尽致的痛啊！

男孩站在大树下，一手托着那包小小的板蓝根，一手抚着树，默默地回忆，默默地思索，默默地叹息。

已站了很久了。终于，男孩把那包板蓝根撕了个小小的口子，贴着树，缓缓撒下。一粒，一粒，撒在树皮的裂缝里，飘在地下。终于撒完了。男孩躬身把小包装袋放在树下的泥土上。默默又站了一会儿，然后转身离去。

1999 年 9 月 22 日

“男孩”F. Y

在没认识 F. Y 之前，便早闻她的大名了。听说她在男孩堆中玩得火热，全无男女之念，地地道道的一个“男孩”，竟无半分女孩的味儿。

高三分班，我们都分在文科班，这才亲身领教了她的“男孩风采”。那个在男孩群中闹得最“酷”、叫声最大的人，闭着眼睛就知道是谁。而我偏偏又是个爱跟女孩子打交道的人，这样一来，三下五除二，咱俩一拍即合，一下子熟了。

我最欣赏 F. Y 的就是她性情大方，不拘小节。我虽也大方，但不幸两千年儒家传统道德思想竟也继承了一些，“男女授受不亲”的观念一直没能摒除。而 F. Y 脑袋里压根儿就没这概念。一次，一个叫 H. Y. H 的女同学故意生气不理我，F. Y 见了，大踏步走过来，撸起双袖，故意做起那副凶巴巴吓人的样子，竟闪电般一把抓住我胸口的衣服，然后嘴角带笑大声说：“你竟敢欺负我们的 H. Y. H 小姐，你是不是活得不耐烦了？”这一行一言只把我吓得七魂出窍，差点晕了过去。

跟 F. Y 相处，当真如沐春风，你压根儿不必去想什么愁啊忧啊之类的词儿。她总是那样满脸笑容，叽叽呱呱就她话多，天真可爱，无忧无虑，天塌下来也不关她的事儿。要考试了，大家都紧张地复习，就她一个人轻松得不得了，依旧大笑大闹，奇怪的是，考试照样拿高分，气死你！

这小妮子有一大特点，动不动就爱捏人胳膊，不论男的女的她一视同仁，并且出手还真重。一言不合，或在根本无准备的当儿，她一伸手，别人还没明白过来，胳膊上就着了一下，疼得人想哭也不成。我的胳膊就很有几次惨遭凌辱。有一次她又出其不意地捏了我一下，

我疼得大叫："你干什么，捏得这么疼?"她却笑嘻嘻地说："我这样'疼'你，你不但不感激我，还冲我叫嚷，你有没有良心啊?"我只有苦笑。

因为性情大方，为人随和，口才又好，交际便也广，三教九流无所不交，跟人人打得火热，男孩子们更把她当"铁哥们"。她年纪又比我们小，又爱撒娇，我们只有处处包容着她。包容又放纵了她的娇气，这娇气我从来都是以欢愉的心情对待，她在这娇气中显现出来的天真可爱，实在叫人喜欢煞了。因此，身边这些男同胞们追她的还真不少，暗恋她的更是数不胜数。她俨然是"情场高手"了，在其中上下纵横，游刃有余，叫人爱也不是，恨也不是。最可气的是，她竟然把我的一个最好的朋友也吸引去了；吸引也就吸引了吧，竟然"无情"地予以拒绝。事后我就质问她："为什么拒绝他?"她笑着耸耸肩："做朋友还不行吗?"我无言。这小妮子，害的人着实不少。有时我暗地自庆：幸好我没爱上她，不然被冷冷回绝，那滋味可当真不好受。所以我们两个人的友情一直纯洁透明。

F. Y 在高一时便与一个男生谈恋爱，四年后两人分手。既然没了男朋友，好机会，一打打的男生又尽情献好。现在我们都在莲城一所师范学院念书，她读的是外语系。她班上的副班长，长得高大俊朗，也不幸喜欢上了她，对她好得不得了。可她硬是铁打的心肠，丝毫不假辞色。而隔壁工学院一个个子不高的男生一见便钟情于她，在一番"穷追猛打"之下，F. Y 竟被感动了。两人关系一确定，气死一大群人，那个副班长更是气得躺在床上呕血。

工学院那男生本想尽情享受 F. Y 的"似水温柔"，F. Y 却浑然不解风情。在公共场所，男友要牵她的手，她绝不允许；在一些聚会上，她也不和男友坐一块，只去跟别的男生谈笑风生。特别有一次，她和一个女生在湘潭大学，她男友和女生的男友相约去看她们。那女生一见自己男友来了，欢笑着扑过去在男友额上深深一吻，男友热烈地回应，情景之亲密叫人又羡又妒。而咱们的 F. Y 竟呆呆地站在那里，对自己的男友没一点反应。

男友终于失望，提出分手。F. Y 见无可挽回，只得同意。

F. Y 来找我，把一切都原原本本地告诉了我。最后说："分手后的那一晚，我伤心得要命，哭了一整夜。"

我听了，责备她："你怎么那么不懂男孩子的心？我要是你男友的话，也会跟你分手。你就不能收敛点吗？比如，性情放温柔一点，不要整天大大咧咧的，像个男孩子……"

F. Y 头一扬，瞪着眼说："什么？你叫我改？我这性情几百年啦，你叫我怎么改？"

1999 年 10 月 31 日

生活歌手——致 L. S. J

梦的边缘升起一缕歌声来。那歌声先是细如轻烟，渐渐弥散开来，又化为漫天的细雨，伴随微微的风儿，那样温存，那样柔和。歌声由低而高，由浅而亮，由柔而脆，像一幅明丽的画儿缓缓展开。朋友们无数次被这优美的歌声深深地打动。无论在何处，朋友们一谈起你，耳边总会缭绕你那些甜美动听的歌。

一进高中，你以美妙的歌声无可争议地当上了班上的文娱委员，这一当，便是三年。每一周，你总要不定时地教我们唱新歌。每一支歌，你都唱得有滋有味，悦耳动听；你教得那样投入，耐心细致。还记得那时你教了一支《和我一起飞翔》，曲词俱佳，自你温润的歌喉里飞出来，歌声清越激昂，同学们都喜欢得不得了。我更是喜爱这支歌，可是学了许多遍，总也学不好，老是跑调。我请你给我“开小灶”，你一口答应，旋即一遍一遍地教我。只可惜，我对音乐的领悟力与接受力实在差劲，直至现在还跑调。

你性情温和，大方开朗，待人热情，同学们无不喜爱你，无不喜欢跟你交往。你的话很多，总是没完，像草原上的木灵鸟，听着无不如沐春风。你爱笑，笑时也没完，一张娇小明艳的脸在笑声中如异花初绽，美玉生晕。你有无可否认的天真之美，有一次看见你在欢快地小跑，脑后拖着长长的辫子，淡淡的阳光洒在你的发上、脸上，真觉着跑来一个小天使。是啊，你那时便是我们欢乐的小天使，给我们带来甜美的歌声，率真的笑声。

你是我们班公认的才女。你不仅歌唱得好，舞蹈也是一绝，后来发现你在主持、写作、书法上都有惊人的天赋。还记得吗，在那年校元旦文艺汇演上，你跳了支《鸳鸯锦》。其时你浑身白衣，素帕在手，乌丝长泻，在一片忧伤如云的歌声里，蹁跹舞蹈，时如坐花，时如醉月，时如凌波，时如御风，优美绝伦的舞姿看得人心魂俱醉，赞不绝口。还记得吗，在高三时的那次班元旦庆祝会上，你我共同主持节目。你标准流畅的普通话，优秀的公众演说能力，将一旁的我比衬得黯然逊色。你的诗歌婉约含蓄，散文清新飘逸，在一行行如行云流水般的钢笔字下愈益显得俊美丰润。面对你，我时时自惭形秽。

有一件事，至今记忆深刻。当时有一个八九岁的小男孩，被家人赶了出来，面黄肌瘦，衣衫褴褛，经常在学校的食堂里讨剩饭残汤，老师学生都鄙夷讨厌这个没有家的小流浪儿。几个道貌岸然的老师曾抓住他乱拖，有几个学生将他踢翻在地，再加上几脚，然后扬长而去。在所有的人中，只有你给予了他同情和帮助。当那个小男孩望着你的一个本子时，你毫不犹豫地送给了他，还送了他一支削好了的铅笔，并温言相慰。那小男孩接过本子与笔，在你略带忧伤的目光中愈走愈远。我不知道还有几个人记得这件事，我是永远记得的。在那一刻，我感觉到你身上那抹淡淡的阳光，那样炫目，那样圣洁。

高中三年就在许多的欢乐与忧伤中像风一样过去。我们高考都落榜了。我去了县城一所补习学校复读，而你则去了一所大专院校念成人大学。有一次，你来我们学校看我。你和我坐一块，叽叽呱呱地说着你的大学生活，说着你的梦想。那一刻，感觉到你很美，很美。

然而，当一辆失控的车，猛地撞向你的母亲的身躯时，我听到了你凄厉的尖叫声与惨痛的哭声。你没法承受血淋淋的现实，一任泪水流过你苍白憔悴的面颊。你独居一室，半夜里常常为噩梦惊醒，睁眼黑森森的一片，恐惧、悲伤、孤独，令你常常在漫长的黑夜放声痛哭尖叫。当我从遥远的异地回到故乡，与朋友一起去看你时，你整个儿都变了，变得不爱说话，不爱大笑，变成什么也不爱的一个孤僻女子。

歌声消失了，只在记忆中偶尔响起。我走在大学校园里，每每唱起《和我一起飞翔》，知道自己仍在跑调。我不知道这支跑调的歌会不会被我永远唱下去。

我一直认为你是一个生活歌手，因为你的歌声，你对生活的热爱。我，以及所有关心你的朋友们，都希望你终于能找回真实的自己，找回你那如银铃般的笑声，找回你那如天籁般的歌声。

唱一支歌吧，我们不祈祷，也不祝福，走向冬天。

1999 年 11 月 2 日

儿时的伙伴

“一声呼唤，儿时的伙伴，云儿散开，笑容又回来……”孙悦的歌声在耳畔响起，脑海里蓦然又浮现出 Y. Y 那娇小可爱的面容来。

那时我们才六七岁，念小学一年级。

从来没有见过像 Y. Y 那样可爱的小女孩。她笑时，一张小脸如春风里一朵小花儿开放，咯咯的笑声似清清的山泉溅着小石。她不高兴了，就噘着小嘴，下巴上那些小凹点可爱得叫人真想用指头去轻轻触摸。尤其叫人喜欢的是那双晶润滢滢的眼睛，一对点漆般的眸子滴溜溜地转动时，灵逸至极。

不用说，我和 Y. Y 是很好很好的伙伴。下课了总在一块儿玩耍，春天在草坪里听小蛐蛐儿唱歌，夏天坐在地上捏小泥人儿，秋天在沙堆里刨小沙粒儿，冬天在雪地里滚雪球儿。也常一起走在回家的路上，叽叽呱呱说着些天真幼稚、充满儿童奇特幻想的话儿。

记得那时我坐在第一排，Y. Y 便坐在我后头。这个小女孩儿真是顽皮，上课总要生一些花样来。她的课桌前部（即我靠背之处）有一个小洞，刚好容得下一双小手，她的手经常伸出来轻轻戳我的背，也不疼，只是痒痒的。我每每童心大起：好，你戳我的背，看我不捉住你。于是一边装着听课，一边双手反背去捉那双小手。那双小手伸缩自如，进退灵活，岂是轻易能捉住的。有时偶尔碰到了，她便立即“撤退”，却也吓得她想轻呼出声。转过头去，见她嘴角带着顽皮的笑，一双小手又故意略伸出小洞口，得意地乱动。待我去认真听课了，她又在我背上轻轻地戳动。我发了狠心，终于用了个小小的计策，捉住了那双小手，再也不放。她也不恼，略挣了一下，就让我握着，一双眼睛却睁得大大的，点漆般的眸子滴溜溜地转动，满是笑意。现在感到奇怪的是，那时我们在老师眼皮子底下做小动作，老师竟从来没有发觉过。

童年的记忆里没有为这个小女孩揍某个欺负她的大男孩的故事，也没有从大灰狼的嘴里勇敢地救她出来的童话，只有一份特别的亲近心。有一次班主任组织了一次小活动，叫每一个小男孩拉着一个小女孩的手，围成一个圈儿跳自己想跳的舞。我好想拉 Y. Y 的手去跳舞啊。可是不知为什么，班主任让我跟一个我不喜欢的小女孩拉手跳舞。我看着 Y. Y 跟另一个小男孩拉手跳舞，心里很是不开心。

二年级时，Y. Y 因父母工作的调动而转学了，从此再没见面。

弹指惊觉已是十四年，每每听着孙悦那支《伙伴》，听着张信哲的《童年》，便回想起儿时与 Y. Y 一块嬉戏玩耍的情景，心中油然升起一股温暖之意。

保持着一份童年的情怀，向遥遥的天际默默道一声：愿我们都好好生活。

1999 年 11 月 30 日

给 Y. Y 的信

Y. Y：

你好！

此刻夜寒风冷，孤灯青影，我独坐一居斗室给你写信，心中默默计算距那年给你写的五封信的日子，遥遥已是一年又半载了。记得那时就要高考了，而给你的第一封信，完成于一个夏季的午后。时日不同，处所两异，人事沧桑变幻，思来不由仰首长叹。

此时你应该记起了我，记起了儿时跟你嬉戏玩耍的那个小伙伴。但你可能已无法唤起对我形象容貌的记忆。记得给你最后一封信的开头我说，如果没有特殊情况的话，这可能是给你的最后一封信了。现在并无什么特殊的事，可我仍忍不住给你这个“精神上的朋友”写信了。

现在不想给你造成一种神秘感，已没有那种心境，也无那种必要。告诉你我的名字：尹高洁。这个名字曾被十四年前一个小女孩经常像含泡泡糖一样含在口里的。是的，我仍记得那个小女孩，她是单眼皮。记得曾经一起走过的一些有趣的日子。每每忆起，总有温暖之意。穿过十四年时空的隧道，重现的昨日是春日里枝丫上一朵秀嫩的花儿，在微风里展示它淡雅而温情的风姿。一次和母亲去看住院的爷爷，不期然在医院里遇见了你，你眨着眼睛问我：“你到哪里去?”其时我手里提一个饭盒，笑着回答说：“去看我爷爷。”然后就走了。十四年了，在这个寒冷的冬季的夜晚，那两句很平常很平常的话却像世纪的钟声一样鸣响回荡。记忆的相册中，那是一帧难以丢弃的照片。

一年半前那些信之平淡后面，其实蕴含着极大的苦恼，因为那时我经历了一场生平以来最铭心刻骨的痛苦遭遇。那是因为一个女孩子，那时我正喜欢着她，可她在半个月的时间内以迅疾无伦的速度爱上了一个极俊极帅的男生。她为了表示对他的在意而对我的无意，竟忍心在那个男生面前给了我生平最大的侮辱……我尴尬、极其尴尬地狼狈逃窜……那是一段很令人心酸的经历，以后有机会，我会原原本本讲给你听。

正因为心中的苦闷无可发泄，才立意要找个人来听听我的声音。在信中，我并没有将那件事告知你听，但或多或少有所反映，我不署名，是考虑到不久就要各自离开隆回到另一个地方去，已不可能联系。

你的家址，是从一个仍在隆回补习的同学那里得知的，也知道你现就读于安徽财院，却不知是什么系，只好寄信往你家中，后天就要放寒假了，相信财院也差不多那时放假，你到家的几天内，就会收到这封信。

那年在隆回补习，对高考信心是有的，但把握却不大，只因为那年实在是陷入了一种无望的感情之中，再度落榜是意料中的事。同年九月九日，又到了邵阳一所补习学校，安安心心一个人学习、生活，心无所念，终于上了本科线。但由于填志愿不小心，给人钻了空子，阴差阳错进了湘潭师院。

大学的生活与理想中的确有差距，湘潭师院尤其如此，整天会看到一张张无聊、苍白的脸孔，没有内容，没有内涵，满耳听到的是些什么东西呀，从来不闻文学、艺术、哲学、历史等一些更有深度的话题。正如北大怪才余杰说，当代大学生是堕落的一代。而我害怕堕落，我仍执意固守自己高中时代以来的较为纯净的理念。

这里的冬天很冷，北风浩荡，是我们的“呼啸山庄”。安徽财院过湖北江西（是这两个省吧?），向北去，不知是不是更冷。那么远，那么远，从名不见经传的隆回独身一人赶到那个地方，倒真有一种流浪的感觉呢。无论如何，我坚持这诗意的想法。

财院是理科院校，欢迎数理成绩好的人，但会拒绝我。因为我这次高考数学只有78分。

填了首残缺不齐的词，名《八声甘州》，词云：

弹指惊觉一十四年，竟无限惆怅。看疏梅点点，骤雪飘飘，梦回凭窗。笑里小手相握，片石掠清塘。风拂菁菁野，蟋蟀鸣响。

箫吹空濛无际，思绪正悠悠，玉冷寒江。别来可安好，我亦自无恙……

后面还有两句二十六字，暂未填出，只好以后再构思了。

别来可安好？最后问一声。

2000 年 1 月 16 日

滑过的记忆

李智踩着一辆三轮脚踏车给人送货。这一车货要给雇主送到车站去。到车站去的路很陡，烈日炎炎下，他拼命踩着，汗流浃背。因为是上坡，他不敢空出一只手来擦汗，双手只稳稳掌住龙头。

高中毕业，他没考上大学。家里开了个杂货店，他便帮忙给人送货。读了十几年书，一点本事也没学到，除了帮着家里做点事，他不知自己还能干些什么。两年过去了，以前的书全当废纸卖了。白天忙，没空想什么；只有到了睡觉前，想想中学时代的生活，倒也有趣，还有一些留恋的感觉。但不过一会儿，就因疲倦而呼呼入睡了。时间一久，连中学时代的生活也不去想了，只想着如何才能赚钱。

卸了货，车空了，这次是下坡路，车轮飞快地旋转。马路两旁的建筑物迅速向后退去。

路过一个地方，一个较熟悉的身影蓦然闪入眼中。李智猛一侧头，见十几米处正站着一个矮个子女人，穿着件绿衫子，正抱着一个婴儿，逗着他笑。

李智一下子认出她是小丽。

小丽与李智幼儿班时同过学，小学六年又在同一个学校，初中时又考在同一个班。巧得很，初中刚开学，小丽就坐在他后排。他记得小丽那时长得很是好看，文文静静的一个女孩子，不爱说话，笑起来只抿着嘴，挺有古典的味儿。

李智是小组组长，小丽常要在他手里背书。小丽背书不行，一篇课文总有许多地方要卡壳。李智会给她提醒许多次，总让她一次就通过。

时日久了，李智发现自己有点喜欢小丽了，虽然那时才 13 岁。有一次，一个男生大方地借给她一些东西，又从她那里借一些东西，

两个人态度亲切稠密。不知怎的，李智心里极不舒服，对着那个男生冲口而出："你是不是喜欢她啊?"一说完，自己先就有些后悔。再看小丽，依然文文静静地坐在那里，也不作声。

后来，班上有一小撮人，总爱把小丽的名字与另一个极活泼好动的男生的名字联系在一起。他每当听起，心里就不是个味儿。可他又不敢对她说些什么。

日子很平静，她依然在他手里背书，他也依然"照顾"着她。

到了第二个学期，重新编排了座位，他和她没有坐一块了。他是个很内向的小男生，不会主动去找女生说话。

三年的时间一晃就过了，李智考上了高中，小丽分数差得远，但家里见她年纪还小，便多出了几千块钱，她勉强上了高中。这时，两个人不在一个班了。

早在初二的时候，李智便没再去注意小丽了。那时又不在同一个班，越发淡忘了她。在上学放学的路上，也经常见面，只不过二人从未打过招呼，甚至连点头微笑一下都没有，完完全全成了路人。

后来李智听说小丽只读了高一，由于学习成绩太差，便退学了。李智听了，只微微点点头。后来高三下学期的一天，他与一个女生并肩走向学校。他现在喜欢的，是这个女生。正有说有笑的，忽然碰见小丽。小丽个子没长，还是那么高，只微微胖了些，但仍是很文静。那个女生停下来与小丽谈了几句话，李智却只站在一旁，默不作声，心中一丝一毫的波纹也没有。

此后的两年间，两人再也没有见面。经过一番人事沧桑，小丽已从李智的脑海里彻底消失。

车轮飞快地旋转，只几秒钟，踏车便滑过去了，小丽的身影不见了，记忆也滑过去了。

2000 年 4 月 1 日

给 C. Y 的信

C. Y：

离上次写信给你，又有两个月了吧。这两个月来总未有机缘得见一面，不知你脸颊上的伤痕好了没有（应该好了吧，但愿不会留下什么痕迹）。

忙碌的考研生活像一片平静的湖水将我围住了，情绪淡淡得如云层里的星光，若隐若现。路途漫漫，不知终期何处，壮志千里，却分明觉得渺渺，不禁生出些许惆怅惘然。平淡之中，当然偶尔也会邀上朋友到外面去看张好的影碟。昨儿晚上便被周星驰的几个旧片吸引了去，在二厅看了两个星片，又转至一厅，看《哈利·波特》。一个朋友忽然指着一个独自坐在电视机下的女生悄声说那女孩子好漂亮。看她的背影和淡淡面容，不大真切，竟疑是你，却不敢上前辨认。九点五十四分，与朋友起身离去。

回寝室与朋友大谈女孩之美丽。女孩之美，异彩纷呈，在我以为，“清”字为最高境界。庄子曰：“藐姑射之山，有神人居焉，不食五谷，吸风饮露，绰约如处子。”我清清楚楚记得，一年多前的某一天，你着身黑衣，两根短辫垂胸，倏忽飘过，竟不等我看清容貌，只在刹那间，那个“清”字便浮出脑际。

美本质上是一种形而上的感觉。许多个日子里我坐在主教学楼五楼，埋头于英语与专业书本中，蓦地抬起头来，一种孤寂的情绪便如烟岚一般弥散开来。此时能让我坚持下去的便是对美的回味与崇拜，唯美的理念让我幸存至今，虽然无缘获取一份真实透亮的美，但美的依然存在已经让我对这个世界感激涕零了。

北大一直以来是我心中久远而崇高的梦想，我无数次幻想我独自一人在未名湖畔一圈一圈不停地缓缓地走着。当然，其时那份心境绝

不同于在明湖边上遗落的情绪。我义无反顾地选择了那个方向，但是路太遥远了，太漫长了，虽然从本学期开始准备，还有一年的时间，但是心已经开始觉着有些累了。

我并非中文系，但对中文的爱好让我毫不犹豫地选择北大中文系，在师院任何一个中文人面前，我想我是绝无愧色的。

然而我英语四级还没过，现在来看四级题目，真如看小学课外读物一般。那大一大二我在干什么？大一发疯一般地读了100部书；大二发疯一般地写小说，手稿字数总共接近100万，小说的题目叫作《和我一起飞翔》，已投往中国青年出版社，能否出版，就看我的造化了。

写信一贯的风格，天马行空，写到这里已不知前面写了些什么。突然又想起我所喜爱的天才诗人海子来。海子是一个真正具有艺术良心的诗人，他的诗充满着绝对的真实与真诚，这让他成为这个时代几乎唯一能让我感动的诗人。我一遍一遍咀嚼着他的那首《面朝大海，春暖花开》：

从明天起，做一个幸福的人
喂马，劈柴，周游世界
从明天起，关心粮食和蔬菜
我有一所房子
面朝大海，春暖花开

从明天起，和每一个亲人通信
告诉他们我的幸福
那幸福的闪电告诉我的
我将告诉每一个人

给每一条河每一座山取一个温暖的名字
陌生人，我也为你祝福
愿你有个灿烂的前程
愿你有情人终成眷属
愿你在尘世获得幸福

我只愿面朝大海，春暖花开

诗人的“幸福”来源于一种孤独感，来源于他博大深沉的爱。他表示要与“所有的亲人通信”，将自己融入世界，可是他对世界采取的却是一种疏离的生存状态，他像一个流浪儿，徘徊在人群边缘。生命的苦难却让他道出了对世界的祝福。

汽笛长鸣而过，海子生物意义上的生命永远消失了，而我们还活着，读他苦难的诗歌。反观我们自身，感动之余，我们是多么幸福啊！

我还活着，我还年轻，我很善良，我还能爱。世界上还有什么比这更幸福的事呢？

我早说过，在这个时代，人需要交流。

在漫长的考研路上，我渴望与你进行文字与话语的交流。

2001 年 11 月 21 日

给 T. L 的信（第一封）

T. L：

你好！

首先请不要惊讶，我写这封信只是向你表达我的感激。

我清楚地记得七月六日在图书馆文史阅览室，我的结石病发作时的情景。当天下午我的腹部沉甸甸地有些不适，却也没怎么在意。及至到图书馆去晚自习时，腹部已绞得疼痛起来。赶紧起身离座，跑到校外一家小诊所，买了几丸去痛片，服了一丸，企望能暂时镇痛。没料路赶得急了，竟牵扯着连带左腰也疼痛起来。因七月八日便要考心理学，此前我从未翻过这本书，只有咬牙挺住坚持着复习笔记资料。药性毫未起效，疼痛一阵紧似一阵，如大江潮涌，一浪接一浪，我疼得实在看不下书了，便以额抵在手腕上，竭力忍着。此前几天病已发作过两次，皆是强忍着挺过来，可这一次疼得显然比前两次又厉害十倍，里面竟如翻江倒海一般，澎湃汹涌，势不可当，任我如何用力与之对抗，最后还是抵制不住巨大无边的疼痛，终于小声呻吟了出来。如此镇痛持续了半个多小时，我几乎已全身虚脱，恨不得即刻死去，心想必须去医院急诊了。待我搜翻口袋时，却惊恐地发现只剩下区区的一块钱了。我本想赶回寝室取钱。寝室在五楼，我其时几乎没半分力气，我怀疑我在还未爬到五楼时，便早已趴下了。我用残存的力气抵制着愈来愈强烈的疼痛。突然之间，我只感手足麻痹，左手竟成鸡爪形状。这一惊非同小可，我只唬得魂飞魄散。我自己搜寻遍阅览室，竟没半个熟人可以让我坦坦荡荡地去借钱看病。我登时陷入一片绝望。我一向孤高冷傲，从不愿向人乞求什么。可是当此生存绝境之际，对健康生命的渴求促使我不得不去向陌生人求救。我的右首便是你。说实话，在决定开口向你借钱之前，我犹豫了许久。我并不是没有钱，可偏偏在我遭遇危急之际，身上却没带钱。向一个陌生的女孩开口借钱，对我来说，是一件很伤尊严的事。更何况，如果这个女孩以怀疑的目光冷冷对我，毫不客气地拒绝了，我岂不是自寻耻辱。然而我被逼无奈了，跟女孩借钱至少比跟男孩借钱容易，因为我始终还相信：女孩，多半有一颗善良温柔的心。于是我鼓足了生平最大的勇气开口向你借钱。口未开，脸先红。我只需要十块钱，但我愿意把我手中的餐卡（里面还有几十块钱）及书作为抵押，以换取信任，表示我并非欺诈。我此时疼得连话都说不清了，语无伦次。你好容易才弄明白我的意思，于是从皮夹里取出钱来，“二十块吧”，你主动多借十块。“也可以。”我说。我此时满心地感激，接过钱，把餐卡及书放你那里。“这你拿去。”你说。可我已顾不得了，我连声谢也没有道，我疼得实在受不了了，一心只想赶去医院，挣扎着跑出阅览室，直奔医院。

我简直不知道我是如何度过那个噩梦般的晚上。至今想来，依然有某种惊心动魄的感觉。第二日我把钱还了你，向你道了声谢。二十块钱在你看来可能不过是举手之劳，根本不算什么，在我平日看来，也不算什么，可在我危急之际便显示出了它的价值。因此一直以来，我都想好好向你表示我的感谢。可能你以为这无所谓，在我却始终存有某种不安。当然，你从不会想我会有什么报答，我也真的无所报答。因此这里特意写信给你，表达我的感激之情，并详陈我的病痛，让你理解我这感激是多么必要。这封信一写，不管怎样，我想我的心大约能安下来，不必总是牵挂着欠了别人什么似的。

当日最大的失误是居然忘了请问你的名字，这无论如何是一件不礼貌的事。第一次倒还罢了，第二次在书库借书交谈时，居然又没想到请问你的名字，深自惭愧。意外的一次知道了你的名字。图书馆侧的文化长廊我是极少驻足观览的，上面一贯阿谀谄媚、奴性十足的校方文字让我恶心。而开学初的一天，路过那里，无聊间也去随便看看。无意间在“中文版”里竟看见你的相片及简介：原来你叫 T. L，原来是那样一个优秀的女孩。

看到“月满西楼”四字，我蓦然想起了 2000 年五六月份间，在图书馆报告厅举行了院女生才艺大赛，当时有一个长得清雅秀丽的大一女生表演了一支款款的舞蹈，名叫《月满西楼》，技压群芳，最终夺魁。当时赞叹了一番，后来岁月如流，也不曾记起过，早已忘了那女生长什么模样。却原来彼人就是此人，此人就是彼人啊！

如果我记得不错的话，“月满西楼”当出自李清照的《一剪梅》，该词作于赵明诚赴莱州任知府之后。李清照风华绝代，前半生与赵明诚相濡以沫，二十八载，是为中国文学史上千年不朽的一段佳话，其伉俪情深，后人徒有羡鱼之情而已。却不料风波骤起，赵明诚染疾而殁，因玉壶事件，李清照后半生奔波潦倒，憔悴风华，不仅饱受离婚折磨之苦，亦复遭遇牢狱之灾。终生无子，七十岁上，名节全失，为世所轻，孤苦一人，终于郁郁而终。历史恁多情，只给我们留下了李清照前半生的清雅光辉的形象，而轻轻掩去了她后半生凄凉悲苦的背影。我们到底应该感谢历史，还是应该责备历史呢？可是我尤为看中李清照后半生的遭遇，真正的人生在那里得以惨痛逼真的映现。

我曾研究过李清照，试图以李清照为视点，探讨中国女性对自身价值的追寻与认可。李清照代表的是真正的“人”。哈姆莱特惊叹道：“人是一件多么了不得的杰作！多么高贵的理性！多么伟大的力量！多么优美的仪表！多么文雅的举动！在行为上多么像一个天使！在智慧上多么像一个天神！人是宇宙的精华！万物的灵长！”对个体本身价值的深刻认识，意味着“人”的觉醒，在中国两千年封建社会的文化专制主义笼罩下，个体独立的价值与意义被抹杀在“存天理、灭人欲”之中。“欲”是人最基本的情感需求，是构建正常的人生秩序的基础。对“天理”的突破与对“人欲”的渴求，便是对自由生命形态的张扬。李清照作为一个才华横溢的女性，用旷世词作毫无隐讳地表达自己真实的情感，不虚伪，不做作，她对自我的价值第一次有了极其清醒的认识，这就是：回到自身，自身是一切美好之源。所以在南宋那样一个礼法严酷的时代，她为了追求个人的幸福，才敢置礼法于不顾，委身下嫁财吏张汝舟。只可惜张汝舟是个驵侩小人，娶李清照其志在夺取她珍藏一生的书画玉玩。李清照在看清张汝舟的真面目之后，又不顾大宋律法与宵小流言，甘冒牢狱之灾与丧失名节的风险，毅然向官府提出与张汝舟离婚，为自由付出了惨重的代价。

在中国文学史上，数得出的女性作家实在少得可怜，朱淑真、吴淑姬虽也有与李清照相类似的命运，却不能如李清照那般有鲜明的个性。如此我们只能把文化视线从文本之外移到文本之内。“原来姹紫嫣红开遍，似这般都付与断井颓垣，良辰美景奈何天，赏心乐事谁家院。朝飞暮卷，云霞翠轩，雨丝风片，烟波画船，锦屏人忒看的这韶光贱。”杜丽娘第一次步入后花园，第一次发现自己生命的可贵，第一次具有了“人”的觉醒意识，所以她才对局促的人生发起了一个弱女子的反抗。中国女性的悲剧就在于，无论是否意识到自身的价值，毁灭是最后的结局。晴雯死了，颦儿死了，作为“人”的象征破灭了，也就意味着有着先进思想的中国知识分子的理想之破灭。贾宝玉把晴、颦视为生命的最高价值，最高价值不存在了，他只能去当和尚。

透过女性“千红一哭，万艳同悲”的悲剧，我突然惊恐地发现：原来中国乃至人类的全部文化最大的特征在于它的荒谬性。我的依据是：既然人类构建几千年的全部文化无法满足个性情感的内在需要，相反还成为戕害女性的杀手，那么这种文化的存在又有何价值？

当我以怀疑与批判的眼光审视人类文化时，我便不得不为种种以文化为依托的“现象”所震惊。我看到真相为假象所替代，我看到理性为异化所压制，我看到常态为变态所嘲笑，我看到价值为无知所颠覆。当我看清这一切时，我说不出的厌恶与愤怒。因此，在与人群接触的同时，我又突然成了一个游离索居的人：为抗争而保持孤高冷傲的姿态。

我自以为我已冷傲得可以，我秉承了中国知识分子的“劣性”：凭才自恃，清高自许。这对于一个男性来说，或许可以说是一种“个性”，然而反映到一个女孩身上，多少有些让人惊讶。我忍不住说出我这种真实的感受：在我感受到你的善良时，我更大的感受便是你的冷傲矜贵、冷艳逼人，让人不敢逼视。你说话时丝毫不动声色，冷静得一如现实主义小说背后的叙事人，以致有一天下午在校园里偶然迎见你，想笑着与你打招呼时，却蓦然发现你的冷漠——当真是不动声色——我赶紧收起我的笑意，恢复同样冷傲的姿态。我在想，这么点大的校园，以后总还会碰面的，碰面之后，我还敢不敢向你打招呼。

冷傲是对抗世界并保护自我的一种方式，可是我突然又发现，冷傲从根本上说，是孤独与脆弱的外现，只有对世界近乎绝望的人，才

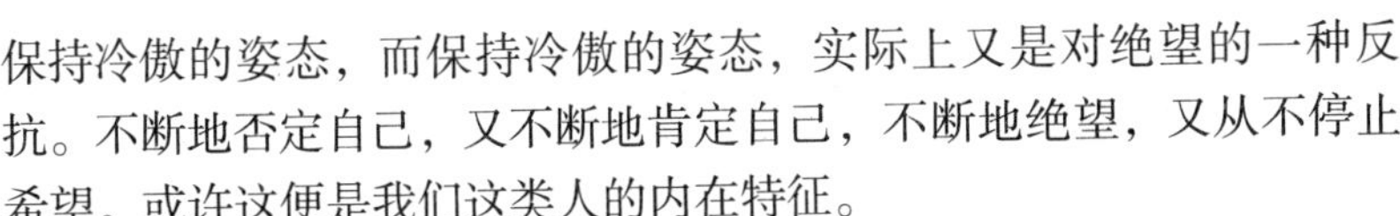

保持冷傲的姿态，而保持冷傲的姿态，实际上又是对绝望的一种反抗。不断地否定自己，又不断地肯定自己，不断地绝望，又从不停止希望。或许这便是我们这类人的内在特征。

然而我又必须回到“人”这个主题上来。“人”首先是独立的个体存在，作为个体意义上的“人”，具有无限丰富的内蕴。当我深入一个人的内心世界，我将把握住一个人（我觉得我可以把握一个有个性色彩的李清照，这在我自己创作的历史剧《李清照》里有所体现）；当我把握了一个人，我将把他的内在与外在统一起来。“内在”与“外在”并非隔离（分裂），而是紧密融合在一起的，这才是一个真正的“人”。

如果你看过电影《阿甘正传》，就会领悟到什么是“人”了。伴随“人”一生的是那一种永远挥之不去的非理性因素，这种非理性因素正是《阿甘正传》最深层的意蕴，也是“人”永恒的内蕴（主题）。阿甘的长跑让我泪流满面。有人问他：“请问阿甘先生，你为什么总是这样不停地跑?”阿甘说：“没什么，我只是想跑。”很久没这么感动过了。张爱玲说：“在时代高潮来临之前，感觉到异样的一切有点不对，便抓住一点最真实的感动，让自己生活在亲切的记忆里。”只不过我们总是从影视文学艺术中寻求虚幻的感动，而忽视了现实。20世纪末，也就是1989年3月26日的黄昏，在山海关的铁轨上，汽笛呼啸而过，碾碎了海子的肉体。从此，我每读一行海子的诗，便更深一层地体会到海子凄苦的内心。阿甘与海子，一个是轻度智障者，一个是聪明敏感的诗人，他们是如此地不同，他们又是如此地相同。我们从他们身上看到了自己的影子。因为熟悉，因为亲切，因为感动。所以，流泪就是理所当然的了。

我曾给你看过北大中文系考研试题（题很难，许多我都不会做，这是真的）。这意味着，我考研报考的是北大，因为渴望能自由说话。一旦考不上，这并不奇怪，因为那毕竟是北大，最大的障碍绝不是专业课，而是外语（惭愧!）。记得你说过你不考研，每个人都有自己不同的选择，尊重与认同各自的选择，这是人最基本的自由。

本来只想利用两个小时写写病况，向你表示感谢，及稍微提一下李清照，不料洋洋洒洒，竟自收不住，写了这么多。这又是“写作癖”发作了。我写文章一向不喜欢简短，好长篇大论，惯性如此，已无可奈何。

如果在校园里碰面，无论是作为对我的帮助者，还是作为老乡，我想我都会主动打个招呼。但不会重提旧事，说什么感谢之类的话。这很无聊。

很快就要考试了，时间很紧。节日在即，再怎么也要抽时间问候一下。这张卡片希望你喜欢。愿圣诞快乐！

2002 年 10 月 3 日

给 R. J 的信（残篇）

R. J：

你好吗？

看到我的字，你还能记起我是谁吗？可能记忆早已模糊，你的眼里充满了困惑，就像一场大雪在弥漫。我是尹高洁，我不必闪烁其词，是的，就是曾经那个因为骄傲而傻傻地放弃一场爱情的尹高洁。我不知道你在哪里，我不知道你过得怎么样，是否已找到了你的幸福。但今晚我依然忍不住要给你写信，因为我知道，最后的时刻，已经到了。

刚刚还在听卡朋特的《昨日重现》（Yesterday Once More），歌声深情而忧郁，熟悉的旋律一起，刹那间，眼里就有了泪光的闪动。已经很久没听这首歌了，怕有两年了。沧桑的风尘里，歌声带着往日的痕迹，又美丽，又哀凄。你爱听这首歌吗？每当听起的时候，你的思绪会飘向生命中的哪个角落？从前的一切在风轻云淡的今晚仿佛格外清晰。我又记起在图书馆里你出现在我瞳孔里时的惊鸿一瞥。我又记起许多日子里对你默默的深情凝眸。我又记起你第一次打电话来时的那天籁之音。我又记起那个下午时分在十字路口你朝那边我朝这边的尴尬分离。在那个过程中我心甘情愿扮演着受难者的角色；而在那个过程之后，我却被迫做了一个不断忏悔的罪人。或许我是真的负罪累累，不仅曾伤害过你，也使自己落入无涯的困窘。如今，时间到了。如果我曾让你尴尬，如果我曾伤害了你，现在，我郑重向你道歉。因为，最后的时刻，已经到了。

因为，我即将离开这座校园。我此时仿佛听到时间迫促的脚步声如电闪雷鸣后即将到来的暴风雨在向我逼近。我凝然不动，内心却充满了忧伤。大学四年，我过得平静而孤独。当然少不了许多的快乐与悲伤，许多的笑声与泪水，却都在时光里慢慢沉淀，开始发出碧青的颜色，最终不可挽回地被岁月覆没。如今回过头去，唯一让我刻骨铭心的，就是对一个美丽无比的女孩的感情。我喜欢两种爱情的方式，一种是青梅竹马，一种是一见钟情。小时候，曾经有一个小女孩可爱的笑容伴我至今，那是我童年记忆里最美好的感情，所以十几年后，我用小说的形式回顾了那段记忆。但那个小女孩离我太过遥远，不可能成为我生命的全部寄托。在慢慢成长的岁月中，我一直在寻找着一个可以让我一见钟情的女子。一见钟情，刹那般生命的地震，居然在某一个黄昏，在大学图书馆发生。那种电击般的感觉至今让我惊颤不已。而我在历经一年的时间后，才敢向你表达我的爱意。（我至今还在反复问自己：迟了吗？迟了多久？）在此间，我已完成了我第一部长篇小说，小说凝结了我生命全部的爱，相信你现在已读过那部小说。你可能认为其中的三位女主人公一个都不像你，但在我还不了解你的情况下，在我的意念里，她们三个（尤以婉莹的优雅）都是你的化身。因此，这部小说《和我一起飞翔》，献给我一见钟情的女孩，这是真的。

两年前的七月四日晚上，我们在电话里那么愉快地聊着，没有半分的隔阂与芥蒂，谁也料不到第二日我们的约会（也是我生命中第一次、唯一一次）会出现那种尴尬的局面。我万料不到你带来那么多朋友，本来善于侃侃而谈的我因为紧张而突然失去了所有生动的语言。我们去卡拉OK唱歌，你忘情地唱王菲的歌时，我坐在一旁，看着你美丽的容颜，听着你清亮的歌声，一种确定的预感已牢牢抓住了我的心。我满脸忧伤地看着你，心里只在想：这样美的女孩，这样温柔的女孩，我从此以后再也难以碰到的女孩，就要被我错失了。

那个黄昏，十字路口，你朝那边，我朝这边。我们就这样分手。那个场面在以后的日子里被我的回忆与想象反复渲染，一直我都认为那是一幅很浪漫的MTV影像。

只可惜，古往今来，一切浪漫都是结束的代名词。

而可悲的是，那天的“浪漫”并不是真正的浪漫啊！

从此以后，我一直都在躲避七月五日那个灾难性的日子。一段很长的日子里我根本不敢去碰触那个日子，不敢去想你，怕遭遇尴尬，我根本不敢再给你打电话。

而等我终于有勇气决定面对你时，你家的电话号码却改了，这意味着，我们永远失去了联系。

我尝试过无数次联系你，但没用，你像空气一样消失了。

你在怨我吗？或许没有。你在恨我吗？或许没有。在某一天，你不经意地发现，你的卧室里摆放着我曾送你的小说手稿及一套《莎士比亚全集》。在那一刻，你或许有一种怨恨，或许有一阵伤感，你一种强烈的冲动就是立即把它们归还给我。但是你犹豫了好一阵，终于决定：归还后者，留下前者。于是，你留下了我的手稿，因为沉甸甸的手稿的意义与价值毕竟不是一套普通的书所能抵的。此外，你还留下了我夹在书中的相片。你的心理活动我一概只能通过想象来完成。但我是多么感激你，你毕竟留下了那本小说，那叠手稿，那张相片，这足以让我安慰。

去年三月八日，学校在图书馆开人才供需会，在人群攒动的图书馆外，我站在那里，突然有个女孩向我走来，问我，你是尹高洁吗？我疑惑地看着她，说，是。她说，R. J 有样东西要送给你。我知道，这个女孩一定是你朋友。我也立即意识到，你要"送"我的东西是什么。相隔八九个月，我第一次又听到你的名字，又惊又喜，头脑不觉有些晕眩，完全以木头人的方式机械地应着那个女孩的问话。她说，我们约个时间我把书还你，或者你把你的电话号码给我，我给你打电话。我给了她我的寝室电话号码（我搬了两次寝室，电话早已不是原来那个），然后问她，请问你怎么认识我？她笑了，说，你不认识我啊，我们在一起唱过歌啊。我立即想起，记忆全部苏醒，脱口而出：你是欧阳！欧阳笑着点头，然后转身离去。我目送她的背影消失，蓦然惊醒：我忘了问她 R. J 在哪了！我立即跑去寻她，却再也没有发现她的踪影，悔迭之下，幸好她还会跟我联系，心下微觉放宽。

一直以来，我都期盼着某次重逢……

2003 年 5 月 24 日

（注：这是信的初稿，到此为止，后面的部分已经遗失。当时信的定稿已经写好，并寄了出去。但是，我并不知道她的家庭具体地址，只是按照一个模糊的地址寄出去。她最后是否收到信，我也不知道。）

给 T. L 的信（第二封）

T. L：

你好！冒昧地打扰了！

我此时坐在图书馆里写这封信。一年前的一个晚上，也是在这里，我突然结石病发作，疼痛难忍，呻吟不断，本来要立刻上医院，却惊恐地发现身上居然没带钱，在一番挣扎后，终于抛下面子，向邻座的你借钱。一直以来，我都很感激你，但因为自己一向的清高与孤傲，所以始终没有机会好好向你表达我的感激之情。几天前还偶然碰见你，但脚步匆匆，来不及打招呼，便很遗憾地错过了。今天突然听人说起，你在深圳找到了工作，便立即有了一种给你写信的冲动。我想说的是，如果你真的是要在深圳工作，那么，我有机会好好请你一顿，以表示我的感激。因为，凑巧的是，我也在深圳工作，在香港国际新华文化出版公司《中国报道》杂志社做新闻采编记者。这家杂志社是在香港注册，地设深圳福田区彩田南路。你也在福田区工作吗？福田区是深圳最繁华的区域，我在那里工作了一个月，因为毕业论文答辩的事，我五月初就赶回了学校，一离校，马上要赶回公司。

不知你在深圳待了多久，是否在那里工作过一段时间。我待了一个多月，已经深深地爱上了那座城市。首先是因为深圳的空气特别好，竟有一种流动的感觉，像微风一样，清新，柔和。

在深圳，对于一个本科大学生来说，有着充分施展才能的广阔空间。我不知道你是在深圳什么公司做什么，不过我想，作为中文系前学生会副主席，各方面的素质与能力当然不用说了，希望你能胜任你的工作。我听说你什么材料也没带，单枪匹马远赴深圳。一个女孩有这等勇气，我是佩服得不得了。那时我也是横下一条心，坚决不在内地当老师，一个人跑到深圳去闯。在深圳的朋友都说深圳找工作不是很容易，我却很幸运，不过三天就找到了，第二天马上投入了工作。工作一个月，对深圳有了初步的了解。公司虽然有着人性化的管理机制，宽阔的发展平台，但同事之间的竞争却是激烈而残酷的。记者部本来招了十几个人，一个月之后，便淘汰了六七个，现在只剩下五个了。我有惊无险地站稳了脚跟。在竞争的环境下，同事之间的关系微妙复杂，表面上保持亲密的态度，暗地里落井下石，尔虞我诈。所以你在公司里一定要保持警惕，特别留意那些爱打小报告的人，有时自己倒霉了，根本不知怎么一回事，那多半是某些人从中作的梗。但也不须提心吊胆，如履薄冰，放开手脚做事，尽情发挥自己的个性与才华，做出业绩来。深圳的老板是重视人才的。关于在公司如何接人待物，如果有机会，我们可以讨论。

如果你以后在生活中、工作上遇到什么困难，不用说，找我好了。在深圳，一人在外，最大的感受就是孤独，如果没有朋友，没有知心知己的朋友，没有可信赖的朋友，即便薪水再高，日子也是很难熬的。你在深圳工作一个月，就会明白我这话。

不知你公司里是否包住宿。我公司包住宿，但我不愿跟同事们生活在一起，我跟我的那位知交好友，另外还有一位朋友的同学，三人合租一间房，750 元一个月，不是很贵。我们买了一应炊具，自己做饭吃。我是不会炒菜的，他们炒，他们的手艺都挺不错，我只负责煮煮饭，买买菜，一个月的生活费只有 150 元，真是太便宜了。外面的快餐不好吃，我们自己搞的小菜特别有味，几个人一块儿忙着自己的饭菜，其乐融融，无比温馨。有时也要到外面去“奢侈”一回，点几个菜，来两瓶酒，谈笑风生，何等畅意。我们的住房在八楼，最高层，阳光与空气都特别好，所以选择住房最好选最高那层，中间与下层黑潮潮的，闷得慌。如果你也要在外面租房子的话，打电话给我们，我们帮你去参考谋划。

深圳人最看重生活享受，周末是人们最轻松闲适的时候，逛商场、游公园、登山、划船，都是最惬意不过的事。有名的世界之窗与莲花山我还没去，以后会去。但福田区的商场、书城、公园我却去过不少，很熟了。有幸的是，离我们住房一里多路，有一个中心公园，很大，满眼满眼的绿，真是叫人心旷神怡。我每天下班之后，都要到公园走上一走，看小孩子们放风筝、捉迷藏，那感觉真是爽呆了。

在深圳的一个月我过得很快乐，但是不可避免会有阅世沧桑的感觉。当我赶回学校时，我发现大学校园生活仍然是非常美好，以前匆匆忙忙的学习中，没有感觉到，回来之后我格外珍惜我仅存不多的校园时光，尽量把生活中的每一件事都当作享受来对待。我深深知道，这样宁静美丽的时光不多了，同学在一起的那份亲睦与和谐不多了。

二十三号，我们离校，留给我们最后的时间只有短短的几天了。校园里已经有了离别前的那种感伤气氛了。毕业生们还是像从前那样，平静地说话，平静地打饭，平静地看书，他们似乎在掩饰自己心中的惊恐与留恋。但是当那些感伤的歌曲在耳际飘荡时，他们会沉默下来。每天，我们寝室里都会放老狼的《同桌的你》《流浪歌手的情人》《睡在我上铺的兄弟》《青春无悔》，放小刚的《黄昏》《我的心太乱》《出卖》《记事本》，放卡朋特的《昨日重现》，以及那些经典的名曲，听得我们默然不语，听得我们泪光流转。很多年以后，我们的回忆，必然与这些曾经让我们泪流满面的歌曲联系在一起。

室友们聚餐是离别前的必然程序。其实也没有些什么话，不过谈谈以前，谈谈将来，谈谈工作，谈谈女人，然后就是喝酒。我记得多年前有位毕业生狂醉痛哭，攀着窗子就要跳下去，室友们死死拉住他。那一刻的伤心欲绝，我如今深深体会到了。“挥一挥衣袖，不带走一片云彩”，我们真能走得如徐志摩那样潇洒吗？大学四年，多少的快乐与悲伤，多少的喜悦与痛苦，多少的笑声，多少的泪水，一瞬间如山一般压了上来。我们可能走得那么轻松闲适，毫无留恋吗？我和我的兄弟们不说话，只静静地喝酒，我们都没醉，可是录音机里传来卡朋特的那首经典名曲：It can really make me cry，just like before. It’s yesterday once more. 这个时候，不潸然欲泪，实在是做不到啊！

可是我们终究是要走的了。明湖、樱花园、桂花园、快活岭，这些我们常去的地方，注定只能放进永恒的记忆里了。多年以后，当我们重新踏上这些地方时，我们会感慨万千，我们会泪流满面。这么多年了，发现自己依然很脆弱，这是一种悲哀呢，还是一种幸福？没有谁说得清。

这一刻，天高，云飞；这一刻，风回，花落。我们即将离去。

那么，就走吧，走出校门，再回头恋恋看一眼那“湘潭师范学院”六个大字，然后登上我们乘坐了四年的13/14路公车，疾驰而去。后面，尘土飞扬，遮天蔽日。

我们深圳见了。

2003年6月18日

回归宁静

十八年了，我依然没有忘记她。

十八年后，当我在互联网上搜索到她的名字时，我迅速与她取得了联系。我在只有我们两个人登陆的小学同学录上给她留言："记得那时我们刚认识不久，我问你，Y. Y，你长大了要做什么？你用小手轻轻地画着，天真地说，做一片雪啊。我很奇怪，说，做一片雪，为什么？你说，因为雪是从天上落下来的，它会飞呀。"她回道："小时候的事我几乎全都忘了，真没想到你还记得这么清楚。"

我当然记得很清楚，小时侯每一个有关她的细节我都记得很清楚，因为那时我很喜欢她。那时我 7 岁，她 6 岁。当我写这篇文字的时候，她那张美丽可爱的小脸自然清晰地浮现在我眼前，那么微微地眨眼，那么轻轻地微笑，让我如此感动。

那时我坐第一排，她坐我身后。上课的时候，她总爱用手指轻轻戳我的后背，痒痒的，我回过头去想把那双小手捉住，却总是捉不着，而她眨着那双好看的眼睛，顽皮地笑。

她只读了一年半，便随她父母工作的迁移转学了，我不知道她到了哪里。我记得她转学后的三个月内，我每天晚上在床上翻来覆去睡不着，老想着她。多年以后，我对一个朋友说起这件事，朋友不信，说，那么小，才 7 岁，居然会喜欢上一个小女孩吗？我笑笑，不说话。

很多年就这么过去了，我依然怀想着她，我知道我在等她，虽然我们没有任何的承诺。

我以为我今生再也见不到她了，可是在不经意间，她突然出现在我视线中。那一刻的惊喜与激动，让整个的天空变得迷蒙起来。

那年高考我落榜了，我来到县城一所补习学校复读。第二个学期的某一天，我去另一所补习学校看一个小学的老同学。突然，他指着放学的人群中的一个女孩，说，她就是 Y. Y。

其实不用他指，我也认出来了。十二年后，她居然出落得那么美丽，美丽得令人眩目，而那双眼睛，那个微笑，尤其让我感动。那一刻，我差点掉下泪来。

然而她已经不记得我了。当我小心地向她提起小时候的事，她一脸的惘然。她摇摇头说："小时候的事我都不记得了。"她对我很是警惕，因为她可能以为我这个陌生的男孩是见到她的美貌而故意来接近她的。

我很尴尬，短短的几句问答之后，便离开了她。天空飘着细细的小雨，我独自走在大街上，低声哼着孙悦那首《伙伴》："一声呼唤，儿时的伙伴，云儿散开，笑容又回来……"很伤感，很伤感。

但是我依然无法忘怀。

我再度高考败北，那年我又到了市里一所偏僻的补习学校埋头苦读。我不知道她是否考上了大学，所以我就请仍在那个县城复读的老同学帮忙去打听她的下落。老同学神通广大，不久就来信告诉我，那个女孩已经考上了安徽一所财经学院。

安徽，那个遥远陌生的地方，从此成为我心灵的归宿与梦想的终点。

我发誓我一定要考上大学，考上大学后我一定要不远千里去安徽找她。那时我要对她说，我等了你很多年了。我想着那个重逢的场景，总是热泪盈眶。

她成为我那一年灰色的补习生活中唯一的信念，每当我考试遭遇重大打击时，我就想起她，想起那双明亮的眼睛，那个美丽的笑容，我就大声对自己说：不要放弃，要坚持！

我终于挺过去了，我终于考上了一所本科院校。

考上大学后不久，是我 21 岁的生日。

那天是星期五，上午还要上课。坐在教室里，我想起自己今天居然已经 21 岁了，想起这么多年来我竟然始终对一个女孩保持着柔柔的信念，一个遥遥无期的等待，不由得倍感神伤。我无法在课堂上待下去了，我快速地赶回寝室，迅速拿出单放机听起了两首经典的英文歌曲《昨日重现》与《此情可待》。两首伤感的歌曲反复地在耳中萦绕，我的泪腺再也禁不住，泪水哗哗地往下流。我伏在桌子上，边听歌，边流泪，边在一张纸上疯狂地写着她的名字。这面写满了，又写那面。泪水把蓝墨水的字打成一团团的花瓣。一个人，在寝室里，我整整哭了四十分钟。然后我洗了脸，站在窗边，抬头看遥远的天空，我不知道那个女孩是否有心灵感应，如果有，她能感应到我此刻的心情吗?

我没有到安徽去找她，因为我无法支付那样一笔庞大的费用。

非常偶然的一次，我从小学的一个同学那里得到消息：原来她根本就不在安徽，而是在湖南。空间的如此错乱让我瞠目结舌。安徽，安徽，那个让我长久以来魂牵梦绕的地方，竟然是一个虚幻的存在。

我从这个老同学那里同时获知了她的家庭、寝室电话号码以及她的生日。我一直想跟她打电话，但不知为什么，我居然鼓不起勇气来，我不知道在电话里怎么跟她说，跟她说些什么。我写了无数个电话脚本，把我要说的话及她可能的回答都写出来，但是我仍然不敢给她打电话。我一次一次地骂自己懦夫。

在她生日的那天晚上，我终于鼓足了勇气给她寝室打电话。打电话前我的心跳得好快，随着那丁零零的电话铃声，我的心简直要从胸口跳出来。我握话筒的手禁不住微微发抖。

那边一个女孩的声音问找谁，我说找 Y. Y，那边说不在，出去了。我有点慌乱地说，我是她以前的老同学，今天她生日，代我问候她一声，祝她生日快乐。同时，我留下了我的电话号码。

我日日盼着她给我回电，但是她没有。

平安夜那天晚上，我再次拨了她电话号码，但是却再也打不通了。我拨了上百次，每次电话中的回答都是“你无权拨打这个号码”或“这个号码是空号”。我急了，再也顾不得什么，直接向她家中打电话。接电话的是他爸爸。我以她老同学的身份小心询问她学校寝室的电话号码，她爸爸非常警惕，说：“不告诉你呢!”然后狠狠挂断了电话。

我怔在那里，不知要干什么。

我突然之间觉得很累，很疲倦，一种从身体到心灵前所未有的疲惫与倦息。

第二天圣诞节的晚上，我和几个朋友喝了一瓶白酒，醉得一塌糊

涂。躺在床上，我跟一个很要好的朋友打电话，很伤感地诉说着我对她的感情，最后我说，我决定放弃了。

说完这句话，我沉沉地睡去。

这之后的几年，我不再刻意地去想她，只是她的身影却时不时地闯进我的梦中。往往是在沉沉的夜里，我惊醒过来，发现眼前一片漆黑，回想着梦中的情景，以及往日所有的点点滴滴，我仍然止不住唏嘘感叹。

从始至终，那个美丽的女孩，从来都不知道，这么多年了，这么多年了，世上居然有那么一个傻傻的人，那么傻傻地惦记着她，牵挂着她。

大学毕业后我来到了深圳。在这个孤独的城市，我唯一的快乐，就是上5460同学录，每天看看老同学在上面的留言，然后自己也上去发几句感慨。

有一天我突然想到，能不能在上面搜索到她的名字呢？于是我立刻打出她的名字，并立刻搜索到了她。我很轻松地进入了她大学的班级同学录，从头到尾把上面所有她的留言仔细读了一遍。此时的她，已经是某高校的研究生了。她的留言天真活泼，仍然不失与生俱来的那种童趣。

我在网上迅速与她取得了联系。

我回忆起她小时候的一些事情，她说，她已经完全不记得我长什么模样了。

不过，这已经不重要了。我知道她现在有她自己的生活，她过得很快乐。我在想，这么多年来我一直苦苦地找寻她，到底是为了什么？其实我一直在找寻的是一个梦想，一个只能永远放在心底供奉着的美好的梦想。当我们都已长大，当时光已变得沧桑，当记忆成为回忆，当一切都已经改变，依然能纯纯地在心里保留着那种美好，已经够了。

春花烂漫之后，一切回归宁静。

2004年3月7日

2 第二辑　少年时代的爱情

浪漫梦想

少年的梦想，就像一只小小的航船，游过许多的地方。两岸无数的风景，像晴空下粼粼的波光，闪烁在青春的相册。起锚并非一种开始，搁浅也并非一种结束。时行时停，时急时缓，变幻的空间延宕成一幅水彩的卷轴。

而你的容颜自眼前朝暾般升起，宏大的卷轴里便平添了一段最生动的内容与最明丽的色彩。

你就站在八月的桂香里，皎皎的月色轻轻滑过你的瞳孔，你的眼睛就如盛满了盈盈绿醑，我只悄悄望了一眼，便醉倒在那片青青的山坡上。你笑了，展开双臂，像一个孩童向我飞来。脑后那亮泽的秀发，缀满了晶晶的星子，起伏着，飘舞着，千丝万缕撩过我柔软的心房，我意乱情迷，头晕目眩。我摇摇晃晃地站起来，眼前一晃，一个柔软的身子已扑进我的怀中。

我坐在茵茵的草地上，你就躺在我宽大的怀里，闭着眼睛，脸上荡漾着明月的微笑，口里轻轻地呢喃。我抚摸着你的秀发，数着你长长的睫毛，心中充满了无限的怜爱。脚下一条小小的河流潺潺地流过，单调而悦耳的水乐声如三月里一片清亮的绿笛。流水流走我们的韶华，将少年的我们流成青年、中年、老年。让我就这样陪你一生一世，好吗?

你突然睁开眼睛，笑着说："给我唱一支歌，好吗?"我立时变得腼腆起来，说："你知道的，我不会唱……"而你执意地娇嗔，让我最终无法拒绝。我是一个善良的男孩，从没有拒绝过别人的请求，而你，我会有任何的理由让你失望吗?我俯下嘴去，凑近你的耳朵，轻轻地说："你闭着眼睛，我在你耳边，轻轻地唱。"你点点头，脸上浮起一抹幸福的红晕。

我的不好听的歌，只唱给你一个人听，连这明月，连这流水，也不让它们听到。我只唱给你一个人听，因为这世上，只有你不会嘲笑我蹩脚的歌。

一曲终了，而你却睡去，睫毛上不知什么时候挂着两颗小小的泪珠。我俯下头去，吻干它。

明月临照着这个世界，以及这世界上的我们两个。

2000 年 1 月 28 日

七片红叶

很久很久以前，你便写过一首诗，诗的题目叫作“红叶”。你清婉忧郁的诗里，淡淡勾画了对红叶的渴望。很多年以后，我还记得你的这个淡淡的渴望，虽然连你自己都忘却了。

窗外，蒙蒙细雨。灯下的一张光滑的桌上，摆放着一个很大的生日蛋糕。我们一起插上细细的彩烛，一起点亮。数了数，一十八根。一十八朵闪耀的小小烛火，将你的笑容映衬得何等妩媚。

你的十八岁生日，我为你庆祝。

我问：这是第一次吗？

你含笑说：第一次。

我油然感到了极大的骄傲与满足。

我叫你许愿。你闭上眼睛，双手合十，在心里虔诚地许了一个愿。我没有问你许的是什么愿，我很想问你，但我不敢。而现在，我已永远不可能知晓你许的愿是什么了。

我送你一个本子，很精致的本子。你打开，七片红叶蓦地闪现在你眼中。你惊喜地叫了一声，小心地捡拾起这七片红灿灿的叶子，托在掌上。我们这里没有这样的红叶，这些红叶来自遥远的异地，一个朋友寄来的，我珍贵地收藏了许久，只为在你十八岁生日上送给你。此时，这七片红叶，还散发着初摘下来的气息。气息微旋，在我们之间。

我曾无数次地幻想：你将这七片红叶就夹在我赠的本子中，放在枕下。每晚睡觉前，你都翻出来细细观看，看它的色彩，它的纹络，细细体味我红叶般的心，默默地遐想，默默地感动。我每如此幻想一次，心灵就被插上了洁白的羽毛，在天空轻快地飞翔。

我不知你是否如此做过。假如你并不曾如此做过，我也不会怪你，即使几个月后你那样深深地伤害了我，叫我跌下万劫不复的无底深渊。我从来就没有怪过你，你有选择的权利与自由。我曾经那样深深地爱过你，我从来就不忍心对你有一丝一毫的责怪与怨恨。

有人说，爱在经历一番风霜之后会如红叶一般灿烂美丽。而对于我，屡经风霜的爱却最终没有化为一片红叶。

那七片红叶，你可还保存着吗？

有空的时候，翻出来看一看，这便是我最大的满足了。

2000 年 1 月 28 日

女儿花

那是四月的一个黄昏，天阴阴的，我静静地坐在如潮的人群中，孤寂如微寒的风在心房内徘徊。落魄的境遇让我不得不选择孤独。常常面对那些熟悉的和不熟悉的面孔，以及他们的欢声笑语，我总在他们之外。孤独给我力量，而寂寞有时会叫我想哭。于是便盼着你的脚步声，音乐般送进我的耳朵。

你来了。脚步声是那样熟悉、亲切，每一次起落都让我全身热一次。我抬起头来，看见你手捧一束黄花。黄花在你怀前，映着你娇美的容颜，叫我立时想起李白的那句“名花倾城两相欢”来。

而这束黄花并非名花，相反，它没有名字。你轻袅地坐在我身边，如一缕烟，含笑把花送给我。我又惊又喜，细细看这花。几百朵小指头大的黄花，娇羞盈盈立在细绿的枝上，紧紧地挨在一起，如满天星子。郁郁的香似淡淡的雾笼罩了我们两个。

你要我给它起名。我想起朱自清面对梅雨潭的一潭清幽幽的绿水，给它起名为“女儿绿”；我又想起杨过把绝情峰上那一片红艳艳的花取名为“龙女花”。我侧头深情地看了你一眼，缓缓地说：“就叫它‘女儿花’吧。”你笑了，笑如一朵女儿花，娇美而绝不艳媚。

这时，一个男孩子来了。他看见桌上摆放的这束女儿花，眼前一亮，拿起来，笑嘻嘻地说：“送给我吗？多谢了。”而你却忙指着我说：“送给他的。”我见他一脸的尴尬，为了让他下台，忙说：“我就转送给你吧。”这时，你一脸的惊愕，说：“我送你的东西，你竟敢送给别人？”我忙笑着赔不是，再不敢了。

心爱的人送的花便如爱情，怎能在笑声中转送给别人。爱情之花辗转落到第三人，也就萎败了，失去了颜色，失去了芳香，失去了美丽的精魂。“小李飞刀，例无虚发”的李寻欢就为了报答结义大哥龙啸云的救命之恩，忍心把心爱的女人林诗音让给了他，从此隐居关外，把生命留给酒，留给狂沙，留给风雪，留给永生永世的孤独、凄凉与悲哀。

当我明白这一点，蓦然回首，那束美丽无比的女儿花已如烟云散去，再不可得。

2000 年 1 月 29 日

流泪的眼睛

眼睛与泪水的关系，便如生命与灵魂的关系。没有眼睛的泪水，不能称之为“泪水”；而没有泪水的眼睛，便如一口枯井，生命遂失去了意义。眼睛如一片草地，需要泪水的不断滋润，才能绿草丰茂，生机勃勃。

我不轻易流泪。但这并不是说，我不流泪。当脆弱的心灵园地遭到暴风雨的袭击，我也会像女孩子一样，放纵自己的泪水，毫不吝啬。而每次流泪，总是一个人。有一天，看到罗曼·罗兰的一句话：“只要有一双忠诚的眼睛与我一起流泪，那我愿意为这样的一生受苦。”反复低吟，感动了良久良久。

“我要走了。”在一个天碧云淡的晴日，你红红的嘴唇里轻轻吐出这几个字，仿佛不带任何感情，那么冲淡平静，而我却猛觉一个霹雳响在头顶。我强行支撑住要晕倒的自己。一阵沉默之后，我却没有任何的语言挽留你。我知道，为了你的前程，你走定了。也为了你的前程，因为是那样那样地爱你，绝不允许自己让你有一丝一毫的顾虑，我最终没有说出一个挽留的字。

我特意跑了几家书店，给你买了一本你喜爱的一名诗人的诗集。在几张精心保存的美丽的彩笺上，工工整整誊下一篇曾为你写的散文。那是一篇两千多字的散文。记得为了写好它，竟花去了整整两天的时间。它是给你写的，所以我只能小心翼翼。我用尽了清新超逸的文字，使它终于成为我最珍爱的一篇散文。我曾对你说，等发表了，再送给你。可是还等不到我投出去，你便要走了。我不能让你留下遗憾。灯光下，我一笔一画地誊写，而心中充满了巨大的痛苦。

泰戈尔《吉檀迦利》第101首诗中第一句说：“我这一生永远用诗歌来寻求你。”正因为诗歌，我们才相知。你正是我用诗歌寻来的。

你与诗歌，共同构建了我少年时代的生命。从来不曾为一个女孩那样牵肠挂肚，那样甘愿为了她而牺牲一切，那样最虔诚最真挚地祝她一生幸福。我早已把我唯一的一把透着青芒的匕首放在她跟前，我想：你什么时候愿意接受它，你便拿起它，我是决计将它一生都放在你的面前，哪怕你始终不曾正眼瞧过它。

而我终究是一个孤独的少年，孤独是我亲密无间的朋友。我这一生一世，只怕注定要一个人走了。如此，祝福她吧，只要她好，只要她幸福，这才是最重要的。须知真正地爱一个人，并非为了自己，而是为了她。只要她过得好，自己纵然承受世间一切无涯的孤寂与痛苦，那也是无怨无悔的啊。

“小风疏雨萧萧地，又催下、千行泪。”默默读着眼前誊好的文字，心中巨大的伤感再也无法抑止，泪水终于汹涌而出。一个人，一双眼睛，泪水就那样流啊，流啊，仿佛永远不尽……

我最终无法拥有一双忠诚的眼睛与我一起流泪，但我仍然愿意为这样的一生受苦。

缓缓低吟柳永的《忆帝京》中的句子：“系我一生心，负你千行泪。”望着红尘远去的你的背影，为你流泪是我一生的幸福。

2000年1月29日—2月1日

那张照片

那天，你邀我们去花果山照相。

这里的花果山并非孙行者称王的所在，而是家乡的一座最有名的山。它并没有什么奇特的地方，也不高，也不险，也没有秀丽的景致，却不知道它何以是家乡最有名的山。你住山的那头，我住山的这头，都是在山的默默注视下长大的。终于有这么一天，我们同时爬上了这座山的顶峰。这头与那头，便如此紧密地联系在一起。

我本来是不喜欢照相的，总以为照相勾勒的只是人的轮廓与面具，而无法似文字一般直接楔入人的灵魂。所以，在别人兴致勃勃地照相时，我常常独自游弋在文字的深水中。

可是那天我却是兴致极高，因为是你亲自邀我，因为能和你在一起。

几个人照合影。背景是苍茫的水云与湛蓝的天空。我看似不经意、实则经意与你挨在了一起。我们前排的人一起坐下。准备好了，镁光灯一闪，一张珍贵的合影滑进我的相册。捧着照片，细细地端详，比审视自己的文字还要仔细。不为什么，只因照片中有你。你其时穿着件白色薄毛衣，淡蓝色牛仔裤，白色波鞋，抱膝而坐，真如一个娴雅娇美的公主。你笑着，比那天的阳光还灿烂。而当时却浑不觉在你身边，还坐着一个正深爱你的男孩有着一双深情的眼睛。“在你目光不曾抵及的地方/是我痴痴的凝眸。”我当时就想：这一生一世也无他求了，只愿这样坐在你身边，这样默默地凝视你，不管你有没有注意到我。

照完合影，我第一个想法便是和你单独合影一张。可我不敢。我在所有的女孩子面前显得那样大方、爽朗，却偏偏在你面前显得那样腼腆。我想了一个法子：先跟其他每一个女孩单独合影，然后便可顺理成章地邀请你与我合影。我甚至早已选中了一处最美的地方，作为我俩的背景。而当我与其他所有女孩合完影，你却提前独自下山……

我怅然若失。

以后，我们再也没有在一起照过相。这一生一世，只有这唯一的一张合影，属于我们共同的。每次翻出来端详，定格在那一瞬间的永恒，成为一帧最美丽的风景，却时时让我感到一种铭心刻骨的疼痛。

2000 年 2 月 1 日

飞雪情缘

今夜，又是飞雪。

雪落湘西南，是一种美丽的忧伤，揪心的忧伤。整整一夜飞雪，覆盖了小楼，冷落了我对整个湘西南的印象。我一路逶迤而来，为的便是重新点燃对湘西南飞雪的温情，却不料这无数杨花柳絮又飘起我对往事伤心的回忆，而又陡然陷入沉痛的境地。

我爱飞雪，我的生命的本真便是雪。雪纯净我的思想，飘逸我的诗歌，空灵我的情愫。我行在漫漫飞雪之中：假如这雪永远飘舞，假如这路永无尽头，那么，我这一生注定走不出雪的温柔。只有在雪中，才能真切感觉到生命与灵魂的晶莹与剔透；只有在雪中，才能热烈憧憬恋情与爱情的纯洁与坚贞。

雪会燃烧。“如果/真能宁静而彻底地/燃烧一回/我情愿/以一生一世的美丽/来缔造一次爱恋。”在那以前，每次大雪，我都独伫雪中，眼前出现幻觉：我拉着你的手，欢快地在雪原中飞奔，欢笑声化成亿万雪蝶。我们奔向玉峰顶，并肩站成永恒不化的冰雕雪人，共同眺望生命的冬季。

如果我是一瓣雪花的三角，你应是另三角，共同组成一瓣完整的六角形雪花。可是——你拒绝了。你说，你并不爱雪，你认为雪太假了，也不知是由泉水抑或污水化成，一场大雪之后把美的丑的都掩盖了，而雪化后世界的丑态更加不堪入目。我惊讶了。我不知你何以生出这样的想法，尤其对于你这样一位爱穿白衣服的清纯绝秀、天真灵率的少女。你不是曾说过吗，雪的洒落虽包含结束晶亮的一生但毕竟是生命成长的一种过程。如此真挚的赞颂，与上面的那个观点形成的激烈相撞的矛盾，令我第一次感觉你的陌生。这是你思想的一种变迁，抑或是你在竭力逃避我的感情？

对于飞雪的爱与不爱，最终成为我们分离的根本原因。我一次次地努力让你去重新认识雪，去爱雪，你却一次次地拒绝；我一次次地努力想让你与我一般化为雪，却一次次功败垂成。我无数次感觉到你的冷漠与无情。

你遗憾地告诉我，你不是雪，也永远达不到“雪”的标准，你只不过偶然充当了雪的幻象，而不自觉地充当了我青春岁月中的女主角。你说：“当你走过这段岁月，你会发现，雪只是你幻想中的影子。而我，不羁的我，将会像云一样浪迹天涯。”你真诚地祝福我，找到我真正的雪。

“杨花千里雪中行。”杨花似雪，雪似杨花，但毕竟杨花只是杨花，雪花只是雪花，二者的本质截然不同，不可替代。难道，你真的只是一片似雪的杨花，因为一阵无可预料的风将你吹落在我身边，而我天真地将你视为雪花，为你倾注了我一生中最真挚的感情，我们之间演绎了无数的悲欢离合，而你却在另一阵风中展示你的真相，然后又轻袅地飞走了吗？

“杨花飘落不是雪，雪更在、杨花外。”雪真的在杨花外吗？而我寻寻觅觅至今，真正的雪花在哪里？

没有人告诉我。

2000 年 2 月 2 日，大雪

此情可待

在我心目中，岸最是痴情。淙淙的流水形成了岸，而流水并非岸真正要等的东西。岸一生都在等待，等待前生与它有缘的那种东西，那样执着地等，那样无望地等，一直等下去，沧海桑田永远不变。所以，人说，岸是等待的代名词。

等待是一种焦灼的期望，也是一种痛苦的绝望。人人都想一步而接触对方，而等待却严酷地横亘在彼此之间，无限地考验决心、毅力、忍耐与勇气。等待，是一个伤心的词眼。

“此情可待成追忆，只是当时已惘然。”李商隐这句千百年来为人所传诵的诗，道出了人世间多少的无奈与伤叹。

我在等待，等待你的出现，在那个隐蔽的风口处。自从我知道你每天早上、中午要从那条路上经过，我就隐藏在一处，远远地看着那条路，你的身影一出现，我就立刻飞奔过去，转过一个遮挡物，正好遇见你微笑中惊讶的目光。其实，世间许许多多的“巧合”都不是巧合，而是人故意制造的“偶遇”，天衣无缝，不着痕迹，所以，原本不可能存在的“巧合”也就顺理成章地成了巧合。我就是一个很会制造“巧合”的人。

等待是一个漫长的过程，是“静”与“动”的真正结合体。等待过的人，都能深切体会到个中酸甜。等待看似生命中的空白，其实最能体现生命的内涵。而无论在晴和的天气，还是在风雨霜雪之中，等待自己心爱的人，都是一种无上的幸福。等成风，等成雨，等成石头，等成雕像。无论在这等待中遭遇到多少的苦难与煎熬，当对方出现，一切，都释于相视一笑之中。

我曾经那样度过了很多的日子，记忆中却只有几次巧合的“偶遇”，更多的时候，望眼欲穿的结果只是飘忽的水泡。可是，我仍为曾经拥有过那段等待的日子，那段明知无望的情缘深深自豪，并深深感动。

如今，伊人已邈，那条路上永不可能再出现你的身影。我每每踱步到那个风口处，等待，遂成为永恒的绝望。

有一首外国歌，歌名便叫作《此情可待》（Right Here Waiting）："无论你去了哪里，无论你做什么，我都会在这里等你；无论多久，或我是如何地心碎，我都会在这里等你……"回肠荡气的歌声让我一次次地感动，一次次地泪流满面。

平凡如我，我会依然痴痴地等你吗？

2000 年 2 月 2 日

遥远的星空

先是一片超然的宁静。一道激光射向古老的铜门。门缓缓洞开，点点的星星一颗颗地闪现在蓝色的天幕。门终于完全洞开，跨进去，无数的行星卫星彗星缀满天幕，放出一片璀璨神奇的光芒。浩渺与深邃，平静与激动，演绎着惊心动魄的大悲大喜。有风声，有雨声，有鸟声，有兽声，有浪声，有涛声，有低吟，有呐喊……色彩由清淡至明丽，音调由轻快至激越，繁弦急管，让人紧张而不失轻松，让人肃穆而不却欢愉。宏丽阔大的场面仿佛海底的水晶宫，叫人惊叹，叫人投入，叫人遗忘。缓缓地，一面轻纱飘落，覆盖整片星空，而星光依旧柔和、灿烂……

这是法国伟大的钢琴家理查德·克莱德曼弹奏的曲子《星空》的意境。我无数次地走进这种意境，让自己的心声与之融合为一体，接受这神圣高雅艺术的洗礼。

“那片庄严的神光啊/我明知永远也无法企及/可我仍然仰起头/执拗地，伸出双臂。”每一个有星子的夜晚，我都伸臂拥抱，拥抱那片璀璨与辉煌。星空是人类一代代苦苦追求的境界，只有星空才能给贫瘠的心灵以温柔与安慰。便如你——你是我前生与今世苦苦追求的制高点，我的生死缘，我的依伴，我的生命的另一半。你曾给过我柳与水的温柔，给过我诗与歌的安慰——可是，这还不够，远远不够啊，我需要星空般的惊心动魄的爱情，需要你永生永世的神光的照耀。

而你却摇摇头说，你只是一颗小小的星子，而无法上升为整片星空。

星空太崇高，太纯洁，太唯一，以至它与人的距离太遥远。它只是一种美丽的梦幻，一种虚无的浪漫。它永远不可能坠落成一片流淌在头上的云。

既然我无法拥有一片星空，我就永不可能与你相依相偎在星空之下，像小孩子一样扳着指头数星星。温柔与安慰，也便在黑暗中销声匿迹。

于是，我只能在送你的本子的扉页上含泪抄下普希金的《我曾经爱过你》：“我曾经爱过你；爱情，也许，/在我的心灵里还没有完全消失；/但愿它不会再去打扰你；/我也不想再使你难过悲伤。/我曾经默默无语地，毫无指望地爱过你，/我既忍着羞怯，又忍着嫉妒的折磨；/我曾经那样真诚，那样温柔地爱过你，/但愿上帝保佑你，另一个人也会像我爱你一样。”

我既然选择了崇高，就选择了孤独。

我选择了孤独，爱情离我很遥远。

2000 年 2 月 3 日

你好，青鸟

你好，青鸟。

我们异口同声地说：你好，青鸟。在所有的鸟中，青鸟是最美丽的鸟儿；在所有的鸟中，我们最喜爱的就是青鸟。相传，青鸟是神话传说中为西母娘娘传递信息的使者。你顽皮地说：“哪天捉住那只鸟，看看西王母给玉帝老儿写的情书。”

读唐词，知道两个皇帝唐昭宗李晔与五代南唐中主李璟都是痴情的人儿。李晔“青鸟不来愁绝，忍看鸳鸯双结”，李璟“青鸟不传云外信，丁香空结雨中愁”。原来对于皇帝，没有云外青鸟传书，也是生命中的缺憾，更何况我们这些平民百姓。

在这个电信传递垄断的年代，我们固守传统的交流方式。我们两家相距仅一两里地，而我们依然执拗而痴痴地凭青鸟传递彼此的心声。

你好，青鸟。

往往是在炎炎暑期，两地闲居，情发一心，各自伏案疾笔，在唐诗宋词的平平仄仄中述说古典的情愫。我们都小心翼翼地避开“爱”这个字眼，这个字太浓，太酽，太令人心跳，太易将人引向错误的桥头，因为我们都怕在不经意间伤害了对方。除了“爱”，我们什么都谈。每当青鸟飞至，我都欣喜若狂，轻轻捧在怀里，体贴那份醉人的温情，说：你好，青鸟。

书信弥补了口语交流的局限。口语难免结巴，难免不易清楚地表达内心世界；而书信一直如行云流水，一层层将更深层次的意思剥开，从而直接楔入对方的心灵。你好，青鸟。

通过书信，我才真正地了解你。你说，你多愁善感，却又孤标自傲。你说，旁人爱的丝丝缕缕的雨，飘飘洒洒的雪，你是不爱的。你爱冬夜的明月，总觉那是一种旷世恒有的美。而这种美，只能一个人享受，有了第二个人在身边就是对美的亵渎。

在人前的你，一直都显得那样开朗、活泼、天真。然而，通过书信，我却看到了你的另一面。你说，一直都不怎么喜欢黛玉，然而你却同样拥有那种多疑与不自信。人前的你有着怎样的自信，然而深埋于内心深处的却是一份再怎样努力也摒弃不了的自卑。你说，在你用消极的眼光打量周围时，发觉一切的一切都是那样空洞，没有实际性的意义，一切都是那么地矫揉造作。有时候，连自己都不属于自己。你又说，你的人生观一直都很消极，而且越来越消极，这样无聊地活着，这样平淡无奇地过着，究竟又为了什么？真正是为了活而活！当你写完这些，你说，竟一下子缺乏寄信的勇气。

我读着这些凄婉哀怨的文字，心中充满了无限的怜爱。我真想一把拥你入怀，紧紧地紧紧地抱着你，说，哦，一切都不用管，也不必怕，有我，有我始终在你身边，别怕。

你好，青鸟，谢谢你，让我真正地了解了那个女孩。

而如今，那种空间距离极短的两地传书的时光已苔藓斑斑。我们纵然会了面，也不过淡淡一笑，礼节性地打个招呼，然后又匆匆擦肩而过，汇入如潮的人流。我们甚至有时故意躲避对方。空间的距离仍是那样短，而心灵的距离却如夕阳的影子慢慢拉长。人生如戏。

有一段时间，深深体会到李晔与李璟的“愁”。

今夜，我独坐窗前灯下，云中谁寄锦书来？

你好，青鸟。

青鸟，你好。

2000 年 2 月 3 日

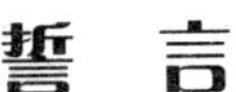

誓 言

誓言似绝壁流瀑，惊心动魄。热恋中的小儿女们，总爱在心上人耳边发下山盟海誓。我相信那些誓言的真诚，至于能否实现，那已是另外一种意义。

而我们从来不曾给对方发过任何的誓言，也不曾给对方以生死相许的承诺。并非我们不喜欢那些美丽的誓言，并非我们不相信对方的真诚，也并非我们已根本不需要誓言。我们之间存在一种微妙的东西，道不清，说不明，明明灭灭，若即若离。当我实在忍耐不住，勇敢地跨过那条界限，回过头向你伸出我的手，你却固执地摇头。你从来没有给过我任何机会。我努力过许多次，誓言，始终是一张发不出的明信片，一封寄不出的书信。

古代的女子在枕前发尽千般愿，要休且待青山烂，且待黄河彻底枯，且待山无棱，天地合，乃敢与君绝。我无数次地感动，无数次地羡慕。我心中想不出那样浪漫而坚定的誓言，我只愿用我的真心去一生爱你、敬你、怜你、惜你、呵护你。即便这极平淡的一句话，亦如苍茫的远景，只起伏在无边的梦中。梦醒后，枕边唯余斑斑泪痕。

都市与都市之间，维系爱情的不仅仅是誓言。但誓言是不可少的。誓言如一粒流沙，深深植根于内心，时时灼痛与幸福着爱情。誓言不曾表白，爱情显得不真实。我提前进入爱情的角色，你却总在迟疑，我的誓言遂在开始之初已注定结束。

誓言在心里憋了许久，我举起右手，却发现眼前空无一人。

2000 年 2 月 10 日

祈 祷

我曾经幻想过这样的场景：我独自经过你的窗前。风撩起长长的白窗帘，你站在洁雅精美的室内，一袭白色长裙，长发如瀑布般清流。你聚精会神地拉小提琴，细聆之下，竟是那支熟悉的《少女的祈祷》。你在窗内祈祷，而我在窗外。

你幽幽地说："我真想是原始森林里的一棵树，长啊长啊长大了，后来呢，我就被伐了。我又想是一只鸟儿，在天空飞啊飞啊，后来被猎人的枪打下来，流了好多血，便死了……"女孩，这便是你的祈祷吗？如此奇妙的幻想，如此浪漫的遐想，如此悲壮的美丽，让我一次次为之震动不已。大江南北在唱那支挺流行的《祈祷》，而我一个人细品你的祈祷。哪一天，我才能为它配上曲子，成为人人传唱的又一支《祈祷》呢？

你小小的脑袋里充满了那许许多多奇特的幻想，终至成为你祈祷的心声，这并不让我奇怪。你是一个梦幻女孩，一个诗的女孩，一个灵魂与思想高蹈于现实的清纯女孩。人人都在祈祷贫穷开始去逃亡，祈祷四季少了夏秋冬，祈祷微笑不会再害羞，祈祷幸福花儿开放在，祈祷明天会更好，你却独自祈祷着一次悲壮的生命之旅。如何让生命之花开放得鲜艳美丽？唯有血后的自由与自由后的血。自由生长的树儿在斧声中实现重生，自由飞翔的鸟儿在枪声中赢得复活。你的祈祷永无预期，结局已经注定；你的祈祷永无结束，一切都只是开始。

你曾承袭一个少年的情愫放飞你的情感，你曾面对彼岸的那个人不顾一切地泅渡，你曾遥望夜空孤独的火种，你曾溯源美丽而绝望的爱情，流浪诗人与追风少年始终是你执着的追求与心灵的归宿。当这一切都成为遥遥迢迢，你便进行着悲壮的精神之旅。我不是流浪诗人，也不是追风少年，可我也不愿成为一把斧子，不愿成为一支枪。

让我是另一棵树吧，在你倒下的同时倒下；让我是另一只鸟儿吧，在你跌落的同时跌落。我们之间是一段永不更改的距离，远远地，在你的祈祷之外，默默地注视你。

斧落与枪响之后，一切复归宁静。

祈祷着你的祈祷。

2000 年 2 月 10 日

知 音

伯牙子期高山流水的故事流传千古。明月下，松涛间，白石上，瑶琴一具，挥手七弦，琴音或雄壮如巍巍泰山，或奔放似洋洋江水。琴技之精妙高超不足为道，难得的是竟有一知音在旁击节拍案。

人生来是孤独的，红尘万丈之中渴盼有一人能真真切切地理解自己。寻寻觅觅，知音何在。于是诗人说：“欲取鸣琴弹，恨无知音赏。”于是词人说：“清润玉箫闲久，知音稀有。”没有知音，李白只有举杯邀明月，对影成三人。

琴与箫成为知音的代名词。一曲《笑傲江湖》，在刘正风与曲洋间演绎得淋漓尽致，令人悠然神往，叹为观止。

我不会操琴，亦不会吹箫，可我仍在呼啸的人群中寻找属于我的知音。唯有知音，才会让人不再孤独，才会令人觉得人间并非白走。我在寻觅，唯有历经一番苦难之后寻得的知音才会让人倍感珍惜。

我终于寻到了你。其实你一直在我身边，盈盈地笑着，而我却一直不曾发觉。我固执地以为知音在远方，在可望而不可即的远方，而忽略了近在咫尺的你。

当我们把彼此的心扉打开，一个崭新的世界猝然展现。这是个我们都盼望已久的世界，当它突然降临，彼此都以为它只是个不真实的梦。欣喜万状中，彼此埋藏在心底千年万年的思想像河流一般源源流向对方的心田。生命在一刹那间感到无比的温馨、安慰与幸福。

与你在一起互诉衷肠，悲哀也是欢乐，凄怨也是喜悦，苦楚也是幸福。久而久之，一笑、一颦、一歌、一泪，尽化为神秘的默契。我们并肩而行，我们相视而坐，只有在此间才感觉到自己还真真切切地存在于这个世界上，才体会到自己生存的价值与意义。

令狐冲与任盈盈的琴箫协奏深深地感动了我。难道我们只能永远停留在某一条固定的界限上吗？难道我们不能日日耳鬓厮磨，永不分开吗？我终于大着胆子以一种别具一格的方式向你表明我这意思。在此之前，我想，世间许许多多并非知音的人都走到了一起，更何况我们。我充满着阳光般的信心，深情地注视你的双眸，期待你我预想中的回答。

而你突然惊慌起来，首先选择的竟然是躲避。然后，你才羞怯怯地说，如果郝思嘉真的了解艾希礼的话，就不会对他产生那份顽固的爱了。你的意思是说，如果我真的了解你的话，也就不会对你动感情了。我惊讶了。难道我还不了解你吗？你在顾忌什么？你在逃避什么？

可是你依然固执地摇头。你要到远方去，用一生来寻求一个你想象中的“流浪诗人”“追风少年”。

子期永不会回来了，伯牙“摔碎瑶琴凤尾寒”；嵇康从容赴死，《广陵散》从此成为遥远的绝响……

从此生命又是孤零零一个人了。

我没有哭，我只是仰天大笑。

2000年4月1日

失 约

四月，春正好，我们相约去踏青。

夜色阑珊，月光透过窗，洒在枕上，泛滥我不成眠的轻梦。我辗转反侧，如《诗经》里那个痴情的男子，一遍遍回想你软语央求，回想你含羞朝颜。细品爱情的清茗，与月共醉。

翌晨晴和天气，窗前细柳堆烟，黄鹂鸣翠，清新怡神。从不惯于打扮的自己也在镜前好好整装，前后左右仔细摆弄，唯恐有一处不堪入目。少年清癯，虽不俊雅，倒也清秀。

独自守着窗儿，手捧一本书，静静地等你。等你如一只春鸟轻轻飞到我身边，等你向我展颜微笑，等你牵我的手一起走向春天。春天是恋人的季节，是我们的季节。

我们曾走过萧疏的秋天，走过严寒的冬天，坎坎坷坷，一路跋涉而来，我自信已以我全部的真诚，将你感化成春天里一片小小的冰蕊。从此我们可以并肩走进不设防的春天，走向人生每一个季节。

我在等，等到红日西斜，等到碧柳染星，等到孤鸟啼月，等到风冷成冰——你终究吝啬你美丽的身影，你终究吝啬你高贵的心。

你失约了。

你只是托一个人向我转话：你不舒服。

——一个荒谬的借口，一个幼稚的借口。

我的心如晓月般沉落下去，露打霜冻。要知道，是你亲口约我的啊，你一而再、再而三地约我，可是失约的竟然是你。

女孩，总会经意地去伤害深深爱她的人，好像只有如此才能考验爱她的人的心。女孩就是这样幼稚，像一个永远长不大的孩子。

两个春天在窗外悄悄走过。今生今世，只想问你一句话：那天为什么失约？

2000 年 4 月 9 日

3 第三辑　爱情今生与我无缘

心灵宣言

一

我自小儿得病，素来对病持有恐惧感。我坦然地承认，如果在我年轻的岁月里，病魔将我引向死亡的胡同，我会悸颤不已。

但如果有一天，我因为强烈的个性焕发出自由与正义的光环，而因此不得不面对邪恶与死亡黑洞的枪口，我将昂起我的头颅。

那一刻，我面带微笑，面对蓝天，我相信自己是一个真正的勇士。

二

真理在无数次的怀疑与批判之中啼血诞生。

我追求真理，因此怀疑与批判便是我的左右手。

北岛在《回答》里充满激情地朗声宣言："告诉你吧，世界，/我——不——相——信！/纵使你脚下有一千名挑战者，/那就把我算作第一千零一名。//我不相信天是蓝的，/我不相信雷的回声；/我不相信梦是假的，/我不相信死无报应。"

北岛的这声音已过去二十多年，但至今仍轰响在我的耳际。

三

古往今来的爱情宣言也不知听过多少了，但从来没有一句像这样的宣言强烈地震撼我的灵魂：

"爱情今生与我无缘！"

说这句话的是余纯顺，是那位徒步行于中国的莽莽腹地，仰天倒下于漠漠尘沙中的壮士。

所有关于爱情的宣言在这句话前黯然失色。

余纯顺是真正的孤独跋涉者。

——因为我选择了孤独，爱情离我很遥远。

我也是。

四

宽容与大度未必是一种至高境界。

宽容与大度也会导致愚昧，助长残暴，加速灭亡。

五

我相信这世界存在爱情，我也渴望拥有爱情。

可乞求不是我的本性。

六

长辈们以他们涉世的宝贵经验谆谆告诫我："没知识没能力也没什么大不了的，重要的是要跟上级和领导搞好关系，以便得到提拔。"

幼稚的我听真了，有一次将这话原原本本告诉我的晚辈。在说完那句话的一瞬间，我发觉自己是世上最无耻的人。

七

路遥写《平凡的世界》，其最大的成功便是把平凡的人从平凡的世界中提炼出来最后又使之回归于平凡。

路遥用自己的生命证明了这一点。

八

真正的思想者必须沉默。

真正的思想者绝不能沉默。

九

这世上大多数人，剥光他们的衣服，他们便一无所有了。

十

我希望有一天，朋友能够忘记我，而敌人将我永远记住。

挑战往往比友情更令人向往。

十一

乞丐并不可怜，因为他们仅仅满足于得到食物。当这一顿与下一顿有了着落时，他们绝不会发愁。

最可怜的是诗人，他们得不到理想中完美的爱情时，就只能在诗歌中假想一段浪漫的爱情去慢慢享受。他们深深爱着诗歌中那些美如天仙的女子。

十二

在人人渴望不朽的年代，我渴望迅速朽去。

在人人漠视不朽的年代，我渴望不朽。

十三

奥斯特洛夫斯基曾说："只为家活着，这是禽兽的私心；只为一个人活着，这是卑鄙；只为自己活着，这是耻辱。"

几十年前，人们都工工整整把这句话记在笔记本上；几十年后，人们都成了"禽兽的私心"者、"卑鄙"者及受"耻辱"者。

十四

奉献者未必具有爱心，懂得这点，入了洞察人性之门。

十五

同性恋与异性恋在汉朝皇帝身上得到最完美的结合。

一部皇宫秘史便是一部淫荡史，而皇宫在人们眼中从来都是金碧辉煌的。

十六

你爱她爱得越深，受的伤害也会越深。

你明明知道这一点，可你还是要爱她。

尽管她是那么地无情。

十七

黑夜中猫头鹰熠熠的目光让我敬佩，同是黑夜中夜行人闪烁的目光却令我恐惧。

异类是无所谓怕的，同类才是真正的天敌。

十八

我还活着，我还年轻，我很善良，我还会爱。

这就是幸福。

十九

人是不自信的动物。宁肯信苍天，不肯信自己。

“真是苍天有眼……”报刊上常出现这样的句子。

二十

人真是天真可爱，他们会相信“法（天）网恢恢，疏而不漏”这样的话。

人处于现实的旋涡里，当美好的愿望一一破灭后，他们便只剩下这些空洞的句子来自我安慰了。

二十一

人人都会骂别人自私，就是不会骂自己。

1999 年 9—12 月

考进大学之后

9月，我跨进了湘潭师范学院的大门。现在，两个月过去了，不再有新鲜，不再有欣喜，有的只是一份沉重、一份落寞、一份悲凉。因为某种原因，我与一直渴盼的湖南师范大学失之交臂。更叫人气愤的是，不知哪个丧尽天良的家伙竟把我从我所热爱的中文系调到了政治系。

这里的一切让我感到失望。教授们不是我所想象得那样知识渊博、妙语连珠，而是照本宣科、言语枯燥；同学们从不谈历史、政治、文学、哲学，只是高谈阔论苍白的爱情；新生竞选班干时像西方政客们一样四处说好话拉选票；校园里四处张挂着的是录像厅的广告……

男生与男生之间有隔阂，女生与女生之间有疙瘩，男生与女生之间除了爱情还是爱情。

友情，是记忆里的一张旧报纸，只有在睡觉前几分钟粗粗地翻阅一下，然后像猪一样沉沉睡去。

我踽踽行走在校园幽静的小道上，橘黄色的路灯拉长我孤独的身影。

我想起从前。我想起高三时的我是何等的开朗与活跃。我当时是校文学社社长，一首首诗歌、一篇篇散文小说令同学们赞不绝口，诗情画意的女孩子们众星拱月般把我包围。我把我所有晶亮的诗文，都献给她们，而她们以同样的真诚热烈地回应我。

那时，我是一个真实得透明的单纯少年，没有孤独，只有快乐。

进大学后，由于一时不适应，我在缺少友情的交际中堕落，在缺乏思想的堕落中交际。等我清醒过来，发现已丧失了从前那个真实的自我。

于是，我走进孤独之中。

我知道我已寻不回从前的自我，寻不回从前那种欢乐，这里的环境已让我不可能回归。

我在苦苦思考，已成为大学生的我，要如何重新塑造自己？

我整天泡在书里，泡在写作里，泡在思索中。我和余杰一样，“在可能的场合，我努力地表达和交流；否则，保持沉默”。我不再做那些无聊的交际，因为在那些无聊的交际中我已痛感时光的凋落，青春的萎缩。

孤独塑造我，我创造优秀。这是在特定的环境下我对生命的领悟。

在与余杰的思想进行一番彻底的印证与交流之后，我明白：我可能在某一层面上失落了自己，但我可能在另一更高的层面上又寻回自己。

在一种不真实的氛围中，我追求可贵的真实。

我缓缓吟着自己作的小诗——

我独自行走在这个寒冷的冬天，风雪裹住我热情高贵的心。

我仰起头，缓缓闭上眼睛。

啊，我听见有神圣的音乐响起，夹着风雪。

孤独的音乐只有孤独的灵魂方能欣赏。

我看见一对恋人从我面前走过，留下一片欢愉的笑声与这片孤傲的天空。

我突然知道，此时此刻，世上竟无一人在念着我。

可我对着一轮斜阳，平静地笑。

凄冷而悲壮的斜阳。

1999年10月31日

瞬间与永恒

一个山村里的姑娘，倚在门口。一个外地来的青年男子，走过她的身边时，投以她友好的微微一笑。许多年过去了，生活始终如古井里的止水，而当年倚在门口的姑娘已两鬓斑斑。在一生漫长的记忆里，很多事早已淡忘，唯一让她难以忘怀的，便是许多年前那青年男子的微微一笑。

这是张爱玲讲的一个略带忧伤的故事。

泰戈尔说："我这一刻感到你的眼光正落在我的心上，像那早晨阳光中的沉默落在已收获的孤寂的田野上一样。"

最是那一瞬的微笑与目光，悄悄传递单纯而丰富的信息，从而抵触无限的永恒。

由春及夏，自秋徂冬，亘古以来的四季单调地循环，像阴暗的磨坊里驴子转的磨，永远以同一种声音阐释着岁月的生生灭灭。瞬间的故事如一道闪电，划过漫漫夜空，照亮整个的人生。人生因为单调而走向无可奈何的枯萎，却因为瞬间那令人意外的惊喜与感动，而蓬勃绽放。

日本作家铃木健儿，青年时期曾在一列火车上邂逅一位女子。五十二年后，当他们再度相逢，铃木健儿仍通过她衰老沧桑的脸认出了她，令这老妇人惊讶与感动不已。对于铃木健儿来说，一次的邂逅便是永恒的相伴。瞬间，一刹那，电光石火般，却包含了人生最美丽最激动人心的情感，这种情感无疑是一生的快意与沉重。无数的金钱从我们手里流走，若干年后我们谁也不会记起曾经使用过的一张钞票。我们只会记住那令我们感动的一瞬间。

安徒生爱上了叶琳娜。然而，他知道，他的心容纳不下这段火焰般的爱情。叶琳娜痛苦地说道："那怎么好呢，我的可爱的流浪诗人。

走吧！解脱自己吧！让您的眼睛永远微笑着。不要想我。不过日后如果您由于年老、贫困和疾病而感到苦痛的时候，您只要说一句话，我便会徒步越过积雪的山岭，走过干燥的沙漠，到万里之外去安慰您。”晶莹的泪水流过她美丽的面颊，她伸出双手，紧紧地抱住安徒生的头，吻了吻他的嘴唇。这一吻永远印在了安徒生的嘴唇上，那么柔软，那么温热，伴随着安徒生孤独寂寞的一生。这一吻比他那一百多篇美丽的童话更让我感动。瞬间，就是情人给我们软弱苍白的生命的深深一吻，让我们永远回味，永远感动。

我又记起了电影《周恩来》的最后，周恩来平静地躺在病床上，永远地闭上了他那智慧的眼睛。邓颖超俯下头去，在他额上深深一吻。神圣的一吻！这一吻，定格成一种永恒之美。

我们要拥抱生命中那看似平淡却是惊心动魄的瞬间。失去了这种瞬间，我们就失去了真正的美丽和内涵，失去了抵达永恒之舟的源泉。

温兆伦在《天地情缘》里唱道：“在爱的世界爱你怜你疼你，天地情缘总是悲。像流星闪烁在天边，你不再属于我的世界。”激越而伤感的歌声叫我许多次潸然欲泪。瞬间就是那天边的流星，在它出现的时候，请迅速在衣角上打个结，心里许个愿——虽然这愿不一定会实现，但至少，你已记住了这颗流星。我们还有什么别的奢求呢?

你的脑海里闪过我的背影，瞬间又消失了。

而我却为此感动一生。

1999 年 11 月 6 日

母亲送我上学

大学录取通知书寄来了，我欣喜若狂，家里人也乐开了花。我因有事急于要赶到学校，便决定提前两天起程。母亲坚持要送我去学校，于是准备好了学费，打点好了行李，母子两人乘上了往湘潭去的火车。

到了湘潭，下了车，母子两人背着行李向出口处走去。我的行李很多，一大袋子衣物，还有一大袋花生和板栗，和一箱沉甸甸的书。我背着衣袋，怀抱一箱书，走在后面；母亲则反手背着那袋四五十斤的花生和板栗，走在前面。母亲近五十岁了，身子也不大好，那袋沉沉的东西把母亲的背压了下去。我在后头看着矮弱佝偻的母亲，鼻子一阵阵发酸。

从幼儿班到大学，都是母亲送我上学。

六岁时，年轻的母亲牵着我的小手，把我送到了幼儿班。早已记不清那天母亲跟我说了些什么，只记得牵我的那只温暖的手。

一年后，又是母亲同一只手，牵着我走进了镇中心小学。同样记不清那天母亲跟我说了些什么，只记住了那双眼睛。那双眼睛，那天我读不懂，几年后似乎明白了点什么。

以优异成绩考上了初中。母亲听说我的班主任是她从前的老师，欣喜中又亲自把我送到班主任面前。那时我已跟母亲差不多高了，再也不用母亲牵我的手了。母亲跟老班主任亲切地交谈，诚恳地请求老班主任好好教导我，临走时一番密密的叮嘱。母亲走了，还不大懂事的我早就跟同学谈笑去了。

三年后上了家乡一所普通高中。开学那天，我本不想让母亲送我，但母亲一听说班主任是我一个表兄的昔日同学，便又亲自把我送到这位年轻的班主任面前，自然又是诚恳地请求班主任好好教导我，

临行时又是一番密密的叮嘱，叫我好好念书，考上大学。

可是我没有考上，落榜了。我并没有丧失信心，决定到县城一所补习学校复读。那天，又是母亲送我。母亲帮我挑行李，帮我交学费，帮我挑选寝室，帮我铺好床被。我第一次出远门，母亲不放心，叫我一定好好保护身体，不要舍不得吃，不要和不三不四的人混坏了。临行时，母亲只说，好好读书，考上大学。我默默地点头。

可是我再度落榜了。我只觉愧对家人，愧对母亲，一个暑期闷在屋里不敢出去见人。经过一番激烈的争论，我不得不重新踏上复读的道路。那天，仍是我的母亲送我。行李很多，很重，有书，有衣服，有被子，有箱子，有提桶。母亲没有说什么，挑了担子，在前面走着。沉重的扁担压在母亲瘦弱的肩膀上，母亲步履蹒跚。我突然发现，母亲老了，母亲真的老了。母亲帮我办好了入学手续，没有说什么，也没有叮嘱什么，默默地离去。她理解她的儿子，她知道根本就不必说什么。我看着母亲渐行渐远的背影，心里在暗暗发着铁一般的誓言：一定要考上大学！

经过再一年紧张的复读，我终于考上了湘潭师范学院，虽然这并非我当初立志要考的学校。可是母亲已很满足了。我和母亲走在美丽的大学校园里，我知道此时此刻，母亲的心比我更激动。

母亲只是个初中毕业生，她在我读小学三年级的时候，有一次有事到邵阳师专去。她第一次踏进那么美丽的大学校园，心里就想：要是我的儿子能有一天到这里读书该多好！母亲是个平平凡凡的人，做人很实在，不像别人的母亲那样要求自己的子女上重点大学。她的心愿只是她的儿子有一天能到小小的邵阳师专念书，就可以了。现在，她的儿子考入了一所本科院校，她的儿子正与她一起缓缓走在这比邵阳师专更大更美丽的大学校园里。她的儿子，深深地理解母亲此时此刻的心情。

我伸出手去，牵住母亲的手。

1999 年 11 月 13 日

大一新生

黑色七月的冲刺，漫长八月的等待，在九月一张姗姗而来的大学录取通知书里，化为笑的疯狂，泪的滂沱。

从没有见到过这么美丽的花草，从没有沐浴过这么美丽的阳光。

可爱的同学，可爱的老师，可爱的校园，我来了。

很渴望军训。真的军训了，又很讨厌。

教官会罚站军姿，一连一个小时，不管曝晒还是暴淋。这小子太无情，难怪没女孩子追。唯一可爱的地方，是用他那破铜烂铁般的喉咙唱《说句心里话》。原来他也想谈恋爱，跟我们一样。

军训真累，真想休息啊，口号声已不再齐，不再亮，像枯萎的茄子。真的很羡慕那个不知怎么将腿扭伤而进医院的小子。

写军训总结，一律写“增强了体魄”“培养了坚定的组织与纪律观念”“锻炼了坚强的意志”……

军训完毕，是真正的个性大解放。

“班”已是一个抽象的概念，因为几个班总在一个大教室里听课，像在中学的礼堂里听报告。

本以为教授的课自然是精彩绝伦的，没想到那个老头儿就会照本宣科，本不想睡觉的也只好无奈地沉入梦乡。

这一节课在一楼，那一节课在五楼，我们都成了游击队员，紧张兮兮地夹着手里的书急匆匆地去抢占座位。

欣喜与热情基本已被空气吸干，剩下来的是孤独、空虚、无聊、迷惘。

我是谁？我从哪里来？我要到哪里去？

第一次面对这么严峻的哲学问题，不由瞠目结舌，手足无措。

先不管他，寝室里几个兄弟，来，打扑克，下棋，进录像厅……

大学校园的夜晚充满着诗情画意，一对对恋人从面前走过，而自己孤孤单单的一个人，怪可怜的。

信步走向樱花林，忽见不远处一对恋人正靠着树，忘情地接吻。心中一阵慌乱，转身便想夺路而逃，终于忍不住好奇，悄隐在一棵树后，津津有味地看情色电影现场直播。

只有一只不解风情的秋蝉还在讨厌地叫。

一进寝室，仍是几个熟悉的兄弟，或在唱歌，或在洗衣，或躺在床上，或走来走去。无聊！太没新鲜感了！很想进女生寝室找个女生聊聊天，而女生宿舍大门上赫然六个触目惊心的大字：男生到此止步！

稍微对一个女生亲密了些，人人认定你在追她，连这个女生自己心里也这么想。为避嫌疑，只好刻意疏远。男生与女生，不存在友情。

真的很怀念中学时代的岁月。一群单纯的少男少女聚在一起，谈天说地，欢笑不止。

友情是昨日的星光，在记忆里闪烁。

舞池里师兄师姐们或翩翩舞蹈，或疯狂蹦跶，自己怯生生地不敢下场，生怕踩着了哪个女孩的纤纤小脚。

卡拉OK赛上，吼一句“爱就一个字，我只说一次”，没用，你就是说十次，也没人爱你，何必浪费声音与表情。

演讲赛上，上台之前给自己打鼓：“I enjoy losing face!”上台后仍是声音打颤，像秋天的树叶沙沙响，没一点美感。

在中学总以为自己挺行，一上大学什么都不行。

失败！

班干部竞选了，一个班倒有一半上去做竞选演说，个个唾沫横飞，慷慨激昂地宣布自己的“施政纲领”。竞选前像西方政客一样到处拉选票的人都选上了。

爱国主义演讲赛正在热烈地进行中。人人表示自己爱国、痛斥卖国，发誓自己一定要成才，报效祖国。忽听一偏激者暗里说：“这里自称爱国的人，以后大半成贪污犯、行贿者。”我默然。

余杰说，真正的爱国者是不谈爱国的。

借阅证终于发下来了，终于可以进图书馆畅游一番了，人人激动难耐。

我们开始与尼采对话，与歌德谈笑，与柏拉图辩论，与马克思争讨，一片崭新的天地展示在我们面前。

世界真辽阔。

有外地高校的大教授、大学者来做专题讲座，提前半个小时到了图书馆报告厅，竟发现早已座无虚席，便发誓下次一定要提前一个小时赶到。

晚自习时，主教学楼教室、阶梯教室、图书馆全部开放，随便可以到哪个地方学习。

一片安静，没人说话，没人发笑，只听得见书页的翻动声。中学时代要老师维护纪律的现象在此绝迹。

从这里面体验竞争。

开学已几个月了，生活学习逐渐走上正轨，该定的目标也定了，该发的誓也发了。

有人给大学生定出了规律：大一大发誓言，大二随随便便，大三糊糊涂涂，大四“这怎么回事儿啊”。

有多少人能跳出这个规律的支配？我们拭目以待。

无论怎么样，我们年轻。

年轻就有希望，这一点我永远相信。

1999 年 11 月 14 日

海　韵

大海，在远方，在我们可能终极一生也无法抵达的远方。

而那一天，神因为感动于我的虔诚，给了我一双羽翅。我把它插在肋下，轻轻一扇，御风穿空而去，像一只大鸟，飞翔在广阔的天宇。

大海已在不远处，是的，我看到了。

在那个清朗的黎明，我落在一处高高的岩石上，羽翅顿时被神收回了天宇。人，到达一个地方，永远也不可能回去，即便这个地方只有你孤独的一人。而我从来就是一个寂寞的少年，既已来到了海边，纵便再寂寞一千年，我也不愿回到熙熙攘攘热闹喧嚣的人群。

我下了岩石，缓缓走在柔软的白色沙滩上。微咸的海风轻拂过我的身子，撩起我的发。展眼望去，是无边无际的蔚蓝，无边无际的平静，无边无际的柔和。一线白色的海浪自海平线轻轻涌过来，涌——过——来——，好像一群白鸽在飞动。一浪未终，一浪又起，不时轻轻拍打岩石与海滩，充满了至柔的情意，像在抚摸与吻遍情人美丽的周身。一轮湿漉漉的红日自海底探出了头，霎时间光芒万道，一整片大海在一面极阔极轻的红纱的笼罩与荡漾下呢喃着情语。远处帆影点点，鸥翔燕歌。

"从那遥远海边，慢慢消失的你，本来模糊的脸，竟然渐渐清晰。想要说些什么，又不知从何说起，只有把它放在心底。茫然走在海边，看那潮来潮去，徒劳无功想把每朵浪花记清，想要说声爱你，却被吹散在风里，猛然回头你在哪里……"张雨生尖锐激越而又深情款款的歌声自海之彼岸若一只海燕踏着浪尖飞过来，我霎时热泪盈眶。这歌声飘扬在海天间，风雨一般张扬着自然与爱情的永恒的悲壮之美。张雨生用生命唱完这支歌，年轻的灵魂飞向遥远的天宇。若干年后，我可能会忘记张雨生，但永远也不会忘记这支永恒的《大海》。

我想起在那遥远的地方，在比这大海更遥远的地方，有一个清纯美丽的女孩。她的眼睛，便如泉水一般的清澈；她的声音，便似溪流一般的轻柔。我把我一生的诗歌献给了她，她却只是回眸向我微微一笑，从此便像一片白云飘向远方。远方为什么对我永远充满了不可抵挡的魅力？只因为真正的美，在远方，在我们可能永远也无法企及的远方。

太阳渐渐升高，眼前的这壮美之景已逼得我无法呼吸。天是那样辽阔，海也是那样辽阔；天是那样蔚蓝，海也是那样蔚蓝；天空翻涌着白云，海上翻腾着浪花；天空的飞鸟在白云上下翻飞，海上的飞鸟也在浪头上下翻飞。哦，站在这海天之间，我已渐渐分不清天与海。在这里，天便是海，海便是天。一向自高自大的人类，总爱夸耀自己的伟大，而一旦站在这里，面朝大海，总会低下自己的头颅，感觉到自己的卑微与渺小。海是一部浩瀚的哲学，一部磅礴的史诗，而百川是一尾尾鱼，游进大海，而大海永无盈溢。大海从不骄傲，只说："吾在乎天地之间，犹小石小木在大山也，方存乎见少，又奚以自多？"

大海永远相关童话与爱情的传奇。热爱人间、热爱年轻的王子、渴盼得到人的不灭的灵魂的小人鱼，把从巫婆那里用自己的优美绝伦的歌喉换来的药水洒在了自己的鱼尾上。鱼尾褪去了，化作了两条修长的人腿，疼痛却令她昏死过去。可她终于被年轻的王子发现了，领回宫去。年轻的王子永远不知道身边的这个哑巴孤女便是真正救他的人，他爱着另外一个王国的公主，因为他一直认为是那个公主救了他，他只把小人鱼当作那个公主的替身。而小人鱼多想告诉王子，她才是那个真正救他的人啊，这世上只有她才会那样放弃了一切来深沉地爱他。可是她已失去了声音，她将永远也无法把这一秘密告诉他知晓。王子与公主结婚的头天早晨，太阳出来以前，小人鱼将因得不到王子的爱情，而化成海面上的泡沫。姐妹们交给她一把刀，说只要在太阳出来以前，把这把刀刺进王子的胸膛，他的血滴在自己的脚上，她便可重返海的世界，再活三百年。可痴情的小人鱼望了望熟睡的王子与公主，只在王子额上深深一吻，把刀子扔进了大海。为了心爱的人的幸福，她宁可失去生命，失去自由，失去与亲人团聚的欢乐，而化成泡沫。而这些，都是那个王子所不知道的啊。

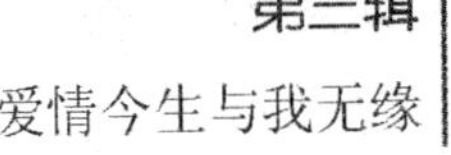

化为泡沫的小人鱼从此在太空浮游，去寻找不灭的灵魂。而我们长歌当哭。

我缓缓走在沙滩上，身后是一串长长的脚印，像岁月深处不可泯灭的流痕。不知什么时候，太阳被一大块乌云遮没了，天一下子阴暗下来。海风紧了，海面再也无法保持少女般的矜持，海浪滔天，如奔马轰雷。一道长长的闪电划破乌云，乌云直压下来。浪尖上的海鸟惊惶地乱飞，帆船在巨浪里上下颠簸。我全身心沉浸在这无比壮观的境地，并以亲身接受海浪海风的劈打而感荣光。突然记起普希金《暴风雨》里最后几句诗："风雨蒙蒙的大海无限壮丽/不见蓝天的苍穹布满电光/但请相信我：比海浪、比苍穹、比暴风雨/更壮丽的是站在岩石上的少女。"少女本身便是美的化身，而以阔大的苍穹与大海为背景，孑然一身立于暴风雨的岩石上，更是显示了一种半人间半天堂的至高无上的壮美。

我面朝大海，忽觉双眼迷糊，幻觉中，一个散发的单身女郎，从遥远的海滩走了过来，在暮霭之中徘徊。一个男子的声音响起："女郎，回家吧，女郎!"而女郎却执拗地与大海和唱起来。这时，天边扯起了黑幕，顷刻间有恶风波，男子的声音又响起："女郎，回家吧，女郎!"可女郎却执拗地凌空飞舞，像一只海鸥。突然，海波如猛兽般袭来，男子的声音再次担心地响起："女郎，回家吧，女郎!"而女郎却说："啊不，海波他不来吞我，我爱这大海的颠簸!"随即被吞没在海沫里。我大叫一声，奔向女郎沉没的地方，唯余浪花喁喁。那个男子的声音又响起来："女郎，在哪里，女郎？在哪里，你嘹亮的歌声？在哪里，你窈窕的身影？在哪里啊，勇敢的女郎？黑夜吞没了星辉，这海边再没有光芒；海潮吞没了沙滩，沙滩上再不见女郎——再不见女郎!"女郎，已与这大海融为一体，或者像小人鱼一样，已化为泡沫。我知道那个男子是谁，他别过康桥后，吻着火，为了赴一场约会，把生命交付给了蓝天。蓝天与大海，就这样达成默契。

暴风雨过去了，海天间又呈现出一片宁静的祥和。夜色降下来了，大海已无限宁静。天上星月，海上渔火，交相辉映。这世界折腾了一天，倦了，想入睡了，想好好做一个梦，明天早上醒来，又是一个很灿烂的天气。

而我无法睡去。我依然孤独地走在海滩上，长长的影子跟在后面。此时此刻，我知道那个远方的女孩绝不会想起我，内心涌动着一种难以言说的寂寞。

我想我生来便与大海有着某种程度上的默契，因此一直以来我渴盼着与大海对话。神给了我羽翅，让我终于抵达了大海，领略了大海的风姿，并领悟了其中的某些道理。泰戈尔面对汹涌澎湃的大海，只渴盼着咏歌之鸟；而今夜我面对无限宁静的大海，却渴盼化作大海。

人不必在年老才死去，只要真正活过，又何必在乎年纪的大小。我正年轻，风华正茂，假如在不久的将来死去，我无怨无悔。但我死去，倒下时，愿化为一片大海。

某一刻，我果真化为了一片大海，在天地间纵情张扬我自由的个性，喜怒哀乐统统淋漓地展示，世间一切真善美、假恶丑都沉没在海底。终于有一天，那个我一直爱着的遥远的女孩回来了。她仍然那样风姿绰约，清纯美丽。她独自走在我的沙滩上，眺望着大海，回忆着往事里温馨或辛酸的点点滴滴，默默呼唤我生前的名字。而她却永不知道，我早已死去，化身为这片大海，我就在她的眼前。我的海风拂过她的发，吻过她的嘴唇。女孩独自沿着我的沙滩，走啊，走啊，一直走下去，身后是一串长长的脚印，身影渐渐模糊。此时，海天间传荡着张雨生的那支《大海》：

如果大海能够唤回曾经的爱，
就让我用一生等待。
如果深情往事你已不再留恋，
就让它随风飘远。
如果大海能够带走我的哀愁，
就像带走每条河流。
所有受过的伤，所有流过的泪，
我的爱请全部带走……

1999年11月14日

圣 殿

殿之一为圣，便成大手笔，气魄不凡。金辉之下，红墙灰瓦，画栋雕梁，飞檐走壁，华彩辉煌，气势磅礴，巍峨肃穆。或矗绝顶之巅，或藏深林之间，或立群峦之腰，或卧碧水之畔，仙云缥缈，流岚环抱，在晨钟暮鼓中默默昭示着伟岸的庄严，接受人间无数顶礼膜拜。

在去南岳衡山的香客人流中，有我小小的身影。那年我才15岁。祖母是个虔诚的佛教徒，每年都命父亲去南岳烧香拜佛，祝祷许愿。那年我坚持着要去，当然不是为了烧什么香许什么愿，我只想趁此机会饱览南岳名胜。我去了，孤身一人，随众一起艰难地爬那九曲十八弯的山路。

祝融峰是衡山最高峰，有1289米高，从山底仰望，唯见青峰翠松缠玉带，目光哪里能抵及其绝顶。终于上了峰巅，云涛烟海，千里万里，穷归何处。天上耶？人间耶？早已莫辨。

猛一抬头，几座庙宇飞凌绝顶，如佛坐莲台，安然不动。这几座庙宇并非如想象中的那般巍峨壮观，然大气透于古朴中，庄严折于沧桑中。我不信佛，可在那一刹那间，只觉其上方万佛涌动，金光四射。我一颗少年固执的心在冥冥的声音中缓缓融化，沉浸于一派超然的平泰安和之中，登觉喜乐祥和。什么都不去想，什么都不愿想，只呆呆地凝视那几座庙宇。

进得一殿来，一尊尊奇形怪状的菩萨姿态各异。殿内黑压压跪了一群善男信女，正虔诚地打卦、礼拜、许愿。青烟弥漫，经声萦绕，置身于这种氛围，让我天生的反叛心理渐渐消融。在一个草蒲上，我双膝下跪，深深磕下头去。

我被一种真正的宗教力量所吸引，所折服。它并没有向我传授冗长的教文，它以某一种不可言说的内涵与氛围开启了我人性中某一部分，让我惭愧，催我自省。有人曾问金庸信佛的理由，金庸回答说根本就没有理由。我现在明白了。

可能就是在那一天，在那座殿堂中，我开始在心中为自己建筑圣殿。

许多年之后，我来到一座城市的一所学校苦读。这是一所小小的学校，教室老旧简陋。在教室的对面，是一座清真寺。久久地凝视这座西方建筑风格的清真寺，我在想：难道我注定与宗教有缘？冥冥之中是谁又把我牵引进截然不同于佛教的另一种宗教里？难道我上辈子便是一名教徒，这辈子注定又要先感受其氛围然后再行皈依？我不禁苦苦思索：我是谁？我从哪里来？我要到哪里去？在一种真正的宗教面前，哲学命题与宗教氛围在精神上融为一体。

我在这所学校待了一年，或者可以说，我在伊斯兰教的氛围中静坐与思索了一年。

在一个深秋的黎明，我起了床，独自在这座清真寺前徘徊。几颗微弱的星星还在白云里，向世界投下恋恋的余晖。风过处，但觉清新凉爽，呼吸随树叶一同飘落，盈然无声。

这是一扇低矮的小门，门页上的漆已脱落不少，越显斑驳。门上置一矩形石，平整的石面上，镌刻着“古清真寺”四个遒韧苍劲的行体字，以红漆涂上，但显然年岁已久，当年朱红成淡红。门左以毛笔字赫然写着四个字：闲人免入。门扉紧闭，轻轻地将世俗拒绝在门外。

我因对这伊斯兰教怀有极大的兴趣，曾几次闲步径入小门，想进清真寺里看个究竟，但每次都被管理人员请了出来。我不由得困惑：佛教寺庙欢迎普天下所有众生，清真寺却只接纳其教徒，难道后者比前者更具神圣，更具纯洁？

忽然，清真寺里传来一个男人的歌声。歌亦不成歌，喊亦不成喊，听不懂在唱些什么，但声音嘹亮粗犷，似在呼唤，似在回应。我的灵魂立时被震动了。我想起了远古，我们的祖先在祭祀拜神时所唱的正是这种纯原始、古朴、粗犷、简单的歌。即使在当今许多少数民族部落，这种类似的歌声依然在飘荡。渐渐地，脑海中，远古与现代，历史与现实，都化成同一种歌声，鸣荡在水云山谷间。

面对清真寺，想起祝融峰上那几座庙宇，多年来埋藏在心底的那座圣殿渐渐清晰，渐渐突兀。

我走进我自己构筑的圣殿中，烛光摇曳，百异或立或坐，或屈或伸，或狂或吼，或哭或笑。圣殿正前方，傲然端坐的，正是自己的上帝。

我缓缓走过去，在一草蒲上，向其跪下。

我不是世间任何一种宗教的教徒，但我是我自己宗教的教徒。

每个人都应在自己心中建构属于自己的宗教，自己的圣殿，供奉自己的上帝。这样，我们的信仰才有依托，我们的灵魂才有寓所，我们的虔诚才有支点，我们的感情才有归宿。晨钟暮鼓中，我们祷告，我们忏悔；我们沉默，我们爆发；我们爱，我们恨；我们生，我们死。一切，都在圣殿中进行。

人的一生，渴望安宁，渴望祥和，渴望欢乐，渴望幸福。

小到昆虫飞鸟，大到世界宇宙，又何尝不渴望如此。

我面对自己圣殿里依然傲岸的神灵，再次想起高更那句流传百年的名言：

我是谁？我从哪里来？我要到哪里去？

我在闪电突现般的刹那间明白了。

2000 年 3 月 18 日

狂士的爱情

既有雅士，必有狂士。雅士或悠然望南山，或挥琴送归鸿，或煮酒修翠竹，或步月醉清风；狂士则壮怀激烈，怒发冲冠，拔剑斫地，鸣啸九天。雅士属婉约派，如秦少游；狂士属豪放派，如岳武穆。真正的狂士如漠北朔风，漫卷黄云；如碧海掣鲸，劈波凌浪；如三峡巨浪，奔腾千里；如莽林雄啸，浩荡激厉。

狂士绝不虚伪，绝不矫情，将生命赤裸裸、坦荡荡铺展大地。他们一笑则声振异林，一哭则悲遏行云，一爱则惊天动地，一恨则山崩地裂。他们受世人的尊敬，又受世人的排斥。因此，孤独总与他们相依相伴。他们渴望友情，却又在无形中拒绝友情，在此罅隙中，爱情如白衣天使悄悄降临。

爱情，这人类有史以来最美丽的东西，牡丹花般激情怒放，娇盈鲜妍。一个人，无论他多么狂，多么傲，一旦遭遇爱情，人性中最柔弱最温顺的部分便展露无遗。他们柔情款款，而又坚定不移。他们无须发下“山无棱，天地合，乃敢与君绝”的誓言，豪迈旷达之间，顾盼生辉之际，已决计相守白头。

《神雕侠侣》之中，西岳华山之巅，五大绝顶高手重冠名号，黄蓉赠杨过一个“狂”字，将其形容得淋漓尽致。杨过人狂，情也狂。他与师父小龙女真心相爱，世间一切礼法规范都视若无睹。他坚守与小龙女十六年后再见的盟约。十六年后，绝情峰上，故人不来，生死两茫，情堪何深。他伤心之下，毅然跃下山谷。杨过在跃谷的瞬间，正是龙女花开得最艳丽的时刻。杨过是狂中圣贤，情中圣贤，傲视千古。

人们说英雄无泪，那是因为英雄从不会为自己洒泪。当他们与自己的所爱死别时，他们的泪便如常人一般汩汩而出，而其内涵更较常人丰富。英雄首先是人。狂士站在比英雄更高的层次上，从天堂回到

人间。乌江之畔，四面楚歌，项羽独坐中军之帐，举杯凝眉思谋。虞姬款款进来，愿舞剑以陪项王。剑光清影之中，红梅万点。项羽抱着虞姬渐渐冷去的身子，泪流满面，长声呼啸。曾几何时，驰骋中原的豪气，火烧阿房宫的得意，帝王霸主的踌躇，一化为今日的悲痛与泪雨。在这悲痛与泪雨中，我看到狂士的深情、脆弱与无助。狂士终究是孤独之神。

狂士总是至情至性，对爱情真诚执着。然而，狂士所深深钟情的女子却总会在有意无意间伤害他们。爱情是一把双刃剑，看似无情有情的女子在伤害狂士时，也深深伤害了自己。当代北大才子余杰以其激厉的笔锋杀向死气沉沉的文坛，无情地揭开假象上温情脉脉的面纱。他欣赏完嵇康李贽鲁迅李敖之后，傲然宣布："有一天，我将欣赏我自己！"他狂得有理，没人敢否认。然而，在人们赞叹他的刚性时，他却默默把笔伸向岁月里那段痛苦铭心的柔情。他爱小雅，爱得如火如荼，爱得一往情深。许许多多的男孩子换了一任又一任女朋友，他还固守着明知无望的爱情。古龙说："也许她一直都在爱着他，只不过因为他爱她爱得太深了，所以才会令她觉得无所谓。"余杰引用了这句话，这可能是导致这段爱情最终破裂的根本原因。余杰怀着异常复杂的心情写下这样一段话："火车开动了，最后的时刻来临了。小雅从窗口伸出手来与我相握。这是她第一次主动来握我的手，也是最后一次。她只是轻轻地说了一句：'谢谢你。'只有我才知道这句普普通通的客气话的分量。它甚至比'我爱你'还要沉重。三个字的分量全在小雅说的语气之中，那种语气比铅还要重。得到这样一句话，四年的呕心沥血足矣。"最后一句话让我泪水盈眶。只有对爱有坚定信仰而又绝望于爱情的人，才有如此的大度与宽容，才有勇气说出这样力具千钧的话。

这是当代中国狂士的爱情。狂士的爱情从头至尾总是充满凄艳的悲剧色彩。爱情是狂士所向往所追求的，但狂士的精神往往总是与爱情的意愿相抵触。大团圆的故事，在狂士看来，只不过是世人空虚的自我安慰。

于是，狂士依然踽踽独行。

2000年3月21日

回　家

在异乡求学，总喜欢听萨克斯曲子《回家》（Going home），那迂缓而又急切、柔和而又激越的旋律，如三月的惠风吹暖一池心湖，把人的思绪带到遥远而熟悉的家。门前桃花，檐下燕子，窗上照片，台阶青苔，还有母亲的微笑，父亲的烟火，弟弟的顽劣，组合成一个温馨的概念。家，想起还有一个自己可以牵挂并在牵挂自己的地方，心中便感由衷的幸福。

中国人有着浓浓的“故国”情结。不管漂泊何方，不管身处何地，在寂寞的时候最先想到的就是家。由是，李白的“举头望明月，低头思故乡”，杜甫的“露从今夜白，月是故乡明”成为最能拨动心弦的诗句便不足为奇了。

余秋雨说：“在一般意义上，家是一种生活，在深刻意义上，家是一种思念。只有远行者才有对家的殷切思念，因此只有远行者才有深刻意义的家。”真是把家说透了。我以前在家中时，一切都习惯了，“家”的概念极少浮现在脑中；而一旦远离家，“家”的分量却日益加重，最终成为一段沉甸甸的锁链。

然而，不管家是如何的美好，人们却往往选择远行。

有一句歌词说：“妈妈，我还要远行，再没比远行更令人销魂的了。”人的梦想总在远方，在家以外。李白雇轻舟，骑白鹿，将足迹撒遍神州灵秀山川，他最终没有回去。

许许多多的人，一离开了家，便不曾回去。有的是不能回，有的是不想回，有的是不便回，最为凄惨的是无家可回。“故国不堪回首月明中”，李后主无数次高楼望断，却只能在梦中回去一趟。呵，那雕栏玉砌，那凤阁龙楼，那车水马龙，那上苑佳景，一切已是昨日风光，再不能相见。于是，李后主发出了“无限江山，别时容易见时

难”的哀叹。历史上几乎没有一个人能如李后主这般把思念故国之情表达得如此淋漓尽致的了。同是亡国之君的刘后主，史书上说他“乐不思蜀”，可他真的“不思蜀”吗？只因为坦言“思蜀”会给他带来杀身之祸，只好将一腔思乡之情深埋心底了。

有家不得归与无家可归体现了人生最直白，也是最深刻的悲剧。家，是最底层的生存环境，失去了家，也就失去了根系，失去了源头。台湾歌手张信哲的最新专辑《回来》里有一句歌词：“我们再也回不去了，对不对？就算曾经几乎拥有幸福和完美。”我们再也回不去了吗？无数海外游子都在问。就算回去了，那个具体的家在哪里？对于当今的游子来说，其悲剧意义不在于能否回去，而在于回到哪里去。所以，我们时时看到，许许多多白发苍苍的游子回来一趟，又如赵、阮一般惆怅离去。

家不在了，真正的家在哪里？

旷达的人说，脚下就是家，倒下的地方就是家。

这是不是对家的意义诠释的一种升华？

如此，李白的家在水里，杜甫的家在船上，余纯顺的家在沙漠里。但是，他们在临死前，未始没有想起自己的出生地。

1999 年春节晚会上陈红等四人唱了一首《常回家看看》，一时传唱大江南北。据说在彩排时，导演一听就泪水涌出。

没家是无可奈何了，既然有家，不妨回去走走。

学校放短期假，电话响了，那头响起母亲亲切的声音：“回不回家？”

我早已打点好了行李。

2000 年 4 月 20 日

满庭芳

西风漫卷，啼血黄昏，芳春残断人间。默对孤坟，伤心泪双涟。却记万树梨花，抱膝处、幸何初见！抹微云，深深凝眸，生平知己一段。

回首！恁伤痛，如此情怀，永无销散。竟舍我去矣，无情忍叹。黄土香魂寂寂，应怜她、谁人作伴。欲言别，舌不由我，嚎啕催肠断。

这首词写于2000年，那时，还在读大学。那时，写了一篇小说，小说中一个风华绝代的女孩子死掉了，男主人公便写了这首词表示沉痛的悼念。

16岁时，父亲给我买了一本《唐宋词鉴赏辞典》，从此喜欢上词，自那以后学着填了十几首词。后来又学写古诗。大学时更加不安分，诗词歌赋骈曲，中国历来的文体全都写过了。有些文字，我至今还觉得不错。只是手稿现在都放在家里，身边唯一留存的，就是这首《满庭芳》了。

追寻与等待

学英语，读书，原希望以这两件事充实着每日的生活，然而突然在某一个时刻，英语也不想学了，书也懒得去读，厌烦了。接下来是无边无际的空虚、无聊、寂寞、迷茫。我突然发现自己的生活是何等单调，单调到可怜的地步。除了读书，我别无其他嗜好，当这唯一的嗜好也被一种突如其来的情绪暂时消解得无影无踪，我便真正一无所有了。这时我才感到了极度的恐慌与惊悸。

同样是过着平凡庸碌的生活，别人可以去打球、看影碟、逛街、跳舞、谈恋爱，而只有我孤独凄凉一人。我这是怎么回事呀！我是在过一种什么苟且的日子呀！平凡的日子没有把甘于孤独的我塑造成一个成功的形象，我便永远不可能走出寂寞地带。上帝啊，祈求你快点赐福于我！

青春岁月注定要孤独一人吗？注定要忍受这无涯的折磨吗？我不甘心，可我却无可奈何。我曾在那一夜电话中轻问L. J："你认为爱情重要还是友情重要？"L. J毫不犹豫地回答："当然是爱情重要！"我却说："我认为友情更重要。"我在说谎。说那话时我自己都感到好笑。世上怎会有比爱情更重要的情意存在？我之所以故意那样说，因为我在掩饰，掩饰我二十多年来始终空缺的那部分。当我那样深深地爱着L. J时，我多么盼望她能接受我的爱啊！然而她两次婉言拒绝了。当我再次一厢情愿地等Y. Y时，结局是空空如也，落下满身的疲惫与倦怠。爱情与我无缘。我的朋友们没有一个不曾甜蜜地拥抱过爱情，而独有我这个自命风流多情的少年公子与爱情绝缘。我曾经可以轻易地获取几个女孩子的爱情，其中不乏美丽的女孩子，然而我却谢绝了。我至今认为我是一个痴情的人，因为她们两个，我拒绝了那些爱。我为我无意伤害了那几个女孩儿颇感歉疚，但我却从未后悔过。

我固守着我古典的痴意，这只是一种本能，然而固守的同时也意味着失去。

这么多年来，我一直在追寻一份完美的爱情。我是一个理想主义者，唯美主义者，我固执地在追求我观念中的那种诗意的美，这种美，自然寄托在美丽的女孩子身上。然而，这么多年的历程告诉我，真正的美与我无缘。没有真正的美便无法产生真正的爱。因此，我几乎没有爱的权利。

我没有爱的权利了吗？我不会轻易爱上一个人，但一旦我爱上了，势必惊风雨、泣鬼神。我曾经两次全身心地付出感情，回报却是远山的幻景。我绝望了吗？没有。一个不曾真正获得爱情的人永不会对它绝望。然而，我又有什么能力、什么魅力去获取真正的爱情？

我此时毫无能力、毫无魅力，没有任何一个女孩子会注意到普通平凡的我。体现我魅力的形式还没有完成它的过程。或许，我就是在等待这个过程的完成。

我在等待吗？是的，等待一种机遇，将我化为一颗冉冉上升的新星，灿灿星辉投向每一个人的眼睛，让人惊艳，让人仰慕，到时，爱情天使也就出现了。

等待还要多久？不知道。但我知道这一天终究会到来。

然而此时此刻的我，真的好孤独，好寂寞。我希望能找一个女孩子谈谈话，说说笑。上帝，你能理解吗？

2001年3月8日

爱她，就要拥有她

听说樱花园里的樱花开了，下午一上完课，携着一本书便径自走到园子里去，果真千树万树，云蒸霞蔚一般。林间活跃着许许多多的人，欢声笑语。我独自沿一条曲曲折折的小路，穿花拂柳，缓缓而行。最后，在一处远离人群的荒凉的草地上，坐下看书，而心中却充满了悲壮的孤寂感。这种孤寂感于我从来都不陌生，自懂事以来，便相伴为侣，如影随形。我自然不想将这种感觉继续延续下去。然而天生的怯懦，却又把我与之紧紧锁连在一起。我被囚禁了，我渴望情感呼吸的自由。然而自由便在眼前触手可及之处，我自己画地为牢。囚禁自己的不是上帝，不是别人，是我自己。

人世间最大的悲哀便在于此。我爱，我想爱，可我却始终没有勇气完全地表达。我是一个虚伪的小人，明明在爱，却又经意不经意地掩饰它，还美其名曰“含蓄”。我并非对自己没有信心，然而信心在爱这一特别的东西前面，往往被消解得无影无踪。我窝囊。

再也不要用“幸福就掌握在自己手里”这样的陈词滥调来虚假地鼓励自己了。多少次这样自励，却又多少次临阵退缩。对爱的追求难道是这短短的一句话能了结的吗?

说不爱是自欺欺人的，说爱却又是痛苦的。因为我始终迈不出那关键性的一步。我就这样被玩弄于股掌之间，如一个陀螺，虽然早已疲惫不堪，却身不由己，停不下来。我被悬于两崖之间的孤索上，摇摇欲坠，下面是万丈深渊，有时恨不得就此坠下去，一了百了。

我再次被一种光彩夺目的美丽征服了，随之产生的便是浓浓的爱意。美与爱是这样地形影不离。你简直说不出她有多美丽，你说不出她的眼睛多么明亮动人，你说不出她的举止是何等地脱俗，她浑身上下透着那股高贵的气质。

曾经也在校园里遇到过几个美丽的女孩子，但对她们都只不过是浮光掠影般的好感，而对这位至今仍不知其姓名的女孩，我产生了一种切肤入骨的爱恋。爱上一个人，对我来说，并不是一种幸福，而是一种折磨。可是老天，我却拼命在接受这种折磨。

我承认，爱上这个女孩是寂寞的表达，但并不能说，这种爱就不纯洁。事实上，不同年龄阶段的爱都有它的特质，每一种爱都是情感的真诚表现，不存在以这一种爱去否定那一种爱。

当我看着樱花树下一双双的恋人时，孤寂感便更增了我的爱恋。

爱，还是不爱，这并非一个问题。

因为我是爱的，再没有第二个选择。

想起前天晚上，当我看见她走过我面前时，我注意到她本来白皙的脸如涨了红潮似的。

昨天晚上，在图书馆阅览室，我们之间虽隔了一张桌子，有四五米远，隔着那么多人，但我们几乎是面对面坐着的，比之前天晚上更多了目光相接的机会。我无心读书，总以手支额，以此为掩饰，用眼睛去瞅她。她惊人的美丽让我几次冲动想走过去把写好的字条递给她。在那持续的偷窥动作中，我发现，我惊喜地发现，她的眼珠子也如我一般在动——于是无形之中就产生了一种极大的可能性。这就是我昨天晚自习回去后很高兴的原因。

我看见她有一次看了一会儿书，把脸埋在书上，很长一段时间，抬起头来，脸上却有一种落寞的神情。此时，我的心中充满的是巨大的自责，这样美丽的一个女孩子，可能只是因为是读自考的，身份的差别拉远了与男孩子的距离，而至今尚无男朋友。上一学期我们的教室相对着，下课总能看见她，有一次看见她孤独一人凭栏唱歌，心中便生出无限怜惜。可我最终没有走过去。

一切的罪过都是我犯下的，天不可恕，我不可恕。

我们在任何意义上都是平等的。她自有她的美丽、高贵，我自有我的清秀、才华，我们的身份绝不是阻止我们走向彼此的障碍。我们一切平等，我们都有爱的渴望与追求。

爱她，就要拥有她，给予她实质的爱。

在我勇敢地走出这一步的时候，爱就不再孤独。

2001 年 3 月 30 日

突如其来的怀念

突然想起我与 L. J 相识已经十周年了。从懵懵懂懂的少年到此时成熟的青年，一晃，就像做梦一般。而此刻竟真有一种大梦初觉醒的感觉。我一直把她称作是“梦幻少女”，像梦一样地美丽，梦一般地缥缈。这个女孩曾寄托了我少年时代几乎全部诗情画意的梦想，让我倾注了大部分最真诚的感情。而此时，她在不远的那座大城市里，躺在一个男人的怀抱里，在叽叽呱呱说笑着什么呢？她脑子里还有往日的诗歌吗？还有对未来纯洁美好的憧憬吗？她长大了，成熟了，有她自己的想法，有她自己想过的生活方式。我又有什么资格以我的标准去衡量她呢？只要她感觉快活，而不是悲哀，我就放心了。

此时 Y. Y 在哪里呢？我不知她读本科还是读专科。若读本科，此时还在南华大学；若读专科，已经走上社会工作了。她还保存着我写给她的那五封信吗？可能到现在，她仍不知道那个人是谁，叫什么名字。如果哪天她知道曾经有一个男孩那样傻傻地爱过她，她会怎么想呢？如果有一天我们在茫茫人海中见了面，我们会以一种什么样的心情、什么样的姿态去面对对方呢？

R. J 是不是在师大？我有她的 Call 机号码，但我始终没有跟她联系。或许是我发现我们真的没有缘分，或许是我缺乏勇气。在这段情缘当中，我扮演了一个很可笑的角色。我情感上接纳了她，理智上却无法接受她。她其实是一个很坦率的女孩，具有城市女孩特有的时尚风采，我喜欢她这一点。不过在我的观念里，女孩的美丽不仅仅体现在相貌与气质上，更重要的是体现在文化内涵上。或许我的要求太苛刻了，因为这样才质俱佳的女孩已经很少很少。在我独行的路上，我没有在刻意地寻找，我知道对我来说刻意寻求永远也无法发现目标，我只是随意地张望。既然目标已变得不可望又不可即，眼前依然的空白也就构不成一种失落。跟我有缘的那个女孩不知在何处——错了，错了，没有哪个女孩跟我有缘，我不相信有哪个女孩在等着我。所以，耳边响起的，不再是“和我一起飞翔”，而是刘德华的“让我一生一世一个人走，面对自己的伤口”。

2001 年 9 月 16 日

敬畏生命

我时常在主教学楼五楼凭栏而立，俯视楼下，危危高哉，不禁产生一种对高度的畏惧。在我的幻想中，我此时是站在高耸的危崖上，底下是万仞绝壁，风一阵阵地刮过，吹乱衣服与头发，我的灵魂一跃而下——或飘荡如落叶，或急直如坠机。这时我感觉到的除了畏惧还是畏惧，这逼得我不得不后退，尽量不看楼底下，而把目光伸向远方或高处。

我缺乏直面危险的勇气。每当来自外界——更重要的来自内心的危险突如其来，我便慌得六神无主，疑虑重重，恐惧叠生。这时的我一般逃无可逃，时常消极地投降，然而投降的结果却是陷入更深的危机。时间往往能帮我冲淡那些危险，但我明白，更重要的还是要凭自己坚强的意志与自省的能力而抵制并最终战胜它。

我常常训练自己的内心，给它加上一层又一层的防护层。随着年龄的增长，这种训练非常有效，但有时在强大的危机面前依然显得软弱无力。这是二十年来形成的惯性，我很难在短期内改变。甚至我认为，这种惯性将贯穿我生命的始终。

无疑我是热爱生命的，正因为对生的强烈的欲望，才有对死的强烈的恐惧。我不止一次地想象过死亡的光顾。幸运的是，死亡迄今对我还只是个假象。但人生风云难测，难保哪一天死亡不会突然降临。面对死亡，任何一个人都很难保持从容不迫的平和心态。村上春树说过：“死不是生的对立物，而是作为生的一部分而存在”。在许多文章上也都看过类似的表达，但这毕竟是从一种高度的人生哲学上来看待的。从生命的本身意义上来说，生便是生，死便是死。生充满了希望，死却充满了绝望。因此，在我们现时的一般情况下，活下去是我们最基本的欲望。

想象着有一天当我在还没有活够的时候面对突如其来的死亡，我不应该消沉，只要有万分之一的希望，就要抗争，就要拯救——我不是灵魂拯救者，我所要拯救的仅仅是个体的生命，任何时候都不要放弃。在绝望中寻找希望，这是唯一的出路。

2001 年 10 月 4 日

生命是一片荒原

明天就23岁了。

记得去年22岁生日时，在闪闪的烛光前，我默默许下了心愿：愿我能跟Y. Y在一起。然而这个心愿没能实现，并不需要等到今日才知晓这个心愿的无法实现，早在22岁生日后的一个月之内，这个心愿便破灭了。最根本的原因在于我的怯懦。后来一系列的事情证明，这种性格正是导致我至今仍形单影只的"罪魁祸首"。无数次的忏悔与自省都没有形成一种足够大的力量摧毁这种性格。于是我依然只能被它肆意地折磨。

我平静、平淡、平庸地默默度过了这极其平凡的一年。也许稍可自慰的是，我结识了R. J，一个异常美丽的女孩。然而我们终究没有缘分。这一年中我最热烈的爱情憧憬在她身上破灭，我至今没有跟她联系。也许已不存在联系的必要。

除此以外，我还能在记忆里寻到一点什么令我激动的事？一潭死水。也许可以说，我在为考研做准备，我依然读了很多书，充实了自己。然而这是多么苍白无力。当读书成为生活的全部内容时，生命便被剥离成一具尸骸，毫无生动可言了。这是悲哀的人生，这是可诅咒的人生。我的23个春秋岁月都是可诅咒的。我现在还剩下什么呢？我觉得我一无所有了，赤着身子在寒冷的冬夜瑟瑟发抖。

我并不高贵，可是我总是用"高贵"来伪装自己，久了，也就自以为高贵。其实我很贫穷，真的，无论在物质上，还是精神上。我一整个儿流浪儿形象。流浪儿还有他最低的追求目标，可我发现我总在彷徨中勉强度日。我根本无法预测我的明天，只空有一颗雄心，若不是有一种信念在支撑着我，只怕我早已自杀了。

我好像在乞讨感情一样，然而我伪装得那样天衣无缝，没有人会觉察出我是一个感情饥荒者。我的性格决定了我只能用我自己独有的方式去追求感情。然而我是失败的。我总是失败，我总是无法跳出自己，我总是无法战胜自己，我被自己的镣铐锁得紧紧的，我是我自己的囚犯，我的思想与渴望一直在拼命地解救自己。然而依旧是失败。我不得不相信：这就是命了。

我像一只落魄的小动物，缓缓独行。夕阳拖着小小的影子，我已经精疲力尽了。我来到了悬崖上，四顾张望，哪里是我的方向呢？绝望的情绪笼罩了下来。

我绝望了，真的，我从来没有这么绝望过，这么深深地绝望过。我伏在悬崖边上，眯着眼睛，残阳如血，风一阵阵凛冽地吹过来。我想我就只能这么独自静静地伏着，没有幻想，没有等待，就这样，就这样，生命在时间的流逝里迅速地老去、朽去。

生命是一片荒原。我再也不祈祷了。

2001 年 12 月 9 日

美丽知心的女孩

元月29日上午在湘潭火车站，我给R. J打了个Call机，但始终不见回机，带着一份淡淡的失落情绪，我踏上了回家的路途。

我跟R. J分属于两个不同的世界。她诞生、成长于繁华的城市，耳濡目染的尽是现代文明的时尚，并且，她不喜欢读书。我来自乡镇，一个闭塞的小地方，这让我总是自觉不自觉地与现代文明保持着一定的距离，我始终无法融入这种文明，去尽情享受这种文明所能带给人的种种快乐。我是一个有点保守的以传统文化继承人自居的“现代叛逆者”，更重要的是，在知识结构、文化修养、兴趣爱好上，我们彼此都不处在同一个层次。所以，她虽然美丽，却无法成为我知心的红颜知己。

我一直在寻求一个美丽知心的女孩。美丽加知心，二者不可或缺。多年来我始终坚持不变地认为L. J是这种最适合我的女孩，至少，我们有着一个高层次的共同爱好：文学。

2月16日（正月初五）上午，正在我准备要去三姨家拜年时，L. J独自来访。她的突然造访令我颇感惊讶，继而欢喜。我仔细打量了她一下，剪去的长发又开始留长了。她依然青春靓丽，笑靥如花，活泼开朗。而我则依然保持着儒雅的风度，大半时间听她笑语如珠。她说：“你还是没变。”我只微微一笑。我告诉她，我打算考北京大学中文系研究生。她则计划筹钱在长沙买商品房安家了。我们的谈话顶多进行了十分钟，而内容不再涉及半分的文学。我知道这个共同的话题早已成为遥远的记忆，再不可能唤回了。她见我要去拜年，便辞别而去。辞别前，留下了她的办公室电话及手机号码。告别的时候，她顺便说有空到长沙去玩。我先是微笑着礼节性地说声好，随即又笑说不大可能了，很忙。

确实，我很忙，根本不可能到长沙那个我毫无好感的城市去。而且，我也不大可能在这一年里跟她联系。我们早已不是当年十七八岁时的少年人，早已失去了精神层次上的契合与联结。无论是外在还是内在，我们都不再是同一世界的人。

这个世界上有谁与我是同一个世界的人呢？当我发现自己迄今依然孤身一人时，不由感到了深深的悲哀。

在美丽与知心之间，我一直在寻求着一种相对的平衡。在美丽具备的条件下，知心的缺席是让人难以接受的。我希望在这世上有一个美丽的女孩能了解我，有能力与我进行精神上的交流与拥抱，我们关怀的不能仅仅是现实与时尚，在我们面对苦难、伟大、崇高、丑陋、庸俗、权力……时，我们应该采取同一的姿态，只有这样，精神拥抱才能达成互渗与互融，爱情才能经得起任何考验，持久不衰。

只可惜这样的女孩始终未能出现，而我依然只能置身于茫茫孤独之中。

L. J 被动地成为我青春岁月中的女主角，她被我的爱所感动，然而她就是无法爱上我。这是我的命运。我只能与孤独共舞吗？

我 23 岁了，可我依然不知道我的爱情在哪里。以前有那么多空闲的时间可以寻找爱情，我没有寻到，难道我还妄图在这备考硕士研究生的一年里有所收获吗？因此我是彻彻底底绝望了。我大学四年已注定也无法谈一次恋爱，是不是辜负了师院满园优美的景致？

我不诅咒孤独，可我也绝不赞美孤独了。

2002 年 2 月 26 日

我爱音乐

音乐是我除读书、写作之外最大的爱好。可是一年来我明显少了与音乐的接触，这仅仅是因为我那部旧的单放机坏了，而我又无钱去买一部新的。在此我不想再去唠叨贫穷的耻辱。这次我咬牙从可怜的生活费里挤出五十元来买了一部外形很不好看，但音响效果却是蛮好的单放机。我买这部单放机的目的不在于去练习外语听力，仅仅是为了让自己生活的每一天充满音乐。没有音乐的日子，心灵是空虚的，精神是饥荒的，灵魂是瘦弱的，思想是贫瘠的。拥有一部单放机，我就拥有了一片属于我个人的艺术享受的天地。这是属于我个人的，别人无权争夺。

音乐是一种神秘的艺术形态，无论伟大的心灵抑或渺小的心灵，无论情感的富足者抑或精神的受难者，在音乐里都能以平等的姿态找到同样激荡的鸣响，找到生命暂时或永久的寄托与依归。音乐就是这样一种神圣的语言，将整个世界联系起来。没有音乐，人类的精神与灵魂将永远漂泊，以至颓丧、衰败、凋落成泥。从某种意义上说，音乐是人类的上帝。

我爱音乐，这不需要什么理由。无论何时何地，音乐优美的旋律，会让我激动、兴奋。音乐给我多种浪漫化、艺术化也更真实化的情绪。我高兴的时候听欢快的音乐，我会更高兴；我忧郁的时候听忧郁的音乐，我会更忧郁；我悲伤的时候听悲伤的音乐，我会更悲伤。音乐带给我的这些更深一层次的情绪，是我的刻意寻求。生命体验至情绪体验的不断深化，是完成自我过滤然后上升的必然需求。

我尤其记得那些忧郁、悲伤的歌曲，那些歌曲与我忧郁的性格气质与悲剧性的生命形态有着深深的契合。我的忧伤、我的泪水被激发出来了。这是生命本真的释放。这归功于音乐。因为那些忧伤，那些泪水，那些歌曲染上了我的生命印痕，成为我与过去沟通与对话的艺术符号。

2002 年 4 月 17 日

真性情

真性情的释放是我们年轻人的特色与个性的呈现。在我们寝室里，八个人，不管是有女朋友的，还是光棍一条，都可以肆无忌惮地谈论属于我们的话题：女人和性。

这是个饥渴的年龄段，没有女人与性的话题刺激，饥荒的男人会发疯。因此，为了抚慰饥肠辘辘的灵魂，什么下流龌龊的话都说得出口，在大笑声中得到满足。

什么是“原欲”？就是人性原始的欲望——对爱与性的基本欲望。我们早已不是十几岁的男孩了，早已告别爱与性的萌芽，替代的是强烈的渴望与冲动。因此，在爱与性无法得到满足的情况下，只有寻求另样的方式来求得暂时苦闷、压抑的宣泄与释放。

深受我们喜爱的午夜谈话节目主持人来我们学校演讲。他说及一位女士给他来信，信中向他诉苦：她男人总是偷偷去看三级片，在网上下载黄色相片，翻看黄色小说，收集黄色图片。她请教他怎样才能制止她男人这一“龌龊”行为。他直率地说：“我是这样回复她的：‘你丈夫干过的事，我全都干过’。”底下数百男同胞大声鼓掌叫好，只觉真是知音难求。当他大声问：“谁敢说你没有干过，你站出来!”结果当然没有一人站出来。“纯洁”的女生们四处张望寻觅，令人“失望”的结果让她们可以对男人有更深入的了解：男人需要爱，需要性，就跟她们女人一样。

因为，不管是男人还是女人，大家都是人。

2002 年 4 月 20 日

寂寞是一把锋利的剑

听着张信哲的歌，易感的情绪又被忧郁的纤纤细手轻轻牵起。我已经连着一个星期的晚上没有看书，不是在观看球赛，就是冥思默想，不由自主对学习产生一种隐隐的抗拒。今天晚上我依然无法进入学习的状态。深情款款的歌声把我推进了无可自拔的寂寞之渊。我渴望着一种温情，然而遐想之后依然是深深的绝望。

我突然发现，这两年来我一直扮演着张玉宁的部分角色。张玉宁在国家队始终是个游离分子，他高傲、孤僻，不与队友来往，孤独与压力，他独自默默承受，不吭一声。今天国家队出征韩日世界杯的23人名单公布了，他与另外一个叫李明的元老级球员同时落选。李明的落选令大多数人惊讶，许多人，包括队友与中方教练，都为李明尽力争取留队，虽然没有成功。然而张玉宁，没有任何人为他说一句话，他是出局的第一人选，每个人都知道。他默默地收拾行李，明天就将返回自己的家。他是个失败者，因为世界杯对一个球员来说，一生可能只有一次机会。他是一个有实力的前锋，在辽宁队他是不可或缺的核心，然而在国家队，他不得不接受失败的事实。英雄的失败是悲壮而沉重的。我是那样深深地同情张玉宁，因为昨天晚上，肖彬就说我是张玉宁。

说我是张玉宁，这是针对我的性格而言。两年来除了寝室里的人，我几乎不与任何人交往。在每个人眼中，我孤僻、冷酷、清高、傲慢、摆姿态、不理人，是一个难以或无法亲近的人。每个人都感觉到我与他们之间一段遥遥不可变更的距离。我的性格决定了我只能采取这种姿态来面对世人，而从不理会别人的想法，我也从未想过要去改变这种性格。

无疑我是孤独的，但长久以来形成的这种习惯已让我很少意识到

我所扮演的这种角色，但我内心时时充斥着难以言说的寂寞的滋味，这种寂寞绝非来自我对外界的排斥，而来自对往事的回想与对现存状态的不满足。

在性格上，我与张玉宁如此接近，但我无法与他相比。他落选国家队，但这并不意味着他在辽宁波导俱乐部的失宠，他依然是辽宁队的绝对主力前锋与中坚灵魂；并不意味着他在千千万万球迷心中的地位的下降，他依然凭着他高大英俊的形象成为千万女球迷心中的偶像或白马王子。我无法跟他相比，我只是一个很普通很平凡的穷学生，一无所长。我所渴望得到的，没有一件成为现实。我简直不知道这世上有什么有价值的东西是属于我的。

往事早已不堪回首。往事里除了寂寞就是痛苦。然而对于一无所有的我，往事却是我唯一的拥有。于是在无数个寂寞的夜晚，我会心不由己地回到从前，重新体验那些忧伤痛苦的故事。双重的寂寞与双重的痛苦，让别人无法承受，我却欣然领受。在循环往复、不见终期的单调的学习之后，除了回忆，我还能用什么来排遣那如江水一般无穷无尽的寂寞呢？

寂寞让往昔的豪情壮语像日暮时分的落潮悄悄退去了，望着遥远的灯塔，我只能保持一种异乎寻常的平静的心态。就像张玉宁，他努力过了，然而他在场上的状态无法令主教练米卢满意，于是，他只能黯然止步，中途退场。过程是我所能控制的，而结果，并非我所能决定的。

有一首校园民谣，老狼与叶蓓合唱的，叫《青春无悔》，我很喜欢，听了无数次，百听不厌，每听一次，都会感慨。歌词里的男女主人公，都曾彼此相恋过，正因如此，纵然最后在夕阳街道旁道再见，他们也可说青春无悔了。然而我一遍一遍安慰自己“青春无悔”，我的理由是什么呢？仅仅因为我爱过吗？没有真正拥有过，又何谈说“无悔”？今晚我得承认，我后悔了，因为有很多次机会，我没有把握。自己伤害自己，自己毁灭自己，这就是人最大的悲剧。

受伤之后自我安慰，这是弱者的行为，是可笑的，可鄙的。正因为内心深处有“自我安慰”这一法宝，才有理由不断地去接受伤害。人是脆弱的动物，你可以一次两次三次伤害我，但你绝不能使着性儿无数次地伤害我。伤到极限，当“自我安慰”也无法奏效时，生命也就走到尽头了。避免这一悲剧发生的最好方式，就是抗拒伤害；抗拒伤害唯一的途径，就是从拥有中得到快乐。

寂寞是一把锋利的剑，已把我刺得太深了。

然而，游目四顾，面对虚无的空气与雪白的墙，我再次跌进绝望的深渊。

世界，你拿什么来拯救我？

2002 年 5 月 20 日

24岁这一天

没有风，而阴云翻卷，天空以急剧的速度旋转，像梦不断地切割与重组，变幻莫测，令人头晕目眩。突然于无声之中，一切都恢复宁静。夜色降下来，清风在林间悠闲地吹拂，宇宙深邃而浩渺。俯仰之间，个体立即被消解得无影无踪。树木在微弱的灯光下，倔强地支撑着生命固有的姿态，在沉默里，体验孤独与悲怆。冥冥之中，有个幽灵的声音在呼喊，悠长而细微，回声与山谷相撞，旋即发出金属般的击荡。星星在瞬间全部坠落，撒在草丛茅舍间，化成晶晶的泪滴。

我突然之间恐慌了。时间如雕塑般沉思不动，而我的面孔却在变化，由幼稚变得成熟，由天真变得凝重。许多年前我还在设想这张面孔的形状，一瞬间，我已残酷地获取。我是“本我”的异化，我分明觉得我是这样陌生。然而这却是我，一个充满了孤独与悲愤的我。恐慌不止于此，上帝造就我的生命，而我却没有完成使命，我愧疚得无地自容。我不祈求饶恕，我愿意破开胸膛，血淋淋地忏悔。

我来到这个世界上，带着天真、幻想、自由、爱，我并不想改变什么，只想彻彻底底完成一次生命的旅程。然而生命并不如我当初设想得那样完美。我激情满怀，却不得不在平淡中沉沦；我神采飞扬，却找不到挥洒的空间；我拥抱崇高与光明，却只看见卑劣与黑暗；我追求自由与爱情，宿命却将我冷冷地囚禁。我愤怒，我反抗，发出的声音与打出的力量却没有回响。

从什么时候起，绝望成为我生命的主题。在我的脑海，经常出现高耸的悬崖以及悬崖上奇形怪状、嶙峋突兀的巉岩，凛冽的风从深渊春雷一般滚动过来，浩浩荡荡，将悬崖边缘的我吹得东倒西歪。我经常纵身而下，毫不犹豫，最后的身影在惨烈的红霞里闪着奇异的光芒，悲哀而寒冷。然而某种奇异的力量又往往把我拉回悬崖——我常常怀疑那已不是我的肉身，而是一个灵魂，一种精神——让我重新接受摧毁。

我就这样怀着孤独、绝望、愤怒、悲哀，走在生命的荒原上，稻草人与狼都是心灵世界的孤独意象，是紧张情绪在慌乱中的自我慰藉。其实我什么也没碰到。

我冷冷地面对纷繁喧闹的世界，世界也冷冷地面对我。我大步流星，排众而去，根本不理睬涌动的人群，孤高冷傲，像天际的一片云，俯视众生。在世界之外，在人群之外，独异的我很难引起别人的注意，当有人突然发现我，试图接近，最终却因为感觉到无形的排斥而迅速退却。我固守我的孤独、冷傲、倔强的心灵阵地，用层层钢铁包裹捆扎，外面看来，坚固如千年攻不破的城池。然而，只有我自己知道，里面是何等的脆弱与慌乱。我多怕别人窥视我，多怕别人了解我，而我又多渴望别人来窥视我，了解我。内心就这样被残忍地撕裂，无法缝缀。

长久的孤独让我习惯了安宁，我内心本已躁动，但又不要来打扰我。正如今日，我 24 岁生日，我生怕任何一个人知道，我愿意像去年生日，像以前许许多多的生日一般，一个人过，不需要生日蛋糕，不需要闪闪的红烛，不需要那些程式化的祝福，也不需要自己给自己特别的犒赏。我愿意就像每一个平凡的日子一样，就这样过去。

这一天很快就要过去，我很轻松地度过了这一天，这一天我是在充实的学习中度过的。我满足了。

我从来不跟人说我有多么崇高的理想，我把自己装扮成一个平俗的人，“现实”的人，常常“满足”于小小的实惠，充满“理想”的人们因此嘲笑我。我并不予以回击，天知道我对生命是如何的不满足，只是我不再张扬，我更善于“内敛”。光掩其内，剑身一旦出鞘，不绝龙吟之中，世界将为之一寒。

我还在走着，怀着孤独、绝望、愤怒、悲哀，但我还在反抗，对世界的反抗，对自我的反抗。张弛之间，某种平衡让我苟活至今，我还没有毁灭，我还健康地活着。

星星坠落还有复归的时候，即使已化成泪滴。泪水的形态让星星更具有了光辉的人性与情感内蕴。因此，星空是我永远的家园。

我要坚强地活下去，虽然我依然孤独，依然绝望。

2002 年 11 月 30 日

4 第四辑　大学读书笔记

看啊，那些真实的人

1

远远地走来一头白鹿，鹿上是一个儒雅飘逸、仙风道骨的文人。他腰间佩着一把宝剑，手中拿着一壶美酒，边喝边吟诗。枯燥的汉语言文字，经美酒溶溶一浸，舌头微微一卷，吐出了中国文学史上最壮丽的辞章。

他是李白。

李白年轻时，带着满腹才学，仗剑去国，游侠天下。封建时代的知识分子，总是把在政治上有一番作为，当作人生的终极目标。李白一生敬仰诸葛亮，把其当作事业的楷模，很想在政治上展示他的才华，实现一番伟大的抱负。

天宝元年，即公元742年，他因友人吴筠推荐，召入长安，供奉翰林。他以为实现他的政治抱负的机会来了，欣喜若狂。可唐玄宗只把他当作是皇家的清客，每每度曲，便命他填制新词，根本不让他过问政治。慢慢地，他失望了。在失望中，他目睹了皇宫的奢靡与腐烂，目睹了权贵的谄媚与骄矜，目睹了人与人关系的虚伪与矫情，他对此有一种强烈的格格不入之感。

李白是中国历史上最可爱的文人，就是因为他的率真，洒脱，豪放，飘逸，不为世俗所约束，淋漓尽致地张扬他独特的个性。他憎恶权贵，嘲笑腐儒，蔑视流俗，连皇帝老儿都不放在眼里。他只喝他的酒，吟他的诗，欣赏他的明月，一切约定俗成的规矩都不放在心上。

可是，由虚伪、嫉妒、阴险、狡诈……构建成的皇宫怎能容得他的放纵！终于，李白走出了这阴森森的皇宫，依旧独自一人，腰间悬着他的宝剑，手中拿着他的酒壶，骑上他的白鹿。走吧，皇宫毕竟不是我李白的长居之所，我真正的家，是天下，是山水。只有在那些氤氲的山水间，才能找到我人生的坐标，才能让率真洒脱的个性再次得到释放。走吧，不要有一丝一毫的牵挂。

李白游览的名山大川很多，这一次是要到天姥山去。天姥在今浙江新昌县东，相传因闻天姥歌声而得名。山脉自括苍以来，道家以为第十六福地。他早就听越人说，天姥云霞闪烁，像在眼前一般，横空出世，高过三山和五岳，便连一万八千丈的天台，也只有拜倒在它的东南。对于一生爱好游山玩水的李白来说，这样的好所在怎能不去。在没去之前，李白做了个梦，在梦中，他饱览了天姥的神奇壮丽的景观。梦醒后，发现自己还伏在白鹿上，手里还拿着一壶酒。于是他吟道："世间行乐亦如此，古来万事东流水。别君去兮何时还？且放白鹿青崖间，须行即骑访名山。安能摧眉折腰事权贵，使我不得开心颜?"

封建社会时的中国就像一只滴着血的毛茸茸的兽爪，总是把人们抓在爪子里，多数知识分子舒服地躺在里面，思想麻木，言语麻木，行动麻木，从而丧失了自己独立的人格。少数人闻到了血迹，毅然决然退出来，隐于山水之间，与山水为伴，以山水为乐。严子陵钓鱼去了，嵇康打铁去了，陶渊明耕田去了。现在，李白再次骑上白鹿，过着他诗人的漂泊生活。山水，因了这些保持独立而健全的人格与个性的文人，而显得丰润。

2

令狐冲是岳不群的大弟子，但两人却截然不同。

他性情开朗，聪明机智，崇尚自由，蔑视礼法。他第一次与任盈盈见面，便忍不住去吻她，可谓大胆之至；他一向敬佩的任我行一旦重掌大权后迅速腐化，他便破碗绝交；至于跟采花大盗田伯光称兄道弟，与魔教左使向问天并肩作战，更是个性的自由张扬。金庸并没有把他塑造成一个完美的人，而是把他的优缺点一齐摆在我们面前，让

我们觉得这个人真实，从而感觉到他的可爱。

岳不群是地道的伪君子，而他却是如此真实可爱的令狐冲的师父。岳不群江湖上号称“君子剑”，是堂堂正派华山派的掌门人，地位可谓不低，说话的分量也颇足。他满口仁义道德，却为了抢得武林中人人争而夺之的辟邪剑法，进而夺得五岳派掌门之位，机关算尽，而又不动声色，余沧海、左冷禅与之相比，实在是天壤之别。当虚伪终被一层层剥开时，他的阴险、毒辣，无不令人胆战心惊。

真实的师父竟然是虚伪，听来有些匪夷所思。更奇的是，真实在虚伪的教导下竟然没有转化为虚伪。其实这也不难理解。虚伪者总是把邪恶的本质隐藏极深，而外在的道貌岸然反而给真实者一个良好的标榜，如此，真实者不但没有为虚伪者所同化，反而更为真实。

令狐冲得到完满的爱情，岳不群落了个可耻可悲的下场，真实战胜了虚伪，这是作者及读者的美好愿望。但是，几千年的刀光剑影中，真实战胜过虚伪吗？正义真的就能战胜邪恶吗？中国历史，生存下来的往往是岳不群、左冷禅、余沧海之流，令狐冲们却往往死于非命。

江湖上岳不群们一批一批地诞生，令狐冲们抵抗不了，只得归隐。

真实，是历史老人脑袋中一根脆弱的神经。

1999 年 10 月 28 - 30 日

写在长篇小说《和我一起飞翔》定稿之后

处女长篇小说《和我一起飞翔》已基本定稿，这部小说凝结了我全部的精力与才华。在以后的几年之内，我再也没有时间、没有精力、没有能力去创作一部比它更好的长篇小说了。

小说最初的构思应该是在高二，因为在那一年里，文娱委员L. S. J教了一支《和我一起飞翔》的歌，一听之下，便深深地喜欢上了它，当时就决定，要把这个歌名及歌意放到以后要创作的一部反映高中生活的校园小说里去。

1996年7月开始了同名中篇小说的创作，创作完以后，在同学中引起了强烈的反响。也正是因为这部小说，让我真正改变了性格，真正由沉稳走向开朗，真正享受了主人公所享受到的快乐。那一年的生活也为长篇小说积累了丰富的素材。1998年我又将稿子修改了一遍，开始觉得比初稿好多了，后来几乎不屑去读了，因为行文实在太啰唆了。

接着进入了1999年，在邵阳曙光学校复读时，我萌发了把中篇扩展成长篇的念头。我知道，除了男主人公的性格及某两三个章节以外，其余全部是崭新的，等于重新构思，重新安排人物，规划情节，孕育思想。但是我知道，不考上大学，这一长篇小说是永远也不可能动笔的。所以我拼命学习，以求得一张大学录取通知书。我考上了湘潭师院，至今想来都是一种侥幸，因为一向只有五六十分的数学在高考中竟得了78分，致使我最终以超过本科分数线8分的成绩，顺利考入师院。后来我每每想，假如我那年只上了专科，甚或再度落榜，那将是怎样一副惨淡的局面呢？我简直都不敢去想了。在许多回梦中，我仍然梦见自己还坐在中学课堂上，还没有考上大学，在梦中都有一种毛骨悚然的感觉。——话扯远了，但绝不是废话。不考上大学，绝无今日的我，我哪里还能够安安心心地做一切我想要做的事呢。

小说的构思伴随着我那些苦难的历程走进了美丽的大学校园。我本来是计划在大二暑假才开始创作的，因为那时对自己能否成功地完成这样一部大部头没有信心，主要在于我知识结构的严重缺陷。在大学第一年读了将近100部书之后，我已完成了所有的准备工作。大一第二学期还没有结束，小说的人物情节在脑海中已大声喧哗，呼之欲出了。我强烈地渴望快点快点快点放暑假，好让我立即一头栽进小说创作里面。终于放假了，我背着一大袋三四十斤的书回家，人们都惊讶不已。又经过几天的看书、思索，我终于动笔了。

第一稿大约写了2万多字，不行，毁去。第二稿大约写了6万多字，照样不行，又毁去。第三稿才正式确定下来。从7月17日～11月20日，经过127天的写作，我终于完成了洋洋近38万字的小说。这期间，思路断层与惨不忍睹的文字令我一次次尝遍痛苦焦灼的滋味。然而，那些优美动人的篇章及写作过程中簌簌而下的泪水又让我一次次体验到生命的快乐。这38万字就是在孤独、寂寞、痛苦与快乐的潮涌中啼血诞生的。完成之后的喜悦是无以言传的。在这初稿的写作过程中，我只要把我全部的思想与感情表达出来，所以不可避免地使小说显得冗长、繁琐、啰唆、沉闷。在修改的时候，我把那些不必要的章、段、句、字统统删除，力求文字的简洁、含蓄；再就是，把开头十几二十章做局部的顺序调整，把某些写得好、写得生动有趣、能打动人心、能刺激读者继续看下去的章节尽量往前移动。事实证明，这种做法是比较成功的。在家里改了十来天，前八九天经常改到午夜，然后一觉睡到十点十一点，吃了午饭，又继续改，改到下午六点准时看电视连续剧《红楼梦》，然后晚上十一二点再改至午夜。每日只吃两顿饭。那种状态真的很疯狂，每天都要改写1万多字，写完之后，右手成了鸡爪，久久不能复原，小指第二关节触物之处肿了起来，每写必疼。现在虽不疼了，但还未消去，且生了茧了。这种疯狂的状态一直持续到前日，达到最高潮，一天之内居然写了20900字。

定稿终于完成。

但事情还远远没有完成。接下来的任务就是小说的出版问题。小说初稿完成后，我就给深圳海天出版社旷昕老师写了自荐信，旷昕老师很快回了信，叫我誊抄完之后可寄去。以前总听说出书要自掏腰包，且一般是两万元。听说郁秀的《花季·雨季》送到某家出版社时，便要她出资两万，后经市政府出面从中协调，才由海天出版社免费出版。我原心想：假如海天出版社要我自掏腰包的话，只好改投另外的出版社。后来在书店看到花城出版社出版了一系列的校园小说，都是免费出版的，心中便多了几分指望。今天上午到市里书市逛了逛，见到一本韩寒的父亲著的《儿子韩寒》，翻了一下，里面谈到，韩寒的书由作家出版社出版，自己不花一分钱。这时我的希望陡生。

我对小说的出版及出版后的成功充满了极大的信心。正如《公关关系》的作者刘伟力所说的："我要我的权利，我要我所应该得到的一切。"我需要名，更需要利，这是现实环境逼出来的。名气是一笔无形的资产，可以使人随时获利；并且有名，能大大满足人的虚荣心。我坦然承认，我是有这种虚荣心的，我需要别人关注我，而不是像现在这样默默无闻，被人视为可有可无的小人物。我更需要利，这利就是钱。钱对于我的重要性已不言而喻了。现在我 4000 元的学费还欠着，学校已经在催了，紧接着下学期的 4000 元学费又要交了，眉头已在起火，而我又着实不想贷款，尽管利息不高。其次，家里开店子已欠下 3 万元的债，没有我这部书稿的版税是永远不可能还清的。再次，父母养了我二十多年，苦了二十多年，是我报答他们的时候了。我要让他们过上舒适的、扬眉吐气的日子，再也不用为生计烦恼。我要在大街上买一幢有门面的楼房给他们住。弟弟是个跛子，他有个门面，自个儿做生意，也就不必为生计犯愁了，娶老婆也容易得多。这样算来，也得有个 30 万才搞得定。30 万元，也就是说，我这部书最少要销售出 30 万册才能得到。

我对前景是乐观的，好像成功已在等着我，现在只不过是个时间的问题。我现在也不愿向坏处想，且让我保持这份美好的愿望与愉快的心情吧！

2001 年 2 月 22 日

我看韩寒

在《年轻人》杂志上看到一篇文章《天才“三剑客”》，介绍了韩寒、满舟、李嘉峻三位“天才”少年。韩寒早已熟悉了，满舟是个电脑“天才”，对他没什么兴趣，略过不提。李嘉峻是韩寒高中的同学，现就读于某师大，文章介绍说作家出版社近期将推出他的长篇小说《高三史记》，他曾在全国新概念作文大奖赛中以一篇《物理班》与韩寒的《杯中窥人》同获一等奖，可想见其写作是有一定实力的。他宣称《花季·雨季》远远无法跟《三重门》相比，而他自己的小说肯定也比《花季·雨季》强，但未必能强过《三重门》，好像《三重门》已成为一座高山，难有人再逾越了。且期待他的小说面世，看看这家伙到底能比郁秀强多少。

文章同时介绍说，复旦大学做出决定，可招收韩寒为复旦中文系的旁听生。对此韩寒反应冷淡，他一针见血地指出，现在的大学生就两件事：睡觉和玩，用钱在买一张大学文凭。因此他宁可继续与大学校园保持警戒的距离状态。韩寒强烈的叛逆个性在这里得到充分的体现。他好像生来就与现行教育“不共戴天”，晚自修的时间他全部用来读真正的书，文学创作花去了他几乎所有的时间。他在文学创作上成功了，然而由于偏科严重，七门功课高挂红灯笼，不得不留级。他大大咧咧，无所谓也，一副玩世不恭的态度，不思悔改，继续“冥顽不化”，我行我素，结果被迫自动休学。于是产生了一种所谓的“韩寒现象”，引发了全社会对此现象的争论与评判。韩寒对现行教育有他独特的理解，他认为，对一般学生而言，数学只须学到初二就行了；他又认为，学语文最大的诀窍便是不听课，不看作文书。这番奇言怪语一般人觉得不可思议。然而我以为却正好道出了现行教育某一层面的真相。现行教育便是要培养所谓的“全才”，即文理兼优的

“人才”，然而对于大多数学生而言，都存在“弱科”，这“弱科”甚至会成为永远填不满的无底洞，这就客观地表明了他们在这科的潜力的深浅度与可掘性。然而，现行教育就是要压迫学生继续痛苦下去。教育的对象一旦被这种教育压制得苦不堪言而又无力挣扎，其弊端便一露无遗了。当然，任何一种教育都必然存在其无可避免的弊端，在现代生活秩序条件下，我们所能选择的也只能是这种教育机制。但问题是，我们该采取什么样的改革措施来尽量避免这种恶性循环。若是从初中起，学生便能任意选择自己感兴趣的科目学习，而高校同时招收专门的优秀人才，这样就具备了消除那种“明知山有虎，偏向虎山行”的无奈的恶性循环的可能性。然而，要走到那一步，时间还很长，但愿我们的下一代不要再重蹈我们痛苦无奈的覆辙。

还有一个有趣的问题是：韩寒是偏才吗？舆论在传统意识的引导下，自然而然地得出结论：像韩寒这样只有一门写作专长而其他功课全部挂零的学生，自然是偏才。韩寒第二本书《零下一度》里收了一篇“名士”的文章，呼吁韩寒三思，劝他“改邪归正”，回到高考的队伍里去。这篇好心的正统思维的文章混迹于反叛性极强的《零下一度》里，很有一种讽刺的滑稽感。

韩寒到底是不是偏才，我们须得从另一视角去分析。在现行教育机制下，中学生读书的首要目标就是考大学，考大学就要求学生在几门必考科目上保持相对的平衡优势，即所谓的全面发展。达到此标准的学生自然是优秀学生，而这也就是人们意识中的（在这个特定时期内的）全才。然而，众所周知，中学学过的知识与大学的学科知识基本上没什么必然联系，比如到大学学人文专业，数学就半点用也没有了。既知本来无用，却又何必浪费时间在这上面。再看看这些所谓的全才，一进大学，高中的东西基本上还给了敬爱的老师们，“全才”的本质已荡然无存，只剩下一个空壳做摆设。这就是“全才”们的悲哀，更是整个现行教育机制的悲哀。其实现代社会，我们根本就不需要这种百无一用的“全才”，我们需要的是真正的专业人才。一个人时间精力有限，在一个领域尚且不能穷精，更何况数个领域。韩寒在文学领域是一个“天才少年”，他精练幽默的语言，高超绝妙的讽刺，深刻睿智的思想，是当今大多数成年作家永远也无法企及的高度。他的这种高度归根结底产生于书本知识的广博。试问，那些“全才”们

读过几本真正的好书？他们产生过什么闪光的思想？空虚与迷惘是他们成为“全才”后必然付出的代价。而就在“全才”们浑浑噩噩之中，韩寒却以其气魄不凡的大手笔向我们展示了一种真文学天才的能力与姿态。我们到底是需要天才式的“偏才”，还是百无一用的“全才”？答案不言自明。

韩寒以实际行动对抗着整个现行教育机制，与其说这是一种巨大的勇气，不如说是一种个性的本能。在韩寒身上，个性张扬得淋漓尽致。韩寒是这个压抑的时代必然的产物，他代表了那一个强烈渴望摆脱传统束缚、要求个性自由的激进群体。这正是时代的希望。

我是一个在正统思想教育下长大的人，曾有一段时间被毒害得面目可憎。现在我正试图一点一点清除思想中的毒素。我并不认为只有在大学里才能成才，对于一个文学道路上的执着追求者，社会才是他发挥才华的唯一空间。然而，选择什么样的生活状态，却最终取决于个人的意志。我对于韩寒的最大希望就是，永远不要放弃适合自身文学发展的生存状态，只有固守这一状态，他的文学天才才能锋芒毕露，最终在天空划下一道不灭的霓光。

这又何尝不是对我自己的警醒！

2001年3月3日

《挪威的森林》的悲剧意蕴

将《挪威的森林》轻轻合上，此时的心绪如同今天阴阴的又飘着点儿细雨的天气。小说的语言如涂了层润滑油一般，全篇透着那股淡淡的感伤、哀愁的情调。

小说要向我们表达一种什么样的主题？是爱与痛的切肤体验，抑或生与死的哲学反思？说不清，但你又分明感到一种深层次意蕴带来的强烈的冲击波。作者在腰封上写道：“这是一部动人心弦的、略带感伤的、百分之百的恋爱小说。”作者用现实主义手法写出了一部悲剧，唯其悲剧，才有紧紧揪住人心的力量。

首先写出了命运的悲剧。人的遭际构成人生的全部内容。主人公渡边从故事的开始便是遭遇直子与木月。木月死后，渡边成为直子的恋人。直子因为从前的恋爱与性的缺陷，一直在爱情与友情的边缘徘徊，而渡边却发誓一直要等她。于是，情感的契合始终无法得以完成。直子因为心理病症住进了疗养院，在此以后渡边认识了绿子，并爱上了她。一方面是对直子的誓言，一方面是对绿子的真诚，道德与爱情在暗流中不断产生撞击。直子无可避免地死去了，渡边的信念在一瞬间坍塌，促成了生命自虐般的流浪。渡边回来，绿子依然爱着他，等着他，这好像是命运帮他解决了一个难题。然而渡边却陡然陷入了一种迷茫的空幻之中：“我在哪里？”他处于自己也不知道在哪里的哪里。

其次写出了人的悲剧。小说的主体构架是人，人在现实生活中的痛苦纠结及人的毁灭最能直接体现悲剧的深沉涵义。在这个颓废甚至荒诞的世界里，人物无一不是痛苦的载体。木月对纯真的绝望，永泽对人生的清醒与麻木，初美对爱情的盲目，再就是主人公渡边经历的生死历练，直子对生命的绝望，绿子对个性的放纵，玲子对往昔的悔恨，一并传达出一个信息：人是来到这个世界上经历痛苦的，没人逃得脱这个藩篱。至于人的毁灭，主要体现在直子身上。直子代表了日本传统女子那种文静、典雅、含蓄、温柔的美，更重要的是，她在渡边心中代表了一种爱的价值。

最后写出的是时代的悲剧。小说中的人物无不充满了孤寂、颓废、荒凉，所以他们强烈地渴求肉欲的抚慰，精神的寄托。这一群多余的却又必不可少的人落寞的精神世界，凸现了那个时代的本质特征。小说没有明确表达对未来的希望，最后在颠倒混淆的时空中让人迷茫四顾，辐射出作者对那个时代激烈的批判意识，然而又深沉无奈的悲凉祭奠。

小说前后连着一句话：“死并非生的对立物，而是作为生的一部分而存在。”当一切的爱、一切的痛都包含在生死之中，生与死就永不分离了。

2001 年 3 月 6 日

读传记《拿破仑》

终于将厚厚一本《拿破仑》看完了。在这部传记中，作者艾密尔·鲁特维克以“岛、湍、河、海、岩”形象地划分了拿破仑复杂的心路历程，深入探讨与分析了拿破仑的性格悲剧，给读者提供了一个独特的阅读视角。

拿破仑出生于一个没落贵族的家庭，贫穷与寒酸让他在少年的自卑中树立了出人头地的雄心壮志。他像礁石一般固守自己孤独的心灵阵地，反抗一切外来的侵犯与不平等。而他一生都在追求一种高层次的不平等：即高蹈于脚下整个世界及这世界所有众生。

时代铸就了一个旷世绝伦的拿破仑。他有着雄狮一般充沛的精力与强悍的气魄，他有着狐狸一般精明的机巧与高超的智慧，他更有着超凡入圣的军事天才。凭着这些，他横扫欧洲大陆，整个世界在他脚下颤抖。他一生以达到凯撒、亚历山大的成就为崇高目标，殊不知无论从历史的功绩还是人格魅力，他都已赶超了那些伟大的先人。

在他少年时代，他第一次佩带佩剑时，心里便想：“只有剑鞘属于法国，而利刃是属于我的。”他成年了，他用剑征服了世界，而用精神统治着这个世界。他铁蹄所到之处，破坏了旧秩序，建立起了新秩序。从这个角度讲，他是自由的解放者。然而，独裁就意味着与自由的对抗。他在侵占地实行专制独裁，自由与独立的诉求便成为侵占地民族反抗他的旗帜。一连串伟大的军事胜利在他心中形成了一种顽固强悍的自负惯性。他执拗地以为一切可以通过军事手段来解决，而忽视了民众的力量。因此，当民众联合的力量集聚到高潮，一起愤怒地推向孤立的他时，失败就是无可避免的结局了。

当然，必然中包含极大的偶然性。如果他不远征俄国，不顽固地与大自然对抗，他仍然会保持强大的实力，至少败局不会来得那么突

兀。然而，偶然又体现着必然，他不可一世的自负促成了他悲剧的走向。

滑铁卢战役并非是他悲剧的终结，而是他政治军事生命的终结，或者说是一段历史的终结。他的悲剧在滑铁卢一役之后仍在延续。当我读到他在圣赫勒拿岛上六年屈辱的流放生涯，不由得深为这位伟人虎落平阳的生活状态扼腕叹息。凯撒的被刺固然体现了一种英雄的悲壮，然而拿破仑的流放生涯直接抵触了一种深刻的人性与情感，故而其悲壮的色彩又比凯撒多了一层个体生命的巨大内涵。

拿破仑在总结自己的一生时说："我的生命就是一首悲剧性的史诗。"这是他对自己一生最深刻的概括。其实，拿破仑从一树立起他那伟大的志向起，便已注定了他一生的悲剧走向。一个伟人最崇高的悲剧意义表现在理想与存在之间巨大的矛盾以及由此引发出的历史对个体的无情与个体对历史的失落感。正因为如此，拿破仑的一生才充满伟大悲剧的强烈震撼力。

恩格斯说，拿破仑是那个时代的产物，假如没有拿破仑这个人，也会有另一个人来扮演他的角色。这句话作为经典名言被无数次地引用，从未有人表示过怀疑。而我却产生了质疑。拿破仑固然是那个时代的产物，然而拿破仑这个"人"的产生只是一种历史的偶然，他称霸欧洲的凭借力量——世界第一的军事天才同样是一种偶然。如果没有他那超凡入圣的军事天才，法国不可能在欧洲建立起一个那样庞大的政治体系，因为事实证明，在他那个时代，再没有出现一位在军事才能上与他分庭抗礼的人物。因此，从军事上来讲，就无人能代替他的角色，就像在新革命主义时期无人能代替毛泽东的角色。

歌德说："拿破仑神话般的故事，对我来说像是圣约翰的启示录一样：每个人都觉得其中还隐藏着一些东西，但却不知道究竟是什么。"拿破仑本身就是一个神话，一个传奇，一百年、一千年、一万年以后，人们仍会被他神奇的魅力所深深吸引。

2001 年 3 月 18 日

随笔四则

一、权力

读完了艾密尔·鲁特维克的另一本人物传记《俾斯麦》，其同样是对一位政坛伟人的心路历程的探索与性格分析之作。

俾斯麦是马基雅维利最忠实的信徒，他深谙政治之本便在权术与权力。权力是高蹈于一切之上的法宝，规则、法则与自由无一例外在其面前相形见绌。权力意味着一切，拥有权力意味着拥有一切。只有权力才能切实地把自己的意志付诸改造世界的实践，才能构筑维护本阶级阶层尤其是个体本身的体制与秩序。牢牢掌握权力的人是智力最发达的一个生态群体，他们利用权力创造着历史，驾驭历史进入可大笔书写的宽阔轨道。是权力构建了他们的精神世界与人格体系。一旦失去权力，他们实质的生命也就坍塌毁灭了。从一种宏观的角度来讲，不要菲薄任何一个追逐权力的人，权力不仅仅代表地位、金钱、荣誉，更代表了一种自由——个体意志的自由。社会群体的自由在这种个体意志的自由面前是苍白无力的。社会群体的自由往往凭权力的拥有者施舍。因此，自由便显得既可贵又低贱。

站在自由的立场，仅仅对权力进行批判是远远不够的。在我以前的观念中，权力是肮脏的代名词，因此，对权势欲极度强烈、且凭着权力犯下暴行的独裁专制者们甚为鄙恶。然而，应该理性地认识到，权力与自由对抗的同时，也创造着自由。没有权力就不可能拥有真正的自由。以一个势单力薄的自由者的姿态与权力对峙，结局必将是失去身体与精神的自由。要追求更广阔意义上的真正自由，就不能自命

清高，独善其身，必然要求与权力水乳交融。在追逐权力的途径中，无可避免地会在道德、人格、尊严、精神、意志方面受到严峻挑战。如果抱着“天将降大任于斯人也”的志向，世间万物都可承受，这种人，必须具备一个字：忍。即残忍、容忍、真忍。不具此一特征，不配称政治家，这是政治家的大境界。

单纯的理想主义者与自由主义者是最危险不过的。不要幻想任何社会任何时代给人们提供一种完全自由宽松的民主环境，追求自由，必受掣肘。与权力的暂时妥协是智者的技巧，与权力的绝情对抗是愚人的行为。

权力，权力，穿透千百年的历史风云，触摸残酷的现实存在，我们还能忽视它吗?

二、文学语言艺术

文学首先是语言的艺术。一部文学作品，任你思想的海拔有多高，如果在语言上无法征服我，我不会承认其伟大。

语言当然应该忠实于生活，然而，当我们对周边的生活太过熟悉，浸润愈久，常性思维惯性便愈根深蒂固，便愈无法突破与创新。文学的真正生命便在于“鲜活”两字，所以，当常性思维桎梏了语言的舒展时，便须设法寻求一种逆向思维，对常性思维发出叛逆。

对常性语言的叛逆已经有了成功的典型了。钱钟书首先发难，接下来表现得最好的是韩寒，他们的语言是中国鲜活的语言。

作家们的任务，首先应该在语言艺术上不断地探索，尝试新的出路。

作家唯有创新，才能拯救自己，拯救灵魂，拯救世界。

三、身体写作

前不久翻了一下卫慧的《上海宝贝》。卫慧被标榜为新新代女性的典型代表作家，据称这个“美女作家”惯用的手段是用“身体写作”。一翻书，果不其然。许多读者斥之为“垃圾”“大粪”，以为文学的堕落程度莫过于此了。

然而我觉得，无论卫慧的小说低级趣味多么浓，她至少非常真实地传达出了这个时代堕落的特征。她以自己的身体为媒介，非常大胆地暴露了人的情欲隐私，我以为这是很勇敢的，也是很可贵的。文学是个性的多元化表现，并不要求每一位作家都按照正统的写作思路去创作。遗憾的是，卫慧太注重性对感官的直接刺激，而忽略了对人性的揭示，对人群的思考，这就使得她的小说流于肤浅，而剥夺了读者思考回味的兴趣。

新新代小说与网络小说一样，都是这个时代的产物。由于题材的极度狭窄，我不指望它们给我们带来什么很大的惊喜，倘或我们偶尔在其中发现了一些能感动我们的东西，就是它们对这个时代的贡献了。

对那些文字垃圾持愤怒的态度是大可不必的，它们迟早会随风而去。我们应当欣慰的是，仍然有那么多抱着为写作而献身的宗旨的人，在默默地、孤独地耕耘着，天才正是从他们之中诞生。

四、深陷红楼

《红楼梦》所给予我的影响深入骨髓，融入血液。我全身心地崇拜着它，无论是语言艺术还是思想内容，一切以其为标准，以致我的小说在红楼的全面阴影的覆盖下，失去了自我的个性。无疑，我被红楼束缚了。最突出的一点是，我几乎全面接受了红楼对女性的尊重的思想及美的毁灭的悲剧意识。接受无不可，但可悲的是，我只不过在其固定的范围内亦步亦趋，而没有任何的突破。

我所拥有的《红楼梦》是岳麓书社出版的精装本，舒芜写的“前言”给我的影响同样非常巨大。我一向把这篇“前言”当作阅读红楼的钥匙，对其所表达的一切观点信服不已，全盘接受。舒芜说：“《红楼梦》的悲剧之所以震撼人心，就因为它充分写出了被毁灭的女性不仅外形是美的，而且内心更是美的。”我一向把这句话奉为经典真言顶礼叹服，从未表示过丝毫的怀疑。此后我以为描写女性就是要

描写美，描写悲剧就是要描写美的女性之毁灭，而几乎完全忽视了对于人性的挖掘。在这种观念的指导下，试看我自己的小说中，对于女性的描写，一律是以美的形象出现，人物总是显得单调。

过十年再来看《红楼梦》，用时间来慢慢摆脱红楼对我创作的负面影响。

2001年4月5日、4月17日、4月30日

我的少年诗歌创作

最早动笔写诗，是在初中一年级。记得第一首叫作《今天·明天》，短短的五六行，不过是古诗“明日复明日，明日何其多”的现代翻译版本，稚嫩笨拙，至今尚保存在一个练笔的小本子中。

令我记忆最深的是初二上学期时写的一首小诗叫《月亮·星》，那是因刚学了郭沫若的《天上的市街》触动灵感而写的，原稿当作日记交给语文老师看。老师略略点评了几个字，很受鼓舞。也不知是不是从那时起正式喜欢上写诗的。不过初中时写诗的高潮期却是在初三，好像写了两三个本子。那时读过的诗作很少，无可借鉴处，因此基本上靠自己摸索着写。那时的诗无病呻吟之作忒多，许多都是挤牙膏一般挤出来的，现在已不堪卒读，但也有许多是真实情感的流露。记得那时性格内向，腼腆害羞，不善与人交往，什么心事总是藏在心里，流诸笔端，孤独与忧郁自然成为诗歌的主题。那时年纪还小，十四五岁，但我已深味孤独的滋味了。萌动的情感与不自觉的封闭，让我变得深沉，常自命为一个“忧郁的南国少年”，在诗里做美丽、浪漫的梦。那时的诗虽不值得称道，但却初步显示了内心的丰富与高贵，因为是在一种完全自由的状态下的创作，无所羁绊，思想漫游驰骋，基本上没有沾染上标语口号式的世俗气。自始至终，我的诗歌是一种主体的个人写作，不受时代大主题的规范原则的束缚。

因为受到匡国泰乡土诗的影响，有一段很长的时间，创作主题转向乡土，风格由此趋向朴实。因为生命跟乡土有着天生的联系，乡土给予了我许多的灵感，我有一些得意的诗便是乡土诗。乡土诗固然显示了我某种程度上的灵气，但由于对乡土缺乏深度的思考，内容与思想仍延续前人，在诗中逐渐很难发现自我，因此纯情诗的写作宣告了乡土诗的终结。

纯情诗更能表达青春的本质内涵，体现情感维度与人性尺度。纯情诗的发现与写作无疑拓宽了我想象的空间，提供了对美的形象与意义的思考与探索的形式和机会。然而，生存空间的狭小与阅读信息的奇缺，让我无法更进一步地思考与探索，因此，纯情诗总有流于肤浅的感觉，少有动人心弦、令人耳目一新之作。

或许也认识到了这一点，有时也向重大主题寻求题材，渴望把大时代、历史背景与个人情感融到一起，体现某种深刻性。然而我很快失败了。我缺乏一种驾驭宏观全局的能力，即使内心汹涌着不可阻挡的激情，也无法完美地形成语言结构上、思想内容上奔腾浩渺的大气魄。

之后我仍然无奈地（可以说没有意识地）转向对个体生命的艰难思索，美与爱成为我坚持到最后的重心。当我感到山穷水尽的时候，我收笔了。少年的诗歌时代从此结束。

我一直在探索诗歌新的表达方式，无论是语言风格，还是思想内容。然而苦于才力有限，我始终无法找到一条真正适合自己个性发展的创作道路。苛刻点说，我一直在前人既已形成的圈子里兜游，而始终无法突破。

我强烈渴望有一支歌由我自己第一个唱起，哪怕声音极度微弱。然而我总是在重复地唱着别人的歌。这是我的悲哀。

辍笔几年了，可能是不再有少年时代那股激情，我一直没有重新提起诗笔。在意识中，我的诗歌形象面目可憎，我羞于让其诞生。没有寻找到新路，可能这一生都要与诗歌绝缘了。

世界上还有那么多人在写诗，我为他们的虔诚与执着感动，同时也为他们的茫然与困惑悲哀。他们跟我一样，为难以找到诗歌发展的新路子而苦恼。

更为悲哀的是，世界已逐渐缩小了诗歌生存与发展的空间。诗人们苦苦吟哦，却只能孤芳自赏，背后，是大众冷漠与茫然的面孔。诗人的清高失去了基础，失去了理解，在无奈中如古朽的土墙轰然倒塌，尘土弥漫，留下诗人无力的呼号与泣血的哭声。

当今的诗坛已成了一片废墟，往日的繁华消散在历史的空气中，只剩记忆可凭吊。诗人仰天长问：何故至此？

2001 年 8 月 29 日

诗歌需不需要大众化

审视中国当代诗歌史，诗歌唯有一次实现了“大众化”，那就是20世纪60年代毛泽东提出新诗的发展方向是民歌，这一伟大号召的提出，直接促进了民歌体诗歌在全民的繁荣。

民歌最大的特点在于明白晓畅、通俗易懂，适合最广大群众的文化心理和接受能力。那一时期，为完成诗歌数量的政治指标，男女老少都成了诗人。这一盛大的文化景观在中西诗歌史上是极其罕见的。在特定的时代背景与政治环境下，其文化普及的积极效果是不能抹杀的。然而，这种“大众化”的诗歌无疑缺乏个性的美学意象，缺乏真正艺术的本质内涵与崇高姿态，它附庸于极权主义的政治指令，为专制与独裁唱颂歌，完全漠视时代的苦难与悲凉，自觉或不自觉地粉饰太平，而完全抛弃了个人真情实感的抒发。因此，这种诗歌的“大众化”只是极权专制下一次畸形的文化运动，根本不是什么真正意义的大众化。

要明晰大众化，首先要为大众作一个界定。“大众”到底指代哪一个群体？是指代全体国民，还是指代知识分子以外的民众？这一概念始终混淆不清。如果说指代全体国民，那每一个时代的诗歌都有大众化的潮流；如果说指代知识分子以外的民众，那历代诗歌从未实现过真正的大众化。诗歌是高雅的文学艺术，知识文化浅薄的民众不可能真正意义上接受，即便接受，其程度的狭隘性不言自明。唐诗宋词在当时的社会上的广泛流传，对象仍只局限在知识分子身上。

诗歌较之小说，虽然同属文学范畴，但其大众化的内质明显逊了一筹。诗歌的隐喻、象征、物象的切换与组合，时空秩序的迅速变换，这种种奇特的表现手法，是文化层次低的人无法理会的。诗歌曲折含蓄的意境是一般人无法领悟的。诗歌这一特征无形中拉远了与大

众的距离。

诗歌具有两种表现形态：一种是下里巴人，一种是阳春白雪。要使诗歌大众化，那么其必然呈现为下里巴人。这一种价值选择（取向），必然严重损害诗歌的形象。诗歌是美的艺术，美是一种意境，虽然美也存在多元性，然而我以为阳春白雪才是美的最高境界。这正如雪山峭壁上冷艳独开的雪莲。阳春白雪永远不可能走向大众，大众化的阳春白雪其实就是下里巴人。

因此，在诗歌被冷落的今天，我们又何必苦苦寻求诗歌的大众化呢？何必降低诗歌高雅的姿态去迎合大众的低素质心理呢？诗歌应该与高贵的诗人一样，具有独立的品质，具有桀骜的性格，不卑躬屈膝，不迎合谄媚，始终保持一种独立与崇高的姿态。诗歌不是贩卖的商品，唯其具有崇高的美才能显示其高贵的价值。诗人寂寞，因为没有读者，没有知音。但诗歌创作的最终目的并不是给人欣赏，也不承担任何改造思想、文化、社会的历史功能。诗歌，仅仅是为了抒发主体对世界的感情与思考。诗人在此中寻找到满足，诗歌的使命便已完成。

大众化是真正的诗歌的死敌。

诗人们，继续你们个性的抒情方式吧，不要让世俗的原则规范阻碍了你们自由的思想与感情。

2001 年 8 月 30 日

补习生活与小说创作

《等你爱我》只是一部近两万字的小说，同学李勇却说写得比长篇小说《和我一起飞翔》好，这令我非常惊讶。我虽然不能认同他的看法，但不能不让我对这部短篇小说做重新的思考与审视。

这部小说的基本素材是真实的，其故事背景就是我在邵阳曙光学校补习时的生活。海兰的原型是 L. H. R，阿杰就是我自己，只不过为了情节的需要，虚构出一个始终未出场的紫怡——阿杰的女友。但是我内心是把 L. J 当作紫怡的原型的。

补习生活的基调始终是灰色的，太阳的光环不可能光临照耀我们的头顶，就连浪漫的月色也是黯淡无光而充满虚假与讽刺。每个人昔日的单纯已被挫折磨损，狂热的激情弥散在空气里随风消去。年少的生命，只剩下平静、孤独、迷茫、忧郁。自身处境的屈辱和尴尬与未来的不可知，让每个人都陷入无穷无尽的痛苦。正当韶龄，心事驿动，特定环境下人与人之间惊人的隔阂与陌生倍添寂寞无主。经历了苦难与沧桑的心灵特别渴望抚慰，渴望依伴，从所未有的枯燥单调的状态下渴望释放，渴望宣泄。于是，一种整体的放纵与堕落的氛围自然而然形成了。颓废的人性与颓废的感情在是是非非地出没。庸俗与散漫融入了生命，融入了思想。这里不再有崇高，不再有美，这是一片被人抛弃了的杂草丛生的荒芜之地。

补习生活其实是这个时代的缩影。物质生活的宽裕与内心世界的颓败构筑了整个生命体系。人们看似获取了主动的权利，其实都是一群被动与不自由的囚役。话语方式与行动方式都充满了无奈的悲凉，这种生命状态成为一种习惯。麻木取代了激情，猪尾巴取代了思想，饥渴取代了崇高与美。

我处在这种环境下，艰难地生存与挣扎。生存与挣扎的艰难让我

深深体验到颓废与卑微。不可能再有人比我对这种生存状态有更深切的认识与更沉重的体会了。我写《等你爱我》，就是要写出在这种颓废与卑微的生命状态下的人的性格与感情。

我选择了用第一人称来写，通过这种方式能更直接地传达出对颓废与卑微的切肤感受，传达出这种状态下人内心的苦难与深情。

阿杰是我竭力刻画的主人公，其实根本不必刻意地去设计他，因为阿杰就是我自己。他的性格较《和我一起飞翔》里的柳越更接近我的本真，所以我写来得心应手，毫不费力。我只是在用自叙的方式娓娓述说我真实的内心世界。自叙的语言常常带有一种苦涩的幽默——这在西方被称为“黑色幽默”，这种幽默的话语表达方式无疑受了钱钟书、韩寒的影响，但其实我表达得并不怎么高明。

海兰爱上阿杰纯粹出于对一种蓬勃的生命力量的惊心动魄的感受。她的爱平静而激烈，单纯而痛苦，不媚俗，不势力，就像天蓝色的宁静海面下的一股激流，那样简单，那样真诚。因为爱，她内心的痛苦丝毫不亚于阿杰。然而阿杰还能哭，笑，还有倾诉的对象，海兰唯一解脱的办法只能是自杀。

我写出了一种比《和我一起飞翔》更深沉、更悲怆的悲剧。阿杰传统的审美标准与价值观念以及由此引发的对紫怡的一往情深注定了海兰一厢情愿的爱情悲剧。悲剧不仅仅停留在这里，隐含在深处的，是阿杰最终对海兰的感情定义。阿杰最终爱上了海兰吗？他没有去报考紫怡所在的那所高校，而是选择了距海兰自杀的地方不远的学校，其意很明显，就是去陪伴海兰的魂魄。然而，这其实更多的是出于一种良心上的愧疚而对此做出的补偿行为。据我自己的意思，阿杰仍然没有爱上海兰，他爱着的依然是美丽的紫怡。这个意思只是隐晦曲折地包含在里面，瞒过了轻率的读者。

结局在大雨中对海兰的呼喊自然回肠荡气，然而令我流泪的地方却不在此，而是阿杰读完紫怡的绝情信，在市街上疯狂地奔跑的那一段。我记得那天晚上写到此处时已泣不成声，泪流满面。并非这个地方写得比结局更感人，而是触动了心灵中最真实也是最柔弱的地方。每次读到这个地方，我便想起了金庸的中篇武侠小说《白马啸西风》里那句话：“当你深深爱着的人，却深深地爱上了别人，那有什么法子?”是的，没有法子，无可奈何。至今我想起往事，想起我深深地爱过的那个美丽聪明的女孩，总是忍不住深深叹息，深深遗憾。

2001 年 9 月 2 日

关于“美”的随想

文学艺术与美。

人们说，文学艺术的功能在于传达美，因为文学艺术的外在形式与内在本质都是美的构成。这固然正确。然而仅仅从美的角度理解文学艺术，未免太狭隘。美是形象与抽象高度融合的一种形而上的感觉，人们对这种美予以感知并充分享受。然而文学艺术的功能远不止此，它还要能促使人进行理性思考。美是一种生活情趣，理性却是促使人类进步发展的原动力。文学艺术本身不担负改造社会的职责与功能，更不存在传道说教的义务，但是它理应存在让人思考的东西。美与理性，是文学艺术的两大构成，是其得以上升的价值标准。

女性与美。

美在女性身上有不同的表现。女性之美在男性眼中有不同的反映。一看到性感美女，男人的第一个想法就是跟她上床。然而有一种女人，她身上所体现出来的是一种纯粹的美，一种艺术化了的美，一看到她，男人心里不自禁地涌动出来的是欣赏，是仰慕，是崇拜。

2001年9月5日

也说文学的“人性论”与“阶级论”

20世纪30年代，文学界发起了一场关于文学的“人性论”与“阶级论”的论争。梁实秋在《文学与革命》中指出，“伟大的文学乃是基于固定的普遍的人性”。鲁迅立即著文反驳说“世上不存在永恒不变的人性”（《文学与出汗》）。的确，人性是变化的，但梁实秋是着重于人性的普遍性，即人性中的善良、邪恶，真实、虚假，仁爱、残忍……的普遍存在。从这一点上说，人性的这种普遍性确是不变的。鲁迅的聪明之处在于抓住一点偷偷地置换了角度，给人造成一种错觉，从而达到了批驳的功效。

今天看来，梁实秋的这一论断是非常正确的。文学首先是人学，它所要表达的是人的感情、性格与思想，只有当这些人的“内质”与读者产生共鸣，文学的意义才能得以表现，它的生命力才能得以持续。文学要以家庭、社会、经济、政治等客观环境为人物的生存背景和情节的架构，但单纯地对这些东西予以如实描绘，绝不是一部文学作品。在这种空间里面必须活动着人的感情与思想，亦即人性之出没，文学才能形成。所以说，人性是文学之灵魂，一切伟大文学都是建筑在充分地表达了的人性之上。

文学有无阶级性？据我看是有的。文学无可避免地会打上时代与阶级的烙印，但是持文学阶级论的前辈们过重地强调了文学的政治性，在特定的历史的政治环境下，文学作为一种宣传工具去引导群众，为政治服务，原也有其现实意义。但单就文学本身的发展来说，文学应该是独立的，自由的。当文学失去它的这些特性，也同时会失去它持久的生命力。伟大的文学无可避免地能对社会、政治产生客观的影响，但文学本身并不担负去改造社会的任务，它本身的意义在于，让人思索，让人产生美感。这就够了。

2001年10月4日

自我的隐退

本学期初，系里发下年度自我鉴定表，许多同学言不由衷，说什么“认真学习了××重要讲话精神”云云，其实领导们到底讲了些什么话，他们早就忘了。但他们自然地这样写出来了，用套话掩盖了真实的思想观点。

没有人强迫他们必须那样写，那样写完全出于一种自觉的习惯。虽然他们自己也知道那样写很无聊，没意思。

长久以来，适应的惯性成为一种僵化，而失去了个人独立的思维方式与话语方式。于是，“自我”隐退了，代之的是“共我”。

这不仅仅是个人的悲哀，更是教育的悲哀，社会的悲哀。社会教育绝不是培养思维奴化的人，而是培养具有强烈自我意识与主人翁意识的人。盲目地顺从是堕化的标志，独立才是一个人应该具有的不可或缺的气质。

只可惜，前者多如牛毛，后者凤毛麟角。

2001 年 10 月 17 日

读郭沫若的诗集《女神》

郭沫若的诗集《女神》不同于我以往读过的任何一部诗集，这是一部高昂时代精神的积极浪漫主义作品：瑰丽的想象，壮丽的语言，雄浑的气势，乐观的精神，这一切构成了《女神》神奇而独特的艺术魅力。这是真正想象的结晶，激情的产儿，完全不同于当代很多诗歌的矫情与造作。《女神》实现了诗歌感性的主导，几乎完全摒弃理性的焦苦构思。《女神》让我懂得真正的诗歌就是情感的自然艺术化，生硬与艰涩的构造无法接近诗歌的本质。

一部《女神》可以确立郭沫若在中国现代文学史上崇高的地位。这是一座高峰，后人不是绝顶的天才很难企及甚或超过。郭沫若对中国文学的巨大贡献依然是无法忽视的，《女神》的影响也必将传承下去。

从《女神》中我受到了启发，以现代主义及后现代主义为主流的诗歌虽然仍然保持发展的势头，但显然，无论从其语言形式抑或时代内容上来观照，都已出现衰竭现象，它无力承担一个复杂而伟大的时代必然要求反映的时代精神与历史使命的任务，这也就决定了它与世界灵魂的疏离，陷入无穷无尽的孤立状态。毕竟，诗歌需要欣赏，需要存在的坚实基础，需要与广大的心灵交流。诗歌必须全力革新，打造一种全新的形象，获取广泛的惊喜与承认。最好的途径，我认为就是走出一条浪漫主义的道路。

对于现实主义的过分强调明显地严重束缚了文学（诗歌）的多元性蓬勃发展。任何一种世界都是多元的结构，以一种主义约束和压制另一种主义将导致世界的贫瘠与狭窄。综观中国整个文学史，一直以来都是现实主义占据主流，偶尔出现的浪漫主义虽然昙花一现，但都带给人们巨大的惊喜。然而人们仍是自觉不自觉地选择现实主义，

致使现实主义至今日终于进入死胡同。此刻，我相信，浪漫主义就是救世主，唯有浪漫主义才能给贫血的中国当代文学带来新生与希望。

2001年10月26日

读巴金小说

巴金所有重要的小说几乎都看完了。

巴金是一个热情的作家，读他的小说，便如乘一叶小筏顺着湍急的河流奔泻而下，他奔腾的语言充满了烈焰一般的激情，洋溢着梦幻与理想的光辉。他的文字是流畅的，但又是跳跃的，整个儿地激荡着青春的热情。

他是一个有着单纯信仰的孩子，他不断重复着“我有信仰”，似乎这才是鼓励他一直走下去的动力与源泉。因此，自然而然地，他赋予了他笔下许多年轻人以信仰。他们都是旧制度的产儿，然而他们都代表了新生的力量，他们在窒息的环境中不断摸索，不断呐喊，不断叛逆，尽他们最大的热情喊出“我控诉”，强烈要求爱情与个性的绝对解放。之所以说他们代表了一种新生力量，是因为他们把爱情、个性解放的要求与社会解放的要求紧紧连在一起，这就赋予了他们一种神圣的使命感。巴金并没有为他们指出明确的出路，但这并不是重要的，重要的在于巴金通过热情的表达为读者点燃了希望。巴金喜欢写“小人物”的悲剧，这看似巴金是一个悲观主义者，其实巴金正是一个对光明充满希望与信仰的乐观主义者。他总是不厌其烦地重复着“青春是美丽的”，正是由于拥有青春、怀抱青春，巴金的信仰才始终巍然屹立。

热情是他作品的总体特征，然而在不同的作品中，其表现的风格也纷繁各异。《寒夜》从头到尾笼盖着浓浓的阴郁与惨淡，迸发着悲愤的抗诉；《第四病室》沉重中显现着光明的色彩；《海的梦》用诗一般的语言述说着一个美丽而执着的童话，充满了哲理；《春天里的秋天》本身就是一首诗，清淡悠远而又忧伤凄迷；至于《憩园》，作者用高超的叙事手段将同一个公馆的先后两家主人的衰亡与颓败表现

得淋漓尽致，令人愤恨、同情、悲哀、惆怅，就像一首低徊的挽歌。

巴金是一个理想主义者，一个具有终极关怀的人文作家，他写作的目的就是：“给人间添一点温暖，揩干每只流泪的眼睛，让每个人欢笑。”

2001 年 11 月 7 日

读茅盾的《蚀》三部曲

茅盾的《蚀》三部曲，由《幻灭》《动摇》《追求》三个独立的中篇小说构成。

《幻灭》描写的是以静女士为代表的小资产阶级女性在大革命时代背景下的苦闷、困惑以及希望。静是一个性情温和、娴静可人的青年女性，对人生、对爱情、对社会都充满了幻想，然而对出路探索的茫然与个人奋斗的无助，加深了本自多愁善感的苦闷情绪，性的压抑与渴求令她失足受了骗，更促成了幻想的破灭。强猛的出现点燃了她的爱情之火，她以一个对爱执着的女性姿态全身心投入这次浪漫火热的爱情，她幻想、渴望着这是一种永久的真实。然而强猛的重返战场又将静拉回残酷的现实，她不得不面对茫然未卜的将来。幻想还会破灭吗？静与作者似乎都在期待着一种重生。

《动摇》将笔触直接伸入一场革命与反革命斗争的境地。在这里，形形色色的劣绅、官僚、“革命者”以各种姿态粉墨登场，演绎出一幕幕令人又爱又恨的悲喜剧。“动摇”反映在各派别、势力、阶层之间，然而更深刻地反映在人物情感之间。人是情感的动物，在复杂的人性交往中具有某种被支配性，这种被支配性是不由自主的，出于一种人性的本能，就如蜘蛛吐丝结网，循环往复，不见终结又无法摆脱。

《追求》旗帜鲜明地亮出一群青年的追求主动意识，他们明白只有追求一种理想才能平衡自身在社会上的价值杠杆，而理想的实现无疑是人生崇高的终极意义。仲昭把新闻当作一件事业来对待，力图通过改革来达到目标，而这一切又都服从于美好的爱情；曼青由对官场的失望转向对教育的憧憬；秋柳一直在为摆脱颓废，追求一种以奉献为基础的爱情的现世的快乐而努力……然而他们无一不成为失败的奴

隶。其中尤以仲昭的追求最为具体、深刻。当他通过种种努力取得事业、爱情的成功而春风得意时，刹那间的打击粉碎了成功的面目，一切都变得毫无意义。

三部小说虽然独立成章，但其几乎共同的悲剧意义将它们缀为一体：这就是终极理想与现实存在永远的差距、断层、错位导致的人生价值的虚无。

《蚀》是茅盾的处女作，然而茅盾一出手便显示出了他在文学的操作性与灵敏性上的不一般。从语言艺术上看，自《幻灭》至《动摇》再及《追求》，其文字的纯粹流畅，其技巧的灵活圆熟，都渐臻佳境。尤其是思想内容挖掘之深刻，令人叹服。

这种优点，延宕承传到长篇小说《子夜》上，更是发挥得淋漓尽致。

2001 年 11 月 11 日

读海子的《面朝大海，春暖花开》

海子这首诗长久以来默默感动着我，原因在于诗中刻画了一个孤独的抒情主人公形象。

“从明天起，做一个幸福的人/喂马，劈柴，周游世界/从明天起，关心粮食和蔬菜/我有一所房子，面朝大海，春暖花开。”简洁朴素的句子，透着诗人最大的梦想，“喂马、劈柴、周游世界”，这是海子作为一个贫穷的诗人幻想幸福的全部内容。然而，“明天”，这一个未来的时间名词，正显示出与“今天”的差距：“今天”是苦难的，不幸的，才期待“明天”的幸福。诗人继续期待“明天”去开始“关心粮食和蔬菜”。两种对“明天”的幸福的期待，反映了诗人在艰难的生存境地中最基本的精神渴求。诗人仅仅是希望在这种精神追求中保持一份作人的独立尊严。“房子”，代表的便是一种独立的精神阵地。诗人固守这种阵地，孤独地“面朝大海”时，内心才有一种“春暖花开”的感觉。

诗人是作为一个梦想中的浪漫骑士的形象开始出现的。在第一节中，他全部的行为都自认为是一种“幸福”，天真的诗人以为这种“幸福”几乎已经实现了。于是，他迫不及待地想“从明天起，和所有的亲人通信/告诉他们我的幸福/那幸福的闪电告诉我的/我将告诉每一个人”。或许是历经苦难与不幸太多，突如其来的“幸福”令诗人欣喜若狂。这一节是全诗中最明快轻松的句子，透着情不自禁的愉悦。“我是多么幸福啊！”诗人真诚地要把自己的“幸福”跟所有的亲人分享。

如果说前两节在节奏上是轻松明快的，那么这最后一节便显得迂缓沉重：“给每一座山每一条河流取一个温暖的名字/陌生人，我也为你祝福/愿你有个灿烂的前程/愿你有情人终成眷属/愿你在尘世中获

得幸福/我只愿面朝大海，春暖花开。”这一节是全诗中最富感染力的诗句。历来为人所称道的三句最烂熟的“祝福”，在本诗中却焕发出最神奇的魅力。这要从诗的整体氛围中去体会其妙处。在诗中，诗人以一种突变的姿态面对世人，从狂热的欣喜到沉静的独坐，仅仅是一瞬间的事，给人造成一种目瞪口呆的视差感。自己内心的狂热尚未冻结，主体却突然抽身而出，以一个旁观者的姿态款款向陌生人表示最普通也是最真挚的祝福。这反映了诗人纠结在心灵深处的矛盾：一方面强烈渴望得到一种同于世人而又超于世人的“幸福”生活，一方面却自觉地拒绝这种“幸福”生活，使自己永远处于“幸福”之外。他在苦难与孤独中跋涉太久，在自觉不自觉中似乎已与这种“情结”融为一体，一旦抽身而融入另外一个世俗的世界，突然发现一种强烈的不适应感。他永远是一个世界边缘人，他独特的精神世界让他只能选择一种与世界保持疏离状态的生存方式。他愿意自己是一个受了伤害的孩子，固执地跑到海边去独坐，看潮涨潮落，夕阳渔帆，然而他把最真诚的祝福给了那些陌生人，他愿他们都能心想事成，获得尘世间的幸福：包括前程，包括爱情，包括一切美好的东西。而诗人自觉这一切与他无缘，他祝福完以后，像天使一样消失了。天使回到的是天堂，去与同伴欢歌笑语去了，诗人却独自转过身去，渐渐消失在人们的视野中。他终其一生只有一所房子，他与房子一起“面朝大海，春暖花开”。

没有一个孤独者的形象比这位抒情主人公更能震撼人心了。这位孤独者身上蕴含了巨大的美学力量，显示出无比悲壮的凝重，如贝多芬的交响乐一般，让人在细细咀嚼中潸然泪下。

“我只愿面朝大海，春暖花开”，没有比这更深沉而孤独的诗句了。

2002 年 2 月 27 日

扭曲的人性

幸灾乐祸是人性扭曲的一种外在表征，人们往往喜欢从别人的不幸中获取巨大的心理满足或达成某种心理平衡。比如这次英语四级考试，某些通过自身努力或侥幸过关的人，看到那些平日便无好感的人再度落水，一想起他们狼狈的模样，便忍不住仰天长笑，得意非凡，从中得到的心理愉悦比过了关大得多。

人在自己落水时怨天尤人，从而极易产生一种报复的心态，这种心态往往潜隐深处，或许自己也不曾发觉，而当自己的角色从狼狈转为得意，潜隐的报复心态便如水闸放开，一发而不可收拾。他不仅幸灾乐祸，甚至落井下石。举一个很有趣的例子：大学上课崇尚来去自由，但老师可能也会偶尔点名查到，这对期末考试的分数有一定的影响。设若这一个人这次竟被点到没来，他自然大骂老师为什么要点到；下次查到碰上自己在课堂上，而某些人却不在，自然又庆幸这次来了。更进一层，如果自己在课堂上，而老师偏偏不查到，未免心中不平衡，便大拍桌子提醒老师“查到”，从中得到满足。

很多人就是这样的心态：我遭殃恨不得全世界陪我一同遭殃，别人遭殃就是我的快乐。这或许也是国民的劣根性之一吧。

2002 年 2 月 28 日

论现代文学的功利观

中国现代文学三十年，其付出的代价与所得的收获远远不成比例，也就是说，现代文学所取得的成就远没有达到历史的要求。探讨其根源，无疑是现代文学研究者的一个重要课题。

近、现代文学革命的先驱者们在重大、特殊的历史背景下无一不强调文学的社会功利性。梁启超在《论小说与群治之关系》里指出，小说负有变革社会的重大责任。胡适在《文学改良刍议》里也强调小说的社会实用价值。连鲁迅也声称自己写小说的目的在于“揭出病苦，以引起疗救的注意”，注重小说本身所引起的社会功效。

针对这种文学的功利观，部分远离政治的学者作家提出截然不同的文学美学观，他们认为，文学是一种独立的艺术形式，属于美学的范畴，只能从审美意义上去审视其价值，而不应赋予其社会、政治功能，否则，文学势必“堕落成为政治的留声机”。朱光潜指出，文学应该追求一种“静穆”的美，这种美是文学的最高境界。

不可否认文学本身所具有的客观的社会功能，它在启发国民的心智，改变或强化国民对世事人情的爱憎，并促使国民用行动去服务于社会、改造社会起着巨大的作用。但也应强调文学相对独立的美学意义，它集中表现为文学的语言艺术、形式技巧、思想内容及其所包含的美学内涵。

很显然，人们自觉地把文学的功利性与美学意义割裂开来，人为地促使二元对立，使本该和谐地统一为整体的二元相互敌视。

实际上，在文学的功利性与美学意义统一后，“怎么写”才是问题的关键。一部杰出的文学创作，必是艺术形式与社会意识的和谐统一。而现代文学的作家们，在这之间无法取得一种相对的平衡。由于社会历史的驱使，他们更倾向于文学创作的社会意识，即与大时代相适应的大题材的选择与大主题的开掘是主要的，而形式技巧则是次要的，甚至可以忽略。在这种理论指导下的创作，当然不可能取得预期的成果。众所周知，主题是由形式来支撑的，完美精致的形式才能表现深刻的主题。主题一旦失去形式的有力支托，便会显得苍白无力。实际上，长期为人称道的茅盾的《子夜》、巴金的《家》，因为过于注重社会主题的深刻挖掘，而相对忽略了艺术表现手法的灵活运用，因此使得作品整体上留下了极大的缺憾。

把艺术形式与社会意识结合得最完美的，可能只有鲁迅与张爱玲两人。鲁迅虽然主张文学的社会功利性，但他能运用高超的语言艺术、形式技巧把社会主题淋漓酣畅地表现出来，一方面固然达到了他“揭出病苦，以引起疗救的注意”的目的，另一方面也实现了文学的美学价值。张爱玲取得的文学成就仅次于鲁迅，她秉承前清小说的艺术精神，把古典与现代完美地融合，构建了一个芬芳四溢的“张爱玲艺术世界”。

中国现代文学虽然涌现了一批杰出的作家，取得了一定的成就，但远远没有达到其所应当达到的历史高度，这是21世纪的当代文学应该改变的。

2002年3月3日

读钱钟书的《围城》

记得第一次读《围城》，是硬着头皮读下去的，丝毫没有领悟《围城》的妙处。现在重读，随着阅读水平与审美层次的提高，我边读边拍案叫绝。

《围城》是《儒林外史》第二，展示了现代中上层知识分子“变异”的群相。作者在描述、刻画这些众生相的时候，用了夸张、异化的艺术手法，尖锐、泼辣的笔触直抵人物潜意识深处，将外在语言行为与内在心理活动同时无情突现，形成一种强烈、逼真的反讽效果，淋漓尽致地展现了人性的复杂与真实。

文本的主题从题目及书中警句得到清晰的呈现：人的生存环境是一堵围城，在外面的想进去，里面的想出来，进进出出，人的一生只不过在做无谓的循环。作者以人性为突破口，试图揭示人生的大荒凉，表达了一种对人类精神与现代文明的极度失望。作者的笔调是调侃的，嘲讽的，游戏人间的，但又是绝对理性的，从形而上的高度揭示人世全部的荒谬性与“异变”性。

《围城》给读者最深的印象莫过于其独具特色的语言。钱钟书发明了一种比喻，即把世上两个或三个毫不相干的物体进行比较，结果产生了奇妙的语言效果，不但不觉其“不相干”，相反在这种看似“荒谬”的意象组合里体验到无比的贴切与生动。“常规语言”的打破成就了一种超越性的异质语体。书中这种语体俯拾皆是，摇曳生姿，目不暇给，极大地丰富了艺术的表现能力与审美内涵。

这种独特的语体遍及全书，整体上形成了一种活泼明朗的幽默风格。《围城》的幽默风格具有显性与隐性两种：显性的幽默直接来源于语体本身，隐性的幽默则深潜于流动的意绪与丰富的内涵中，须得细细咀嚼反刍方可体会。无论显性幽默还是隐性幽默，都闪烁跳跃着作者卓越的睿智与机敏，并反映了作者广博的知识结构与深厚的文化修养，令人叹服。

2002 年 3 月 4 日

论电影《阿甘正传》里“命运”的主题命意

《阿甘正传》描写的是阿甘成长的经历。阿甘从小弱智，但在成长的过程中却屡屡获得意外的幸运：他仅仅因为长跑的天赋而获得大学学士学位毕业证；在一次战斗中他仅仅因为会跑而成为唯一的幸存者；出自善良本心的驱动，他的搭救战友的行为，让他从战场上回国时获得政府荣誉勋章；他发表演讲时因为别人故意扯乱话筒电线使反越战的群众没有听清他的演讲，以为他以一个英雄的身份与他们站在同一阵线而使他受到群众热烈的欢迎；他丝毫不懂如何捕虾，却因为一次暴风雨而使他成为捕虾大王，从而一跃成为家喻户晓的百万富翁；等等。这一连串意外之幸构成了一幅幅令人绝倒的喜剧意象，而这些喜剧意象以正常人生为参照，两种截然不同的人生形态构成了对命运的反讽，以一个正常人的逻辑判断来观照阿甘的全部行为，似乎无一不涂满了荒谬的色彩（这也正是影片表面上引人发笑的原因）。然而当影片以阿甘这一弱智行为主体为表现的唯一视点时，正好反衬出人类正常行为的全部荒谬性。

然而，如果就此推断这部影片的意义仅仅在于反讽，那还远未触及其主题命意。在喜剧性的反讽之下，蕴含着的是个体命运、人生命运以至人类命运的全部悲剧性。贯穿影片始终的是一个突出的意象：羽毛。这片飘飞的白色羽毛一定程度上象征了人或人类的命运：漂泊性与不可知性，以及惊人的循环性。

阿甘以一个弱智的生命形态走上人生之路，谁能预知他的人生走向？他一个平凡的人却创造了一系列的人生奇迹。然而谁也不会承认他是一个英雄，他最终的自我选择仍然是符合他本身的平凡生活。

珍妮与阿甘是一对青梅竹马的伙伴，成年后阿甘深深地爱上了珍妮，珍妮虽然也爱他，但她的人生志向和生活方式与阿甘截然不同。

这就注定了两个世界的永远分离。相爱的不自由不来自外在的客观现实，而源于主体一方内心的世俗欲望，这才是悲剧的根源。而悲剧的深刻性绝不仅仅停留在此。导演安排了珍妮最后在历经漂泊而筋疲力尽时回到了阿甘身边，然而回到阿甘身边的仅仅是一个暂时的人体，她的精神始终在远处漂泊：珍妮永远不属于阿甘。她的最终死亡证明了这一点。阿甘在享受了一段短暂的幸福生活后，再次陷入他特有的孤独世界。这揭示了作为个体的人或人类孤独的生存困境与精神状态，这才是这部影片显示的真正悲剧之所在。

前面已经提到，阿甘的一连串意外之幸形成了一种反讽，这反讽一方面显示出某种喜剧效果，另一方面也蕴含（寄寓）着深刻的哲理：丹上尉认为一个军人最大的光荣便是为祖国而献身，他生命的最终归宿理应属于炮火硝烟中的战场，然而他却被思想单纯的阿甘救起，只把两条腿丢在战场上，从此在现代文明的大都市里放纵自我，颓废堕落，而阿甘却懵懵懂懂成了受政府勋奖的英雄。巴布一心一意要捕虾，捕虾成为他一生全部的梦想与事业，然而他却不幸阵亡，从未想过要捕虾的阿甘却成为捕虾大王。这种生命角色的颠倒正暗合了那片白色羽毛所象征的寓意：命运是永不可知的。这似乎表明了一种无作为的宿命观，然而这却恰恰揭示了人性的曲折复杂性，显示出惊人的真实谛蕴。

影片中有一幕令人永远难忘：阿甘持续三年多的不停息的长跑。阿甘与珍妮的爱情是影片里最感人的情节。阿甘深深地爱着珍妮，珍妮却一次次从阿甘身边离去。珍妮的最后一次离去是在一个黎明时分，而前天晚上珍妮还把自己交给了阿甘。阿甘混沌的心充满了困惑与不解。他呆呆地坐在门前的凳子上，不知所措。突然他开始跑了。他展示了他异于常人的长跑天赋，一跑就是三年多。他自己也不知道他为什么要跑，他只是有一种要释放与发泄的冲动。他的足迹遍布了美利坚大地，他的这一怪异行为引起了整个美利坚对他的关注。人们纷纷从不同的角度去猜测理解他这种行为的意图，及其所体现的精神价值，其所包含的深刻的人生哲理。人们把他当作了一个精神的象征，从他的行为方式中寻求精神解脱与超越，寻求改变生命状况的智慧。他的身后跟起了一群仿效他的人。然而突然有一天，他停下来了，慢慢转回身去。人们期待他发表一番生命体验的哲理演说，然而他仅仅说了简短的一句话：“我很累了。”

他终止这一惊世骇俗的行为的理由仅仅是他很累了，也许世人都不能明白。然而弱智的阿甘从不在乎（也不可能去在乎）世人对他的看法，在世人的眼里，阿甘忽而是一个弱者，忽而成了英雄，忽而成了人类精神的向导。然而阿甘自始至终生活在他自己的生命世界里，不为外界所引导，所牵制。对于这样一个“异数”，世人永远不可能真正进入他的内心（精神）世界，他就像一座孤岛，与世隔绝。他自始至终扮演的是一个角色：精神的孤独者。

慈祥的妈妈临死前告诉阿甘：“人生就像一盒巧克力，你永远不知道下一颗是什么。”或许这句话能帮助我们对整部影片的主题命意有一些理解。

2002 年 3 月 11 日、3 月 17 日

论金庸《白马啸西风》的语言艺术

金庸小说的语言艺术直接秉承了中国古典文学的特质，延续了“五四”以来文学的现代机素，又适当借鉴了西方文学的技巧，古今中外，熔于一炉，从而形成了金庸独特的文学语言艺术世界，创造了继《红楼梦》以来又一座高峰。金庸小说的语言，文白相间，优美，典雅，洗练，纯熟，如行云流水，春风浩荡，具有非凡的摄取人心的艺术魅力。综观金庸十五部小说，几乎每一部都有各自不同的艺术风格：《射雕英雄传》宏阔雄奇，《神雕侠侣》凄美缠绵，《倚天屠龙记》奇幻瑰丽，《天龙八部》深沉悲壮，《笑傲江湖》慷慨豪迈，《鹿鼎记》机智幽默……在这些气势恢宏的大部头之间，中篇《白马啸西风》以其散文诗一般的抒情韵味，如一位玲珑娇小的少女，温柔腼腆，清秀可人，散发着奇异的艺术色彩，让人怜爱，让人赞叹，丝毫不会因为那些伟大之作的傲然屹立而轻视她、忽略她。

《白马啸西风》在语言的叙述艺术上是一个完全独立的存在。它不同于金庸素往小说庄严、典雅的范式，而更多采取了现代散文诗的抒情方式，语言雅洁而清淡，忧郁而感伤。正如倪匡所说：“这部小说的妙处……不在其‘热闹’，而在其‘淡雅’；不在其‘轰动’，而在其‘感伤’；不在其‘曲折’，而在其‘深沉’。”特殊的语言叙述方式营造了意蕴丰富的特殊的美，从而巧妙地传达了小说的主题命意。

细读文本，我们发现这部小说在语言艺术上有三个鲜明的特色，即“三化”（个性化、知识化、民族化），“两美”（感伤美、悲剧美），“一性”（现代性）。

个性化

个性，是创作主体必须具备的品格；而个性化的语言，简直就是作品维持持久生命力的保证。从绝大程度上说，作品独特的艺术风格必须由个性化的语言来支撑（构建）。金庸说：“我写小说，旨在刻画个性，抒写人性中的喜愁悲欢。”这里的“个性”，指的是个体的性情与品格，而个体的形象的凸显必须由适合此一“个体”的个性化语言来完成。且看下面这几段：

> 苏普比她大了两岁，长得很高，站在草地上很有点威武。李文秀道：“你力气很大，是不是？”苏普非常高兴，这小女孩随口一句话，正说中了他最引以为傲的事。他从腰间拔出一柄短刀来，说道：“上个月，我用这把刀砍伤了一头狼，差点儿就砍死了，可惜给逃走了。”
>
> 李文秀很是惊奇，道：“你这么厉害？”苏普更加得意了，道：“有两头狼半夜里来咬我家的羊，爹不在家，我便提刀出去赶狼。大狼见了火把便逃了，我一刀砍中了另外一头。”李文秀道：“你砍伤了那头小的？”苏普有些不好意思，点了点头，但随即加上一句：“那大狼倘使不逃走，我就一刀杀了它。”他虽是这么说，自己却实在没有把握。但李文秀深信不疑，道：“恶狼来咬小绵羊，那是该杀的。下次你杀到了狼，来叫我看，好不好？”苏普大喜道：“好啊！等我杀了狼，就剥了狼皮送给你。”李文秀道：“谢谢你啦，那我就给爷爷做一条狼皮垫子。他自己那条已给了我啦。”苏普道：“不！我送给你的，你自己用。你把爷爷的还给他便了。”李文秀点头道：“那也好。”
>
> 在两个小小的心灵之中，未来的还没有实现的希望，和过去的事实没有多大分别。他们想到要杀狼，好像那头恶狼真的已经杀死了。

这里，作者用“儿化”的童真笔墨，非常传神地勾画出两个小孩的天真个性：苏普的骄傲豪放，李文秀的温柔仁善。精彩的对白非常贴合两个小孩的年龄与身份。成功地运用个性化的语言刻画人物形象，可说是金庸语言艺术上最大的特色。在金庸小说中，人物说的是“自己”的话，而决不会去说别人的话，以至读者根本不必看人物的名字，仅仅通过对话便能猜出说话的人是谁。

知识化

金庸的小说包罗万象，上至天文，下至地理，琴棋书画，医卜星相，农田水利，经济军事，人情风俗，宗教哲学，文学武功，美食技艺，无所不包，无所不涉，几乎囊括了中国传统文化，所以学人每每惊叹：“金庸的武侠小说，可以当作中国传统文化的入门课程来学习研究。”以文化知识含量的博大精深而论，金庸的小说在中国古今作家中毫无愧色地位居第一。

文化知识引入文学作品，绝不是花瓶式的摆设，而是作为点染作品的文化背景、烘托情调气氛、推动故事情节的发展、刻画人物性格，甚至以象征、隐喻的形态传递人性内涵与主题命意的不可或缺的存在方式。试想一下，如果剥离了那些文化知识，金庸小说是否依然那样具有深厚的“内功”，依然那样大气磅礴、气势恢宏，凛凛然透出巨人风范？从某种程度上说，文化知识是支撑金庸全部小说的骨架，骨架散了，肉与灵魂也便失去了依附的主体。

《白马啸西风》是一部只有七八万字的中篇小说。相对于那些鸿篇巨制，《白马啸西风》在这样短的篇幅里当然不可能显示出繁复密集的知识意象群。在这里，才大如海的金庸只是随意点染，读者也可从中感受到作者广博的学问。比如：

> 陈达海说：“你瞧这手帕是丝的，那些山川沙漠的图形，是用棉线织在中间。丝是黄丝，棉线也是黄线，平时瞧不出来，但一染上血，棉线吸血比丝多，那便分出来了。”

另外还有关于沙漠风暴、洞天景设、民族风俗的描绘，特别是关于古高昌国历史的叙述，《可兰经》经典句子的引述，无一不显示了作者的渊博。尤其令人惊叹的是，这些知识的引入绝不是孤立的存在，而是完完全全融入了情节之中，竟是羚羊挂角，好像行文至此便须此，没半分人工矫饰、故意卖弄的痕迹。

民族化

在金庸的小说中，民族是一个焦点。

民族间的征战与融合，在金庸小说中有诸多表现，甚至成为一些小说内容的主干。金庸小说涉及的民族有汉、蒙、回、苗、藏、满、哈萨克、契丹、傣、吐蕃、女真……真是天南地北，无所不及，这便极大地拓宽了人物活动的空间背景，使得小说从整体上表现出恢宏阔大的气势。金庸前期小说（如《书剑恩仇录》《碧血剑》等）表现出作者强烈的汉族正统观念，随着历史视域的逐步拓宽，中华民族家庭大一统的观念占了上风，这在其后期小说（如《天龙八部》《白马啸西风》《鹿鼎记》）中有着明显的表现，进步的历史观要求作者更好地表现民族间亲密疏离的复杂关系。在《白马啸西风》里，汉人强盗杀害了哈萨克人苏鲁克的妻子与儿子，从此苏鲁克仇视一切汉人，把汉人李文秀也视为“真主降罚的强盗汉人”。后来，当李文秀几次救了苏鲁克一家人，他终于承认：“汉人中有做强盗的汉人，也有李英雄那样的好人（那个假扮老头儿的汉人，不肯在水井中下毒，也该算好人吧?）哈萨克人中有自己那样的好人，也有瓦尔拉齐那样的坏人。”当然，这里所阐述的是小说关于民族问题的主题命意，而我们所要探讨的，是小说语言艺术的民族化。

小说语言艺术的民族化，其实也是语言的个性化，强调的是文学表达的手法和韵味儿。不同的民族，具有不同的语言特色、不同的文化心理结构、不同的思维方式、不同的性格特征。创作主体的任务，就是在创作的过程中，真实细微地将这些特质很好地表现出来。《白马啸西风》在语言艺术民族化的表现上，达到了炉火纯青的地步。

日子一天天地过去，在李文秀的梦里，爸爸妈妈出现的次数渐渐稀了，她枕头上的泪痕也渐渐少了。她脸上有了更多的笑靥，嘴里有了更多的歌声。当她和苏普一起牧羊的时候，草原上常常飘来了远处青年男女对答的情歌。李文秀觉得这些情致缠绵的歌儿很好听，听得多了，随口便能哼了出来。当然，她还不懂歌里的意义，为什么一个男人会对一个女郎这么颠倒？为什么一个女郎要对一个男人这么倾心？为什么情人的脚步声使心房剧烈地跳动？为什么窈窕的身子叫人整晚睡不着？只是她清脆地动听地唱了出来。听到的人都说："这小女孩的歌儿唱得真好，那不像草原上的一只天铃鸟吗？"

到了寒冷的冬天，天铃鸟飞到南方温暖的地方去了，但在草地上，李文秀的歌儿仍旧响着：

"啊，亲爱的牧羊少年，
请问你多大年纪？
你半夜里在沙漠独行，
我和你做伴愿不愿意？"

歌声在这里顿了一顿，听到的人心中都在说："听着这样美丽的歌儿，谁不愿意要你做伴呢？"

跟着歌声又响了起来：

"啊，亲爱的你别生气，
谁好谁坏一时难知。
要戈壁沙漠变为花园，
只需一对好人聚在一起。"

听到歌声的人心底里都开了一朵花，便是最冷酷最荒芜的心底，也升起了温暖："倘若是一对好人聚在一起，戈壁沙漠自然成了花园，谁又会来生你的气啊？"老年人年轻了二十岁，年轻人心中洋溢欢乐。但唱着情歌的李文秀，却不懂得歌中的意思。

听她歌声最多的，是苏普。他也不懂这些草原上情歌的含意，直到有一天，他们在雪地里遇上了一头恶狼。

浓郁的民族地方风味，活泼率真的民族情歌，朴实的民族心理语言以及疑问排比的抒情句式，交汇融合，创作出优美的绘画意境。

再一个典型的例子就是小说最后一节哈萨克人去请教精通《可兰经》最聪明最有学问的老人哈卜拉姆汉人可否与哈萨克人结婚。哈卜拉姆谦恭的话语，背诵《可兰经》的相关章节句子以及哈萨克人对《可兰经》的单纯虔诚的信仰，都使语言的民族化分外显眼，而一切都是那么自然。

以上探讨了本小说语言艺术的个性化、知识化与民族化，接着我们来探讨本小说语言艺术在审美层面上的两个特点。

感伤美

金庸的所有小说中，唯一令笔者潸然泪下的，不是其他的鸿篇巨制，而是这篇看起来不起眼的《白马啸西风》。

《白马啸西风》在叙事方式上削弱了庄严典雅的成分，更多地表现为一种现代的散文诗式的抒情风格。笔调看似漫不经心的，简单的，不加修饰的，其实最是精心结构的。全篇自始至终散发出淡淡的悲哀，淡淡的凄凉，淡淡的忧郁，淡淡的感伤，这使得小说整体上呈现出一种淡雅感伤的美。

那么，这种淡雅感伤的基调与氛围是如何构建成立的呢？便在一个字：情。

小说叙述了三段情感：一是金银小剑三娘子上官虹与丈夫白马李三、师兄史仲俊之间的爱恨情仇，二是雅丽仙与车尔库、瓦尔拉齐之间的孽海情天，三便是李文秀、苏普、阿曼（其中还夹着“计爷爷”马家骏）之间的爱情。这三段情感具有一个模式：甲爱乙，乙却偏偏爱上了丙，显示了情爱的不可捉摸性与面对不可捉摸的情爱无可奈何的心态。然而，三者在情爱的处理方式上却截然不同：史仲俊在夺宝与抢美的双重驱使，箭杀了李三，上官虹为夫报仇，杀了深爱自己的师兄，最后又剖腹自杀，这一段最是凄艳残酷。瓦尔拉齐因雅丽仙拒绝跟自己私奔，嫉愤之下毒杀了雅丽仙，这正出于一种“我得不到的你也别想得到”的畸形心理，从毁灭中得到快感。几相比较，第三段情感却纯净得不能再纯净，感伤得不能再感伤：李文秀非但从来没有伤害过苏普与阿曼，还几次搭救了他二人，几次把阿曼安全地送回苏普的怀抱；而马家骏为了救李文秀，更是献出了生命。

“天铃鸟”这一象征意象在小说中占着十分重要的位置，很明显，作者是把它视为温柔、善良、美丽、会唱歌的李文秀的化身的。文中这样叙述李文秀第一次听到天铃鸟歌唱的情景，笔调是清淡的，然而又是凄凉伤感的：

> 窗外传进来一阵奇妙的宛转的鸟鸣，声音很远，但听得很清楚，又是甜美，又是凄凉，便像一个少女在唱着清脆而柔和的歌。
>
> 李文秀侧耳听着，鸣歌之声渐渐远去，终于低微得听不见了。她悲痛的心灵中得到了一些安慰，呆呆地出了一会儿神，低声道：“爷爷，这鸟儿唱得真好听。”
>
> 计老人道：“是的，唱得真好听！那是天铃鸟，鸟儿的歌声像是天上的银铃。这鸟儿只在晚上唱歌，白天睡觉。有人说，这是天上的星星掉下来之后变的。又有些哈萨克人说，这是草原上一个最美丽、最会唱歌的少女死了之后变的。她的情郎不爱她了，她伤心死的。”李文秀迷惘地道：“她最美丽，又最会唱歌，为什么不爱她了？”
>
> 计老人出了一会儿神，长长地叹了口气，说道：“世界上有许多事，你小孩子是不懂的。”这时候，远处草原上的天铃鸟又唱起歌来了。
>
> 唱得令人心中又是甜蜜，又是凄凉。

在李文秀心目中，天铃鸟是自由的化身，自由是天铃鸟唯一的财富。她善良的心灵当然不可能容忍自由的丧失，因此，当小苏普用陷阱捉住天铃鸟之后，李文秀便用妈妈留给自己唯一可纪念的玉镯，换来了天铃鸟的自由。天铃鸟在这里，又作为一种媒介，牵起了李文秀与苏普的情缘。

在小说中，天铃鸟作为渲染感伤情调的意象反复出现，它的歌声

每响起一次，凄凉的情调便增加一分：

> 忽然间，远处有一只天铃鸟轻轻地唱起来，唱得那么宛转动听，那么凄凉哀怨。
>
> 苏普道：“从前，我常常去捉天铃鸟来玩，玩完之后就弄死了。但那个小女孩很喜欢天铃鸟，送了一只玉镯子给我，叫我放了鸟儿。从此我不再捉了，只听天铃鸟在半夜里唱歌。你们听，唱得多好!”李文秀“嗯”了一声，问道：“那只玉镯子呢，你带在身边吗?”苏普道：“那是很久很久以前的事了，早就打碎了，不见了。”
>
> 李文秀幽幽地道：“嗯，那是很久很久以前的事了，早就打碎了，不见了。”
>
> 天铃鸟不断地在唱歌。在寒冷的冬天夜晚，天铃鸟本来不唱歌的，不知道它有什么伤心的事，忍不住要倾吐?

作者不仅仅用象征性的意象“天铃鸟”来渲染情调，还直接反复地用“凄凉”“哀怨”“伤心”“悲伤”“哭泣”“眼泪”“难受”等一系列带有强烈感伤色彩的词语来点染感伤氛围，加强感伤情绪的凝聚力。然而，这些都是表面的。在小说语言的内部，缓缓流动着一种挥之不去的悲感意绪，这种悲感意绪源自李文秀温柔、绝望的情爱，而从整体上造成对感情的强烈冲击。作者始终是用诗一样抒情的笔墨在缓缓叙说。当李文秀终于匹马单身告别自己的恋人，行走回归在通往陌生的中原的路上；当一句“如果你深深爱着的人，却深深地爱上了别人，有什么法子”的最后一声长叹，感情的聚集终于达到顶点，从而圆满地完成了感伤美的营造。

悲剧美

感伤美是这部小说给予我们初步的审美印象，然而只需稍微深究一下就会发现，小说最终蕴含的是无穷无尽的形而上意义的悲剧美。

古越歌唱道：“山有木兮木有枝，心悦君兮君不知。”《白马啸西风》俨然是这两句歌词的深情演绎。当“木”有了“枝”后，“木”与“山”之间便是一段无法更改的距离。咫尺便是天涯。当彼此的情爱不能融而为一，距离显示的已经不是一种常人所谓的“美”，而是一种精神的孤独。作为个体的人，其实永远是孤独的存在，因为个体往往很难去选择适合自己的价值体；价值无法实现，导致的是精神的失落，从而处于孤立无援的困境而无法解脱。这是人的悲哀。然而悲哀不止于此。当自身的缺失与别人的拥有形成对照时，自身的缺失便更加不堪一击，从而陷入更深的绝望。小说中有这么一节：

> 天色渐渐黑了，李文秀坐得远了些。苏普和阿曼手握着手，轻轻说着一些旁人听来毫无意义，但在恋人的耳中心头却是甜蜜无比的情话。火光忽暗忽亮，照着两人的脸。
>
> 李文秀坐在火光的圈子之外。

最后一笔简直惊心动魄。在这里，“火光”与“圈子”具有了双关意义：“火光”当然代表爱情、甜蜜、温暖；而“圈子”代表的是界限，是距离，是隔膜，是对外物的自觉排斥。

另外一个重要的象征意象是“坟墓”。“坟墓”代表的是孤独、寒冷，因此也代表渴望、容纳。初读文本的人可能以为李文秀与苏普无法结合的缘由在于李文秀的主动放弃，其实不然，李文秀一直在争取，这通过她一系列的暗示、试探可以看出。那二人无缘的真正根源何在呢？小说中用了“梁祝化蝶”的典故。

> 李文秀说那个“阿秀”早已死了，问苏普道：“要是那坟墓上也裂开了一条大缝，你会不会跳进去？”苏普笑道：“那是故事中说的，不会真的是这样。”李文秀道：“如果那小姑娘很是想念你，你肯跳进去，永远陪她吗？”苏普叹了口气道：“不，那个小姑娘只是我小时候的好朋友。这一生一世，我是要陪阿曼的。”说着伸出手去，和阿曼双手相握。

——原来如此！这样，“火光”“圈子”与“坟墓”两组意象群鲜明地对峙，这就意味着，无论李文秀怎样爱苏普，她也永远不可能

与苏普共构“圈子”，享受“火光”的照耀了，属于她的，只有冷冷的“坟墓”。这就是这段情爱无望而深沉的悲剧所在。

金庸本人是一个具有强烈悲剧意识的人，因此他自觉地赋予几乎每一部小说以悲剧色彩与悲剧意蕴。“如果你深深爱着的人，却深深地爱上了别人，有什么法子?”这是金庸切身的生命体验，反映到《白马啸西风》中来，也正是这部小说具有强烈的震撼人心的悲剧美的渊源。

现代性

在金庸的所有小说中，《白马啸西风》在语言艺术上最具有现代性，这表现在其散文诗式的抒情叙事方式及语言间的自由切换组合上。

承袭了《红楼梦》等优秀传统小说的叙事技巧，金庸以全知者的姿态，冷静地叙事，本人隐藏在小说背后，绝少站出来干预，一任人物情节的自由发展。金庸大部分小说都是这样，因此使得小说庄严而典雅。而在《白马啸西风》中，特殊的题材内容决定了作者的艺术取向，他采取了主观抒情的方式，几次站出来直抒胸臆。然而作者的直抒胸臆依然是有节制的，不像古龙那样大篇幅的抒情，而是恰到好处，分寸适中，这便加强了小说的艺术感染力。

金庸大部分小说语言间的组合非常严谨，符合中国传统小说的模式。他竭力避免欧化句式。在《白马啸西风》里，这一规范稍微有所打破。正如古龙所说：“在一段长长的句子后面突然以短句截开，就像以刀截断流水，能使语言产生一种奇异的魅力。”这种现代的语言方式在《白马啸西风》里得到显现。其突出的特点是抹去主语。比如：

> 白马虽然神骏，但不停不息的长途奔跑下来，毕竟累了。何况这时背上乘了三人。白马似乎知道这是主人的生死关头，不用催打，竟自不顾性命地奋力奔跑。
>
> 但再奔驰数里，终于渐渐地慢了下来。
>
> 计老人出了一会儿神，长长地叹了口气，说道：“世界

上有许多事，你小孩子是不懂的。”这时候，远处草原上的天铃鸟又唱起歌来了。

唱得令人心中又是甜蜜，又是凄凉。

这样的例子俯拾皆是。

伟大的文学家首先应是杰出的语言大师。语言是一种艺术形式，是建构文学的基础与载体。语言艺术的苍白无力终究无法承载巨大的思想（社会）意识。现当代文学所付出的努力与所得的收获远远不成比例，正在于创作主体把语言艺术与思想（社会）意识相对立，或者说向思想（社会）意识方面的严重倾斜，而或多或少忽视了对语言艺术的关注。

夏志清教授曾谆谆告诫白先勇说：“作家最重要的关怀，不在于题材的选择，而在于表达的手法；一部作品的成功，不在于写什么，而在于怎么写。”这里“表达的手法”“怎么写”，实际上强调的是“语言艺术”。而现当代大多数作家却恰恰相反，他们关心的是“题材的选择”和“写什么”。

而金庸是超越性的。他既注重“表达的手法”“怎么写”，又关心“题材的选择”“写什么”，以其旷世的天才取得了语言艺术与思想（社会）意识之间的高度、完美的结合，成就了他一部部伟大的杰作。金庸把中国语言的文学艺术性推向了极致，他在语言艺术上取得的成就，只有 17 世纪的《红楼梦》可堪一比。

2002 年 4 月 8 – 10 日

美是什么?

今天看完了《西方文艺理论名著教程（下）》（胡经之主编），这部教程介绍了许多著名的美学家的文艺美学思想。对于“美是什么”这一命题，狄德罗与泰纳提出各自的概念：狄德罗认为，美即关系；而泰纳认为，美即生活。由于这部书不须细读，我仅仅记住了一些常识，所以无法对这两种不同的思想展开评述。

对于“美是什么”，我意外地发现，我有我自己的看法——

美是感觉。

对于“美”，我纯粹从形而上的角度看待。

美的存在以审美主体的主观感受为前提。在人类没有产生以前，一切客观存在都不具有美学意义，孤立于人的主观感受之外的声、色、体（通常作为“美”物化的形态）仅仅只有自身独立的客体价值；而一旦进入主观，进入“心象”的认可，其美学价值方才突现。

客体（包括具体与抽象）在确立自身的美学价值后，其价值的高低异同取决于不同主体的感官直觉、内心体验、情绪流动及心灵感悟。不同的审美主体看待同一客体，因上述因素而观照出不同的审美内涵与审美特征，从而赋予其不同的审美意义。

美在人们不断的生命与内心体验中具有了不同的层次与境界。具象的美属于较低层次，具象的美无须修饰与润色，以本身的固有形态直接进入人的主观世界，娱情悦性，给人以极大的审美乐趣。然而正由于它的具象性，使它的审美功能受到局限，这就迫使它借助于内外适应自己的诸多质素，不断膨胀、扩展，甚至消融、弥散，形成一股巨大的张力，突然之间急遽上升，而高度抽象化，便如炙日下的冰水化雾一般。具象美便在这种自我挣扎、分裂的过程中完成了生命的蜕变与升华（而本身的形态并没有改变，或改变多少），从而具有了一

种更高层次的美学内涵。这就是抽象美。这一变化的过程仍然完成于主体的主观世界。抽象美何以比具象美更高一个层次？因为具象美是个别的、具体的，其自身狭隘的形态决定了其影响所及的范围；而抽象美是普遍的、宽泛的，其包容性与覆盖面极其巨大、广阔，也更能给人强烈的审美乐趣。

古往今来无数的哲学家、美学家在苦苦思索、探求美的最高境界，各家各派也都提出了各自独特的观点。在中国古代，老庄的思想最具代表性。老子以辩证法为指导，提出“大音希声、大象无形”，他认为最美的声音在于无声，最美的形象在于无形，“最美”只能通过人的自我想象来完成，完全把美主观化了。庄子则反对人为，崇尚自然，以“自然”为美的最高境界。“自然”就是“虚无”，主客体都不存在了，这才是最美。老庄的美学思想具有形而上的崇高意义。其实在他们看来，“美即境界”，美与境界已融为一体，不分彼此了。此种思想，千古之下，我辈小子实在惊叹不已。

而在西方，“和谐”是美的最高境界。西方人的空间观念最为强烈，这与中国人的时间观念形成鲜明对比，正反映了两种不同文化的价值取向。西方人的建筑性思维决定了他们在审美趣味上的布局倾向：即事物之间的联系都必须符合其内在的规律，顺应这种自在规律的，便是美；反之，违背这种自在规律的，便是丑。这就形成了他们“和谐”的审美取向与审美情趣。“和谐”，意味着“整齐”、“匀称”、不凌乱、不放肆，这从总体上便形成了西方文艺典雅、庄重、静穆、秀丽的文艺风格。西方辉煌富丽的艺术成就证明了“和谐”在美学上的最高价值。

我是一个在思想上具有叛逆性的人，不满足于在前人的思想阴影下苟活徘徊。针对“和谐”之美，我特意提出了“不和谐”之美的概念。一方面，我承认，“和谐美”体现了美的最高价值；但另一方面，我拒绝因为过度推崇“和谐美”而排斥“不和谐美”，我把“不和谐美”也推到与“和谐美”同样的高度，形成双峰并峙之势。这代表了两种完全不同的美学思维，两者似互处于二元对立的境地，相互仇视，相互排斥。有人可能会指出，以“不和谐”为美，其实就是以“丑”为美，这与奥古斯丁和托马斯如出一辙。这似乎有理。然而奥古斯丁和托马斯的以“丑”为美，是在承认“丑”的前提下以其为

美的，而“不和谐美”则以“不和谐”本身就是美。所以二者本质不同。其实对于“和谐”与“不和谐”，到底哪一种才是最高的美学，完全要从不同的视角来看待、分析与评判，二者并非完全地对立。在不同的情境下，“和谐”就是“不和谐”，“不和谐”就是“和谐”，由此而实现了二元的转化，从其本身意义上来说，二者不存在高下优劣之别。高下优劣之别的评判结果，在于不同的人为。

一切美的最高境界的标尺，都是审美主体主观的产物。

然而，一切美都是主观的产物吗?

在坚持美的存在取决于审美主体的主观感受时，我又无法剥夺美的独立性，这反映了我思想上激烈冲撞的矛盾，这种矛盾有融合解决的可能吗?

美是感觉。因此，美可以包容一切。

2002 年 4 月 18 日

在此我要对前天提出的“美即感觉”的理论做一些必要的修改与补充。

首先我必须强调美的独立性，审美客体在未进入审美主体的主观世界以前，具有其独立的美学意义，也就是说，审美客体的审美特征与审美内涵脱离审美主体的主观世界时依然存在，并不因为审美主体的主观世界的消失而同时消失。那么，“美即感觉”这一理念又如何成立呢?

这其实须得从另一视角来考虑。不同的知识修养、文化程度、道德观念、身份立场以及性格特征、人生遭遇、内心体验、情感浓度，决定了不同主体的彼时彼境的审美观念与审美情趣。当一个审美客体进入主体的主观世界时，由于上述因素引起主体对客体的审美特征与审美内涵的认识，这一客体染上了主体此时此刻的主观审美色彩，于是，这一客体的审美特征与审美内涵得到认知与承认，并极有可能在价值与意义上得到延伸和扩展，或者紧缩与消失。从这个意义上来说，美取决于感觉，因为感觉的存在而存在，因为感觉的消失而消失。再具体一点说，这种存在（消失）仅针对这一个主体，而相对区别于另一个主体——亦即同一种美，在这一个主体消失（存在），而在另一个主体却是存在（消失）。

这样，美取决于感觉与美的独立性这一、二元对立的矛盾便得到消解。

2002年4月20日

思想随笔

1

冰与火，本来是决然的对立物，一方的存在必然要以另一方的消失或毁灭为前提。在对立的同时，两者又相互映衬，相互支撑，任何一方的隐退，都意味着一个整体形象的覆灭。

冷酷与激情，就如冰与火一样，共同构建了我现在的这种性格。我之冷酷，并非天生，是对这变幻莫测的世界表示怀疑，而不由自主以这种方式与之对抗并保护自我。我具激情，则是天生，因为我自由的感情与欲望受不了任何的压抑和束缚。

当我冷酷的时候，别人感觉到我是不可接近的冬天，任何试图接近的企图，都将以其自身寒冷彻骨的感受而迅速瓦解；当我充满激情的时候，话语如万丈瀑布轰轰坠下，如千里黄河滚滚东流，身边的每一个人都可以感觉到一股股扑面而来的热浪。

这两种截然不同的姿态，源自同一个孤独的人。正因为孤独，冷酷才得以形成；正因为孤独，激情才是不可缺少的发泄方式。从这个意义上说，孤独造就了我。

我曾经赞美过孤独，因为孤独给了我力量；我也曾诅咒过孤独，因为孤独让我寂寞。不管“力量”与“寂寞”是如何地紧张与不和谐，现在我只能承认这种生命形态。既然上帝要不断地惩罚我，要不断地锻造我，要我受尽苦难，我也没有办法。

我一生都会在冷酷与激情中行走，因为我永远孤独。

2

我曾经受金庸、倪匡谈话内容的影响，再加之金庸小说传奇性的情节故事的有力支持与证明，我认定：小说唯一的标准是好看，不好看的小说是什么好小说呢？

现在我否定这一看法。

以前，我带着“好看小说”的阅读习惯去看川端康成、卡夫卡，去看沈从文、郁达夫，结果他们每一部作品都让我极度失望。他们的小说情节平淡，语言没有跳跃性，情感没有激情，这严重阻碍了我的阅读速度。他们的小说我几乎是硬着头皮读下去的。读他们的小说我几乎没有产生什么审美感受，反而在受罪。

现在我才意识到，我的审美心态已陷入了一个狭窄的胡同。我最喜欢金庸小说，反复地阅读，不由自主以金庸小说的美学标准去衡量别人的小说，这自然会引起对更为广阔的文学世界的自主排斥，这样自身的审美视野就得不到拓展，就无法接受更加缤纷多彩的审美世界。

文学艺术的审美品格多姿多彩，每一部优秀的作品必然具有其独立的审美品格，要想从中感受或领悟其独特的美，就必须用一种包罗万象的审美心态从其独特处切入。审美霸权的确立，将严重阻碍审美效果的获取，甚至可以这样说，对于文学艺术，根本不能制定任何审美标准。人的心灵是最自由的，只有以绝对自由的心灵去阅读，才能获得属于自己的审美愉悦。

3

在现代文学史上，文学研究会和创造社分别提出“为人生而艺术（文学）”和“为艺术（文学）而艺术（文学）”的创作口号。“为人生而艺术（文学）”强调文艺对人生的指导作用，“为艺术（文学）而艺术（文学）”则强调文艺独特的审美功能，把文艺的创作当作终

极目的，而否定文艺的功利性。

我的观点是：为心灵而艺术（文学）。

文学艺术是人的心灵世界的审美外观。人有感情、欲望、思想、意志，这些心灵的内在情愫当然不可能总是蛰伏于中，需要膨胀、扩散、外放、升华，然后才能实现生命的运动。“心灵”永久性地雪藏是植物人的标志，而作为运动着的有生命活力的人必须不断释放自己的“心灵”。“心灵”与外在世界的频繁接触，是人“活着”的保证。作为个体的人，不仅仅是为了“活着”，还要为了获得适合自己的个性特征，而文学艺术正是实现这一目的的最好方式。

创作主体决不能单纯为了客观的事物而动笔，而必须是某一客观事物激起了你内在的情愫，使你的“心灵”受到压抑，不释放不足以使“心灵”得到自由，这时候才是动笔的最佳时刻，也只有在这种时刻，创作才能得到完美的发挥。

心灵是不羁的翅膀，自由是它的生命。心灵处于虚化状态时，是最自由的；一旦心灵滞于物，便被束缚了，心灵被束缚，亦即情感、欲望被压抑，思想、意志被桎梏，这时主体就会感到呼吸困难，感到生命在逐渐消退。此时，拯救自己，就成了当务之急。对于创作主体来说，这时，文学艺术就是解放心灵、拯救生命的上帝。

曹雪芹不是为了写《石头记》才写《石头记》，也不是为了警醒世人、促进社会的进步才写《石头记》，他的目的，仅仅是为了释放自己一生的郁闷。

同样，屈原、李白、苏轼，他们伟大的诗歌，都是心灵世界得以释放的体现。

为心灵而艺术（文学），或者说，为心灵的自由而艺术（文学）。

4

麻木本身并不可怕，可怕的是已清醒地认识到了虚假与真实的混淆而自甘继续麻木，把虚假当真理。我身边的人无一不是这样。他们信奉的是实用主义的处事原则，一切以个人利益为出发点。当现实压抑个体，远离理想，他们个个愤世嫉俗，表现出青年人激进锋芒的热血情怀；当不合理的现实与自己的利益挂钩，他们便笑着迎合它，承认它。

我自己又何尝没有这样做过?

思想与行为往往难以达成绝对的一致与契合。

人性不能完美，只能正视它，而不能忽视它。

2002 年 5 月 22 日、5 月 29 日

足坛政治

昨天，国际足联在韩国举行第53次全体会议，会议的目的，就是选举新一届国际足联主席。现任主席布拉特以绝对优势击败挑战者哈亚图，成功连任。此前，哈亚图的坚定同盟、国际足联副主席、韩国足协主席郑梦准曾猛烈攻击布拉特，而在选举当日突然倒戈，转向支持布拉特连任。

郑梦准的野心早已公开于世，他的目标就是竞选韩国总统。为此，他必须给自己筹集雄厚的政治资本，通过为亚洲、更是为韩国寻求足球最大利益来提高自己的权威。如果能支持哈亚图登上国际足联的主席宝座，不用说，哈亚图投桃报李，自然会最大限度地满足郑梦准为亚洲与韩国足球利益提出的要求。郑梦准明知要推翻布拉特并非易事，但作为政客的他毅然选择豪赌。从头到尾，郑梦准是以哈亚图一个最坚定的支持者的形象在国际舞台上长袖飞舞的。就在选举前一天，他还在猛烈攻击布拉特，强烈谴责布拉特在执掌国际足联期间的过失及其带来的负面影响，要求布拉特主动引咎辞职。但是到了最后一刻，郑梦准已异常清醒地意识到，布拉特连任事实几乎铁定，如果仍然不知好歹，那只会对韩国不利，进而影响到自己的政治声誉。在经过“磋商”“协调”“妥协”等一系列政治行为后，郑梦准马上转变脸孔笑对布拉特，而把哈亚图踩在脚下。韩国媒体从韩国利益出发，对郑梦准这一“倒戈”表示称赞，郑梦准的声誉不但没有受挫，反而日隆。“受伤”的只有可怜的哈亚图，他仅仅是郑梦准通往最高权力路上的一枚棋子，当这枚棋子对自己毫无用处时，随时可以放弃。

通过这一典型事例，我们可以清楚地看到政治的本质。政治与权力紧紧相连，政治是手段，权力是目的，政治的操作在于权力的获取。无论是布拉特、哈亚图，还是郑梦准，当获取权力成为他们的终极目的时，政治许诺，金钱收买，内幕交易，人身攻击，甚至一切下流无耻、卑鄙龌龊的手段都可以堂而皇之地使用。在政治运行中，在通往权力之路上，政客们不是以“人”的面目出现，而是以“魔”的面目出现。作为“人”之支柱的人格在他们身上早已不存在，或者分裂撕扯。“灵活多变”是他们的特征，是他们不断获取政治资本的重要条件。此时“人格”对他们来说已成为一种累赘。他们更愿意保持“魔”的身份，借用这一身份，他们才可以心安理得、理直气壮地要用“魔”的手段。

权力是人性中挥之不去的情结，对权力的膜拜必然导致心灵的逆向发展：以“人”的弱小来肯定“魔”的强大，以“魔”的睿智来否定“人”的价值。整个人类历史，便是在这种心理结构中循环往复。这就是为什么我们看历史，看来看去都是同一个内容，其中仅仅是人物、细节不同而已。

明白了此点，我可以对一切政治行为保持清醒的姿态。

2002 年 5 月 30 日

《十二只天鹅》的创作构思

念大二的任杰被大学开除了。这与其说是大学对叛逆的任杰身体的驱逐，不如说是任杰对精神的义无反顾的自我放逐。孤独的任杰怀着对生命与理想的崇高向往来到大学，大学却一次次将他逼进精神的绝境。他承受了人世间最大的伤害、侮辱、痛苦，终于绝望。他出走了，四处漂泊流浪，他自己也不知道该走向何方。

他漂泊的驿站是南方的一个小镇，这个小镇是传统文明与现代文明的交汇点，文明与愚昧并存，繁荣与荒芜共处，崇高与卑贱杂居，美丽与丑陋激撞，理智与疯狂搏斗，情感与欲望接吻，权力与金钱媾和，生命与死亡对峙……这是人类社会历史的全部缩影。人类的一切行为都只不过在证明人类文化的全部荒谬性。任杰孤身一人走进了这个世界，带着贫穷、思想、个性，更带着永远无法摒弃的、堆积了二十年的寂寞情怀。这个地方与大学有着某种相似处，然而又截然不同。他激愤而忧郁地观望并体验这个世界，发现了生命的残酷、宇宙的恐怖，他身不由己地卷入了宿命无休止的旋涡。他潜意识深处一直在绝望中寻求希望。他突然惊喜地发现了一个与这个小镇对立的和谐美丽的世界。这个世界有澄静的湖面，还有十二只硕大无比的银色的天鹅。这是人类之外的世界，是与整个人类相对立的世界，是人类崇高、纯洁的幻想之中的世界。这个世界是一个叫沈园的十七岁的美丽的少女偶然间发现的。任杰与沈园摆脱了世俗的欲望，以自由的心态出入其间。这个化外世界距世俗世界仅一步之遥，然而人类居然从未知晓。如此，现代化与传奇便偷偷潜入文明社会。当世俗世界与理想世界显性对峙时，世俗世界凭着其强大的贪欲、恐慌、嫉恨等一切非理性的动作闯入理想世界，试图破坏、颠覆，人与禽进行了最后的战争，弄得两败俱伤。象征着爱、美、灵、自由、纯洁、智慧的少女沈园在战争中被人类无情地杀害，理想世界倏地封闭，世俗世界再次与之隔绝。任杰的一次惊心动魄的精神之旅由此结束，他选择离开的时候，依然孤独、寂寞。他不知道他生命的下一站在哪里，再次跌进绝望的深渊。

一切似乎都可以包含在“寂寞”与“绝望”这两个形而上的人生范畴之中，这也正是我迄今用生命与泪水体验的最刻骨铭心的疼痛。然而实际的创作，决不会仅仅是这两个主题意蕴的艺术表现，也许还有“美”，还有“精神追求”，还有人生与生命背后许多形而上的命题。

美的升华与毁灭始终是我关注的中心。如此，丰繁意象的象征与隐喻便是我常使用的手法。首先是作为“人”的少女沈园，在美的象征中将具有比明佳、苑琳、婉莹更为丰富的审美内涵；其次是作为动物的十二只天鹅，它们的象征性与寄寓性具有最为广泛的精神内蕴。“美”仅仅是其中一个部分。

一切的意象都可能有某种（或某几种）象征与暗示，但却不能据此断定这仅仅是一部象征主义小说。任何人也无法界定它的性质，它可以是象征主义的，也可以是现实主义的，也可以是浪漫主义的，甚至可以是魔幻主义的，荒诞主义的。

想象可以代替具体的生命体验。我在自由的想象中构建一个宏伟磅礴的艺术世界。

对世界的不断否定。

《十二只天鹅》里前后出现四种不同的世界形态：故园，大学，小镇，自然，反映着任杰不同的生命旅程与精神追求。

首先是对故园即原初世界的否定。故园是一个温馨却贫穷的狭仄之地，也是初恋破碎的伤心之所。为摆脱生存、地理困境与人对自我的约束困境，为追求高层次的精神生活，经过努力奋斗，任杰来到大学。

大学是任杰所向往的精神世界，然而任杰很快发现这现实的精神世界与想象中的相去甚远。他在这里除了遭遇痛苦，耻辱，依然继续着大寂寞的噬咬。他否定了大学，毅然对自我进行肉体与精神的双重放逐。然而他找不到方向，在重重的绝望中流落到南方的一个小镇。

这座小镇成为任杰活动的中心舞台，大部分故事都将在这个舞台上演绎。小镇代表着最彻底的世俗世界，这个世俗世界本身便与原初世界和精神世界有着内外的本质联系，只是比后两者具有了更宽泛、更彻底的世俗意义。任杰再次否定了这一世界。

在绝望中，他很偶然地发现了自然——即理想世界。这里，高山，湖水，岛屿，天鹅，清新的生命意象组成了宁静、和谐的美好世界。虽然，它作为世俗世界的对立物与参照物而存在，然而，任杰却再次否定了它，这是因为，尽管它显示了人类文化与理想的最高境界，但它无法去除任杰那挥之不去的大寂寞感。寂寞成了任杰否定全部文化世界的内在根源。在“寂寞”这一庞大无边的情感背景的映照下，人类现实的或理想的全部文化无一例外地显出了它们的荒谬性：既然人类经过几千年的自身文化建设无法满足个人的最起码的情感需求，那么它的存在又有何意义呢？任杰在完成这一命题的思考之后，再次跌进绝望的深渊。由此引出更深层次的质问：人应该走向何方？文化应持什么样的价值取向？

代表孤独的生命意象：稻草人与狼。

在流浪中的一片荒原里，任杰突然发现了一个稻草人。稻草人浑身破烂，面目蓬散，没有人能解释，为什么在这样一个仿佛没有边际的荒原里会固执地站立着这样一个落魄的稻草人。或许是人类不经意间遗留丢弃的？或许是人类残忍的心对渺不足道的生命施以的虐待或惩罚？稻草人孤零零地立在那里，风掀起它的蓬乱的茅发，它的消瘦的身形在风里瑟瑟发抖。只在一刹那间，任杰感应到了稻草人与自身生命的某种神秘的联系。他趺趺撞撞扑了过去，一把抱住了稻草人，放声痛哭。

在另一个夜黑风高的荒原上，一匹饥饿的狼，闪着幽蓝的目光，与任杰长久地对峙。任杰充满恐惧地在绝望中等待死神的降临。然而，狼充满怜悯地注视他一阵之后，转身离开了，消失在狼嚎声涌起的远方。

两种孤独的生命相遇，无论是为友、为敌，都会惺惺相惜，因为只有孤独与寂寞深入骨髓的生命，才能理解相同命运的生命。

寂寞、残忍、恐惧、绝望的意象：蛇。

就是在稻草人孑然而立的那片荒原，时间在半夜，任杰在睡梦中忽然感到一种彻入骨髓的凉意与痛彻心扉的束缚感。他惊醒过来，淡淡的星光下，只见一条浑身斑纹的毒蛇紧紧地箍住了他的身躯，而蛇头却搭在他的脖子上。这一夜，他的灵魂便在炼狱里煎熬，挣扎，他失去了作为人生存的全部自由：不能说，不能喊，不能动（这种自由的丧失在大学开始逐渐呈示，这也成为他最终离开大学的一个重要原因）。他痛苦、委屈地想哭，想流泪，然而这也不能，他害怕哭声会惊动蛇，甚至害怕泪水也会把蛇弄醒。

这是一个怎样痛苦的灵魂啊！

荒原意象。

《十二只天鹅》里反复出现了一个意象：荒原。这是从艾略特的名作《荒原》得到的启示。《荒原》以繁复磅礴的意象群构建了一个荒原世界，这个荒原世界象征着现代西方文明的颓废、芜杂，显示了现代人在传统文化与现代文化的观照或重压之下精神的扭曲，灵魂的分裂，传达了现代人对时代的恐慌、畏惧的心理及希望与绝望交织、撕扯的矛盾。我找到了《荒原》主题意蕴与《十二只天鹅》中的“荒原意象”一些共通之处，这绝不是主题意蕴的简单挪用，而是从中寻找并思考符合“这一个”的某些象征意义。在我最初的构想中，小镇这一世俗世界本身就是荒原世界，因为小镇几乎凝缩了人类全部文化。然而现在我的思考又进了一步：小镇虽然几乎凝缩了人类全部文化，但仍然不能代表全部文化。在小镇文化之外，还有故园文化、大学文化、理想文化。这四种文化基本上可以构建整个人类文化了。荒原意象本质上应该是全部文化的象征。对荒原的否定，也就是对全部文化的否定，因为全部文化在个人的情感需求面前已经显示出了历史的荒谬性。

“否定”是小说表现的一个重心。然而，这并非“全盘否定”，否定之中包含着一定的肯定。对于爱、美、灵、自由、纯洁、智慧等闪烁着人性的光辉的生命内核，作者自然是竭力歌颂的，肯定的，不然对于美丽的沈园与十二只天鹅，何以会倾注那么多美好的感情呢?

“绝望”是作者表达的另一个主题。我最痛恨人把绝望视为消极的代名词。通常情况下，对某事的绝望确实是一种消极的人生态度，但在文学作品里，绝望与消极无任何瓜葛。绝望是生命力最彻底的、臻于极致的、内涵最丰富的情绪表达，是对一切形而上与形而下的命题做出最深刻的反思之后的文化与价值判断。

由此我突然想到了高尔基将19世纪浪漫主义文学强分为积极的与消极的两种流派，将积极的一类归属崇高，将消极的一类归属颓废，强调它们对人与社会的不同影响，由此做出文学的价值判断。这种规范极其荒谬可笑，因为他忽视了文学的多元化的审美品格。

类似于高尔基的对世界万物的强制性规范重重叠叠，几千年积压下来，形成了一种强大的社会心理惯性，对自由与创作形成了巨大的束缚。我们的使命就是：打破这些束缚，对一切现存的事物进行价值重估，以期建立一个全新的多元化世界。

大凡小说是对往事的艺术性回顾，因为只有经过时间沉淀、过滤过的往事才能给创作主体以心灵的震撼与回响，创作主体大多也只能在“往事”的题材里自由驰骋。《十二只天鹅》不同，它只撷取了作者自身最刻骨铭心的两种感受——寂寞与绝望——对人生的未来进行痛苦的艺术虚构，也就是说，小说中的人物经历不可能发生在作者的此年龄段以前，只可能发生在以后，其在一定程度上可能表达了作者的理想，然而更多的是思考、怀疑、考问、惶惑。

2002年8月1日、8月13日

复　仇

“复仇”是作家们喜爱的一个题材。“复仇”本身包含着超越常态的强烈的爱恨情仇，它抗拒着平淡如水的生命流程，而把人内在的情感、欲望等非理性的质素推向极致，造成激荡轰动的生命效应与心灵震撼。酷爱崇高、悲壮的美学风格的作家不能回避这一刺激性的题材，它能在作者笔底掀起波诡云谲，使作品具有庞大的史诗内容与结构。

每一个武侠小说作家都热衷于“复仇”主题的反复演绎。通过复仇，展示濒于心灵绝境的人天使与魔鬼交融的激烈性格，挖掘人性最深处的内核。金庸与古龙两位大家将这一主题推向极致，同时也将附身于此的人世间的爱恨情仇演绎得惊心动魄。

《哈姆莱特》讲述的是一个王子复仇的故事。当哈姆莱特在城墙倾听完鬼魂的诉说之后，他明白了自己一生的使命：复仇与拯救。既然拯救黑暗统治的世界成为终极目的，那么，复仇便带上了人类道德伦理所认可的正义感。然而，复仇的对象强大无比，而复仇的主体却单枪匹马，二者力量的悬殊，决定了哈姆莱特只能采取自我异化（装疯）的方式来逐步实施复仇的计划。哈姆莱特复仇的手段是超越理性的，他的目的不仅仅是从肉体上消灭仇人，更要从精神上去折磨仇人，使仇人的灵魂陷入良心的炼狱煎熬挣扎。这一行为促使仇人用更诡谲的计谋企图将哈姆莱特送上绝路。复仇与反复仇，相互捉对厮杀，更可怕的是，两者在几乎整个过程中，都戴上了温情脉脉的虚伪的亲情的面纱。复仇的结果是两败俱亡。

自始至终，莎士比亚都对哈姆莱特的复仇行为予以感情与道德的双重支持，因为哈姆莱特代表的是理性、智慧、高贵的“人”，他所对抗的对象却是与“人”决然对峙的黑暗统治势力。由此，复仇这一行为就得到了正义的支持。

如果说哈姆莱特的复仇是义无反顾的，那么仇虎的复仇则是充满矛盾的。曹禺把“复仇”从外在世界推进内在世界。

在《原野》中，曹禺对“复仇”提出了质疑，并赋予了“复仇”以更深层的文化、心理、道德内涵。仇虎复仇的对象本来是焦阎王，这是无可厚非的，但焦阎王的死去，却使复仇的巨大期待陡然落空，这便把仇虎送上了彷徨无地的关口。复仇对象的自动灭亡并未消解复仇的行为，但复仇的意义却遭遇了严峻的考验：仇虎把复仇的计划施之于焦阎王的儿子焦大星及其一家，“父债子还”的传统观念本身便充满了罪恶，更要命的是，焦大星与仇虎情如兄弟，焦母曾待仇虎也不错。如此，问题发生了根本性的转移：仇虎从绝对的主动降到绝对的被动，他必须战胜自己的良心与理智去实施复仇计划，而复仇已不再充满正义感，蓄满了罪恶与恐惧；复仇已不再是一项令人振奋的事业，而成为一种卸之不去的累赘。仇虎就这样因复仇陷入万劫不复之地。终于，他杀死焦大星及其小儿，“父债子还”得以完成。然而此时复仇的对象却完全改变了：仇虎自己遭到了焦母（外在）与良知（内在）的双重报复，从而在精神的黑林子里奔突，冲撞，叫喊，挣扎，终因无力摆脱“复仇”的折磨，走向死地。

如此，曹禺在《原野》里完成了对“复仇”的质疑——否定的过程。复仇源自不平衡的变态心理，它是一把双刃剑，在刺杀了对象时，同时刺杀的也有自己。那么，复仇就成为一桩毫无意义的事了吗？

曹禺在《雷雨》里针对同一命题从不同的文化与审美视角做出了不同的阐释。

复仇的主题在《雷雨》里得到了另一种形式的呈现。如果说《原野》里复仇的目的在于消灭对象的肉体以求得变态心理的平衡与安慰，那么《雷雨》里复仇的目的便在于反抗绝望。

“反抗绝望”是鲁迅的生命哲学，他全部的文字都在表示对现实社会与人生宇宙的绝望。然而他苦难精神的超越性又促使他在绝望中挣扎呐喊。绝望却不悲观，失望却未失去希望，这便是鲁迅“反抗绝望”的内核。绝望，意味着否定；反抗，意味着对否定的否定。反抗绝望，是对人生大痛苦、大寂寞所持的战斗姿态。

“反抗绝望”这一人生命题在蘩漪身上有着不同于鲁迅、却又有着内在的精神联系的涵义。

蘩漪是曹禺笔底传奇里一个最不平凡的生命。她生活得最彻底，对情欲、爱欲、恨欲执着得疯狂而变态。她生命里有两次转变：嫁给周朴园，是从生存走向毁灭；与周萍的“结合”，是从毁灭走向新生；而从新生再度堕入毁灭，只不过是这第二次转变性质的嬗变。婚姻与家庭的不幸严重压抑了蘩漪的个性，十几年无爱的灰色生活让她感觉心已死了。可这时，周萍的出现却一下子激活了她全部的情感，她幸福地感到生命的复活。为了维持这复活了的生命，她只能死死抓住周萍这根救命草。周萍的“移情别恋”，让她感到了绝望。既然复活的生命无法继续维持，那就让它连同整个宇宙全部毁灭！

蘩漪复仇了。蘩漪的复仇，是强烈的爱与强烈的恨交织的外在呈现。本来生命对于个体来说是一种局限，然而复仇却能突破这种局限，将个体内在一切非理性的质素爆发出来，从而改变生命固有的温柔敦厚的形式。生命的一切行为都应该服务于满足精神的需求，如果精神濒于毁灭，生命就显得毫无生气了。正是在这个意义上，蘩漪选择的是与哈姆莱特不同的人生取向：要么生存，要么毁灭，这不是一个问题。蘩漪是在完全绝望（“那么，完了吗?”）之后，采取了对周围人物环境的畸形报复，她的这种“反抗”的方式，与鲁迅不同，乃是对绝望的肯定。她已不奢望什么了，她对生命、感情的完全绝望，让她把自己变成复仇的工具，而不顾一切地寻求双方的灭亡。而这一切的根源，在于人性的根本：情欲。

情欲主导了这出传奇剧，情欲导致绝望，情欲导致复仇，情欲导致毁灭，情欲导致人对命运无常的恐惧。然而曹禺似乎并未憎恨它，否定它，同时也没有否定情欲派生的复仇行为。为了精神的重生，复仇仿佛成了一种恢复人性（而不是扭曲人性）的正常手段。

无论从哪个方面（角度）来解析、阐释复仇，复仇在其本体意义上，永远有着让人幻惑并接近的复杂魅力。

2002 年 8 月 15 - 20 日

《笑傲江湖》里的权力斗争

金庸的《笑傲江湖》是我特别喜欢的一部武侠名著。评论者们早已指出，这是一部政治寓言小说。寓言者，寄寓之言也。金庸把整部中华（以至世界）政治文化全部浓缩在这部伟大的小说中，具有惊人的概括性。概括者，非是以理性说教的文字，而是用生动的文学形象传达出。作者不着一字的品评，真正的政治历史便如浮雕一般突现矗立在那里，震撼人心，让人叹为观止。

一部政治历史便是权力争夺的历史。权力争夺的终极目的绝非如一些正统专家所言是为取得经济上的统治权，而是为了政治权力本身。权力决定经济，权力决定规范，权力决定自由，权力决定逻辑。政治权力无所不在的功能决定了它在一切建筑形态中的中心地位。

争夺权力的斗争在小说中无所不在：华山派、泰山派内部的掌门之位的争夺，五岳剑派掌门的争夺，魔教内部教主之位的争夺，魔教与正教的武林统治权的争夺……大大小小，刀光剑影，方式各异，炫人耳目。

而对抗权力的方式是隐逸与自由。

这种对抗，当然只能是消极型的。隐逸，是对权力中心的疏远。梅庄四友厌倦了权力争夺，将生命寄付琴棋书画等中国传统雅文化，试图将刀光剑影消弭在一片宁静雅致的山水烟云中。但这是不能的。权力渗透于社会的每一个角度，渗透于人性的骨髓深处，他们的消极对抗，最终换取的，也是鲜血一片。

隐逸意味着对自由的渴望，然而这里的自由所指乃是以令狐冲为代表的潇洒扬逸的生命形态。令狐冲无论在肉体上，还是思想、情感、欲望上都渴望着对固有规范的突破，而实现一种无拘无束、我行我素的人生价值，而这必然要与现存的权力规范发生冲突。于是，自由为着对抗权力却不由自主地卷入了权力斗争的旋涡。这种精神意义上的自由，如果不以权力为强大的政治依托，必然以本身的毁灭为代价。令狐冲最终退出了权力的中心，以失败为宣言，无可奈何只有去山间野林追求以隐逸为形式的自由。

世上没有任何事物能对抗得了权力，任何对抗的结局只有一个：那便是对抗者的毁灭。

中国历史上不乏坚持自我、独善其身的人物，他们坚持信仰，坚守节操，决不向权力低头。他们的品格令人击节，然而留给后人的仍然是悲剧性的叹息。

正如那英歌中所唱的那样："你伤害了我，却一笑而过。"权力的极端是恐怖，是对人心毫不留情的摧残，它腐蚀着世界，摧毁了自由、光明、生命、爱情，颠倒了宇宙，咧着鲜艳的血嘴狰狞着"一笑而过"。

权力的存在让世界变得动荡激烈，波诡云谲，丰富多彩，而正是这种形态证明了世界的荒谬。

权力在竭力证明着它的意义，而以超然的姿态观照俯视，权力是无意义的。正如一滴水，在炙日下一蒸，顿时幻灭于无形。

然而我不能超然。脚踏着这块土地，面对着头上血淋淋的历史，我不得不悚然惊叹：权力无所不在。

2002 年 8 月 21 日

再看《笑傲江湖》里的权力斗争

《笑傲江湖》里，任我行对东方不败迫不及待地谋反篡位表示十分的不解，说这神教教主的宝座迟早有一天是他的，他又何必这般急躁呢?

《笑傲江湖》是中国政治历史的缩影，任何一个朝代的政治现象都形象地包含在里头了。正因为《笑傲江湖》的这种巨大的概括性，它也就具有了惊人的预见性。这部小说写于上世纪60年代末，其时“文化大革命”正进行得如火如荼，林彪正是这场“革命”中炙手可热的人物。在党的九大上作为毛泽东的唯一接班人写进党章，本来毛泽东一死，林彪即可顺理成章坐上党中央主席的宝座，但林彪仍然等不及了，他迫不及待地发动政变，企图置毛泽东于死地，及早“登基”。然而他却没有东方不败那样的好运气，图谋失败，只能仓皇逃窜，落得个机毁人亡。毛泽东大概也如任我行一般地苦思不解：这主席的宝座迟早有一天是他林彪的，他何必那么急躁呢?林彪事件发生于1971年，将小说与政治事件一相印证，便会惊叹于金庸对政治历史是何等的洞若观火。

撇开具体的原因不说，政治野心家们之所以如此迫不及待地图谋篡位，根本的还在于对最高权力的贪欲。权力是分等级的，为人臣者，权力再大，毕竟是奴才，上面还有个皇帝压着，君要臣死，臣不得不死，稍不留意，荣华富贵转眼成空，身首异处枉作笑谈。只有掌握了最高权力，肉体与富贵才有最稳妥可靠的保证，更何况，最高权力意味着绝对的自由，个人意志几乎可以不受任何限制地呈露于世，转化为对世界的控制，威风八面，何等痛快。

权力是文化的核心，社会文化越发达，权力就越显示出它的锋芒。也只有在人类自身制造的这种普遍性社会文化环境中，才能孕育、培养出权力这种建筑形态。权力一旦形成，文化就失去了其特有的独立性，不得不俯首帖耳，就像皇宫里那一群群的妃子、宫女、太监，整日价诚惶诚恐地围着皇帝老儿转。

2002年8月30日

《夏天最后一朵玫瑰》把婉莹的故事从长篇小说《和我一起飞翔》里独立出来，基本上保留了婉莹与畸恋挣扎、决裂的曲折反复过程的主干情节，但改变了她死亡的原因（由车祸身亡改为被李晶所杀），最大的变化在改变了“我”（柳越）对婉莹的情感性质。在《和我一起飞翔》中，柳越对婉莹仅仅是一种友情与“泛爱”，而在《夏天最后一朵玫瑰》中，“我”已经深深地爱上了婉莹。

现今距写作《和我一起飞翔》已经两年多时间了，两年来，情感屡经挫折，心事更见沧桑斑驳，对人生又多了许多深沉的感悟，下笔之间，不自觉地把这种情绪带进了小说，小说从头到尾充溢着浓酽的悲凉与凄伤。

婉莹是我最怜爱的女孩，她美丽，温柔，善良，才华横溢，这样一个优秀的女孩，为摆脱失恋的痛苦，非理性地把自己抛进畸恋的泥沼，终又陷入更深一层的痛苦。对于清醒了的婉莹来说，畸恋是心灵与情感的枷锁，只有挣脱这沉重的枷锁，才能获取精神上的自由。但是她柔弱善良的性格又形成了对冲破枷锁的巨大障碍，于是她只能在不断挣扎与妥协之间彷徨、摇摆，这种灵魂的分裂导致了她精神上巨大的痛苦。自由仿佛遥遥无期，个体的相对局限性让她对自身的能力产生了绝望，她最后只能求助于某种外力。

这种外力的主体便是“我”。“我”曾与她有过诗词（即心灵）的深度交流，这种心灵上的交流对任何一方都有某种神奇的默契感，而能让一方产生对另一方的信任。在人生宇宙中，这种信任常常被无限扩大，当自我对于自身生命、精神、灵魂的拯救濒临绝域、无能为力时，另一方就成为另一个自我；当这两种“自我”融为一体时，其中一方便具有了神圣的使命感，他饱满的精神状态与义无反顾的行为都只有一个目的：拯救自我。

《夏天最后一朵玫瑰》并没有在这一层面上做深度的挖掘，这是令人遗憾的。但通过“我”对婉莹内蕴深沉的感情，这点或多或少有所呈示。我的一贯的人生美学观是：自己所爱的人便是自己人生最高价值的体现，爱人（即“美”）的毁灭就意味着“人”的毁灭，更意味着自我生命的毁灭。这一主题悄悄潜进了《夏天最后一朵玫瑰》的血脉。“我”的直接目的是拯救婉莹，让婉莹挣脱生命非常态（非理性）的枷锁，获得精神上的新生（自由）。“我”的这一目的达到了，但这一行为却引发了婉莹的再度囚禁——肉体的消失意味着自由永远的消失。拼却全力、耗尽心血从一种不自由状态突破，紧接着又陷入了另一种不自由状态。

在双我合一的意义下，一方的毁灭就证明了另一方生存的无价值。在《夏天最后一朵玫瑰》中，婉莹死去五年了，五年来，每到婉莹忌辰，“我”都会从异地千里迢迢赶回来看视婉莹的坟墓。五年的时间，人事又添几多沧桑，生命又经几番惊变，到头来，“我”依然是孑然一身。婉莹的坟墓成了“我”精神最后的归宿。

“我”在《夏天最后一朵玫瑰》里的形象并不突出，仅仅是作为一个陪衬，或者一种苍凉情绪的生发主体（牵引者），重点还在叙述婉莹与李晶的矛盾冲突。很明显，《夏天最后一朵玫瑰》里的“我”跟《和我一起飞翔》里的柳越已不是同一个人了，“我”被称为先生，是一个历经沧桑的男人。小说一开始便是“我”的回归，他满承着人事沧桑的沉重与永不可释的痛苦又回到故园，试图寻找某种寄托与安慰，重构生命的希望。然而凄凉的境况让他再度绝望。满怀希望而来，又满载绝望而去，连续五年，“我”始终挣扎在无穷无尽的精神困境中。人生便是如此。

《夏天最后一朵玫瑰》已不同于《和我一起飞翔》，它具有了多层主题意蕴。它不再局限于对美的毁灭的感慨，它更将人生打进了苍凉的意境之中，这不仅使小说具有了深沉悲凉的悲剧意蕴，还使小说进入了更宽阔的视域。

为了点染意境，我自觉地运用了不同颜色的意象对比，红白黑是三种最主要的颜色，这三种颜色是死亡的象征，红的意象代表是玫瑰与鲜血，玫瑰与鲜血是两种独立的意象，但因为其共同的颜色，通过

主观视觉与幻觉的混乱，使二者不断融而为一，造成触目惊心的视觉效果。白色的意象代表是梨花与婉莹的玉手。黑色的意象代表是匕首的把柄、乌鸦、夜。红白黑三色不断交叉，反复对比，如血流到玉手上，玉手握着把柄，如飘落的梨花与艳丽的玫瑰。鲜红的血在梦中的变幻交错重叠。通过各种颜色的鲜明对照烘托对死亡的恐惧与悲伤。当然，这些意象不仅仅都是象征死亡，它们各自都有独立的隐性内涵。

为了显示小说的现代性，我第一次自觉地运用了现代文学技巧，这种技巧受到了白先勇的启发，我更是天马行空般地运用。我不断地变幻时空，打破惯常的秩序，使现在与过去反复交错，让不同的场景迅速接棒，语言以千里一日的速度趋奔跳跃，使其带上双关意味。我还运用了意识流的手法来呈示混乱的心理状态，这样似乎能更真实地表现内心的隐秘。

虽然这部小说是在原有故事的基础上加工整理而成的，但可以说，这部小说是我文学自觉创新的肇端，我力图吸收更广泛的现代创作技巧为我所用，并在创作实践中摸索属于自己的创作技巧，他我浑融，最终集大成。

2002 年 9 月 1 日

写作·阅读·生产力

1

我本身是一个激情四射的人，常常为世事逻辑的荒谬与价值的颠覆而愤怒不已，在此种情况下写出来的文章，慷慨激昂，气势磅礴，如瀑布飞流直下三千尺，惊涛拍岸，乱石穿空。我以为，这才是最能体现我个性的文章。一旦脱离了愤怒的激情，我便一筹莫展，下笔无文。我并不反感浅斟低吟，并不拒绝平缓深沉，可我就是无法将它们行云流水般表达出来。

感情的表达不能多元化，我写作的才气在哪里？

2

尊重自己真实的阅读体验。

阅读的目的在于表达，表达自己对文本的真实体验。然而我有时却自觉不自觉地隐没了自己的真实体验，跟着别人的指导盲目地瞎跑。比如我在阅读茅盾的《蚀》三部曲、《子夜》前，因看了系列对文本推崇的评介文章，自己阅读后，觉得它们并没有达到那种既成的艺术审美高度，但我对自己的阅读体验能力感到了怀疑，以为自己还没有达到能读懂文本的水平，便也附和着推崇。这实在是要不得的。

背弃自己真实的阅读体验而盲目跟从别人的阅读指导，只会使自己丧失对审美的独立判断，最终导向流俗与平庸。

3

以生产力的进步来判断执政的价值，这是历史学家们的基本史学观。历史的核心是“人”，然而史学家们却恰恰忽略了这一点。世间最宝贵的是人的生命，维持与完善人的生命乃是人类行为的终极目的。任何侵犯与戕害生命的行为都是错误的，即使在所谓的集体、正义、光明、进步等响亮的口号之下，以生命为代价换取生产力的进步，这是世间最大的荒谬。然而这种荒谬居然被当作真理为史学家们所高度推崇。

任何忽略生命的存在，不尊重生命价值的人，都应该被钉在历史的耻辱柱上。

2002 年 9 月 16 日

一曲女性的颂歌

众所周知，《红楼梦》是一曲女性的颂歌，也是一曲女性的悲歌，充分展现了曹雪芹对女性的审美品格与人文关怀。

在中国文化史上，曹雪芹是第一个以男性的视角深刻认识到女性的全部价值的伟大作家，因此他用优美的文字对全人类女性唱出了一曲饱含深情的颂歌。《红楼梦》十二曲最集中地体现了曹雪芹对女性的态度：由衷地赞叹，高度地推崇，无比地怜惜，全身心地尊重。

然而，随着情节的铺展开去，读者好像得到了这样一个印象：同样美丽的女孩子如薛宝钗、袭人，尤其是王熙凤，被放置到了一个被批判者的位置，也就是说，她们三个成为了被始终歌颂的林黛玉、晴雯、探春等女性的对立面。当代读者对钗、袭、凤三人的印象可不怎么好，一致评价是：薛宝钗是封建礼教的卫道士，袭人是背叛主子（贾宝玉）的十足的奴才，王熙凤是整个封建社会全部劣根性的畸形儿（集中体现者）。

这种看似精简高度概括的片面评价，无疑背离了曹雪芹的原意。基于曹雪芹对女性的深刻认识，他不可能对在书中占有极其重要地位的这三位女性简单地持那种完全否定的态度。曹雪芹首先是一名现实主义大师，他从切身的体验出发，对人物形象的塑造力求逼近生活的原生态，使人物性格、气质、心理、思想、感情具有无限丰富性与多义性。因此，钗、袭、凤在与其他女性的对比中，突出了当代读者正常审美趣味之外的特征，于是，误会产生了。

当代读者对这三位女性的片面解读，一是出于传统单一的阅读惯性，一是出于现实的功利趋向。无论出于何种原因，都反映了当代读者狭隘的审美视角。钗、袭、凤作为封建时代的女性，受千年沉淀的礼教熏染而表现出一些独异的个性特征，原在情理之中。曹雪芹把它

真实地表现出来，也确实含有批判的意味。但曹雪芹把批判的锋芒更尖锐地对准了封建文化，正是这种文化使她们身上带有了“异化”的色彩。

尽管如此，钗、袭、凤依然没有被曹雪芹本人放在被批判者的位置上，他依然对她们的青春之美、生命之美、人性之美唱出了优美的颂歌，依然对她们美的毁灭的悲剧报以深沉的遗憾与同情。

2002 年 12 月 3 日

读余华的小说

《许三观卖血记》是一部令人胆战心惊的小说。与《活着》一样，余华关注的同是普通人的生存困境与生命状态。但《活着》是以一连串极端性的悲剧引起震撼，而《许三观卖血记》却是用喜剧的形式造成恐惧。

《许三观卖血记》的世界是一个荒诞的世界，荒诞以夸张的形式表现出来，人物的语言与行为都显得不可思议，逸出人的正常思维之外。更荒诞的是在特定的历史背景下，人的生活方式，必须通过榨取自己（卖血）来维持、延续生命。然而荒诞的形式却又包含着逼真的内容，人的卑微的生存状态已被推向极致，生存的意义仅仅在于生存本身，而不可能超出这一范围。当此，精神已经被抽血一样抽出，只剩下恐慌、哀怨、绝望，与生存作战，只剩下人的欲望本能，智慧已被无情剥夺。于是，出卖自己，便构成了对智慧的嘲笑。

这又是一个充满温情的世界。尽管嫉妒作为人的本能还不时出现，但基本消解了狡诈、恶毒、龌龊等劣性行为，世俗化的人生里，人与人之间充满了关爱、理解、同情、怜惜，秩序还没有混乱，价值还没有颠倒，理性还没有覆灭，感情之树常青。正是存在着可贵的温情，荒诞的行为才产生。许三观为了救非亲生儿子一乐的性命，超越生理极限地一次一次出卖自己的血，企图用一个衰老的生命来替换一个年轻的生命。这时，前面一系列令人发笑的喜剧行为一扫而去。许三观寒冷发抖的生命一次次直接强烈地冲击人的心灵，令人产生巨大的恐慌。令人恐惧的不是生命本身，而是生命的完成形式。

当这一奇特而荒诞的行为过程完成之后，直接的后果便是心灵世界（精神）的“异化”。荒诞行为一旦成为一种惯性，便与生命融为一体，相处“和谐”起来；一旦把这种荒诞行为从生命中剥离出去，

不适应便产生了。于是人又要强烈渴望实现一种“回归”，回归到那些荒诞行为上去，即便“荒诞”已确实是一种荒诞，主动与“荒诞”共存亡，这就是许三观的悲剧。

余华作为“先锋小说”的代表作家，对艺术形式的探索灌注了极大的热情。《活着》采用双重视角叙事结构，语言朴实深沉；《许三观卖血记》采用时空迅速推移的叙事方式，语言幽默简洁；而《在细雨中呼喊》在叙事结构方式上更为独特新颖：不同故事所处的时空位置反复置换变化，交叉重叠，一般是向后推移，形成一种杂乱无章的形式，但总体上却是一个相当完整的艺术结构。《活着》与《许三观卖血记》叙事语言客观冷峻得发寒，而《在细雨中呼喊》却充满了忧伤、惆怅、感叹的主观抒情，像一首阴暗苍凉而绝望的长诗。

《在细雨中呼喊》包含着多重意蕴。

首先，余华延续着前面两部小说的余绪，继续对人的生命状态抱以深切的关注，但视角已不同，从外在的生命形式深入到内在的精神世界。一般的生存困境已得以弱化，而具有人类普通意义上的精神困境却延伸扩展。人作为有欲望本能的灵长动物，待到一定的年龄，无法回避生理与心理的双重成熟，而自觉不自觉地对性产生了渴望与需求，对性的渴望与需求统治了所有或卑微或崇高的人。人面对这一人世间最不可抵御的诱惑，通通展示了自我本真的状态：青春期性的萌动（性幻想、手淫）及其产生的自卑、可怜、犯罪、孤僻的精神状态；成年期性得不到满足的饥渴及其产生的畸形心理与变态行为。对性的永不满足而导致的伦理道德的败坏，为求得正常的性生活而发起的反叛……以性心理为中心，展示了人在精神困境中的恐惧、悲哀、痛苦、绝望与挣扎。

其次，余华深刻表现与挖掘了生命个体被抛弃的孤独感。“我”作为生命个体的存在，对于家庭（社会）是一个卸不掉的累赘，这就注定了“我”在人生坐标中所处的是一个极为尴尬的位置：走又走不掉，留下来又被歧视。正是这一两难处境造就了心灵的孤独以及对自我的否定。“我”六岁时被家庭送走，与其说是被抛弃，不如说是获得了一次解放。然而这次解放并没有消释孤独感，与更为复杂繁琐的世界的接触使得孤独感更为加深。最后由于命运的无常变化，“我”

再次被先前容纳“我”的世界抛弃。举头四顾心茫然，“我”是谁？为什么来到这个世界上？“家”在哪里？“我”该往哪里去？与“我”具有相同命运的是“我”的爷爷，他也是一个被抛弃者，他永远只能是待在黑暗的角落里，一个人品味往昔，隔代的两代人，只有在孤独这一形态上保持着陌生化的心灵回应。“我”就是以前的爷爷，爷爷就是以后的“我”。人生于世上，从小终老，永远摆脱不了的就是孤独。余华对“孤独”的阐释惊心动魄。

其三，余华对传统与现代两重文化进行了深刻反思。在“我”爷爷以及爷爷的父辈那一代，传统文化作为一种“精致”的规范形态，具有一种让人无条件服从与崇拜的引力。无论是“我”爷爷、岳父、妻子，还是自身，都以传统文化的继承者自居。他们从传统文化中得到了“享受”，即使传统文化损害了他们的利益，他们也毫不埋怨。对他们来说，传统文化意味着辉煌、荣耀，因此，当传统文化逐渐消退于历史舞台，而被现代文化所代替时，反刍传统文化就成为了生命延续的方式。现代文化作为一种新生的文明形态，无疑具有它的历史进步性，它使人获得了丧失已久的生命意识与个性自觉，从而拥有了追求与传统文化意识中完全不同的幸福的可能性。传统文化与现代文化两相对比，一个陈旧，一个崭新，似乎显出了后者的优越性。然而余华对这一固定思维提出了质疑。既然现代文化作为一种更加进步的文明形态，为什么又充满了许多的躁动、苦闷、彷徨、颓废、荒凉？为什么置身于这种环境中的现代人又常常陷入人格扭曲、道德败坏、价值毁灭、自我异化的沼泽中无法自拔？而所谓“陈旧”的传统文化，在某种程度上却闪耀着庄严、和谐、宁静、大气的光环，人在其中获取了自我意识中的幸福，而使得人格那么强健，心灵那么健康，生命那么壮实。从这种意义上来说，现代文化是否真的比传统文化进步呢？从小说整体体现出来的意蕴，余华无情地批判了所谓的现代文化，而对传统文化却是大加赏识。然而这并不是说余华全然否定了前者而全然又肯定了后者。在那特定的历史年代（1958 年前后），正是传统文化与现代文化拥抱而又对抗的时候，传统文化积淀下来的毒素戕害了人的生命，践踏了人的自尊，剥夺了人追求自由与幸福的权利，这又是余华深感愤怒的。因此，在这里，余华对两种文化的态度

产生了迷惘，他无法也不可能对两者做出任何实质性的选择。其实，也不需要他去选择。

2002 年 12 月 5 日

《大话西游》的悲剧意蕴

在周星驰所有的电影里，《大话西游》是最经典的一部，这是因为在狂搞笑的基础上，又充满了深沉悲凉的悲剧意蕴。

《大话西游》演绎一个穿越时空的爱情故事，主题其实很简单：爱的破灭。这种多少有些俗气的主题在《大话西游》里却依然被演绎得回肠荡气。至尊宝的性格悲剧在于：穿越五百年寻求的爱情早已被另一种更深刻的爱情所消解，却仍然执着于前者，而对后者置之不顾。对于返回五百年前的至尊宝来说，五百年后的那场爱情只是一个幻影，而真正与生命同构的乃是现时与紫霞的爱情，只是至尊宝没有深入内心省察到这一点，轻率地放弃了紫霞，而固执原来的“信念”，选择与白晶晶结合。聪明的白晶晶却意识到：至尊宝穿越五百年来寻求的爱情，对象其实并不是她，而是紫霞。于是她很理智地离去。执着的“幻影”破灭，至尊宝陷入痛苦与绝望。

一直以来，至尊宝作为孙悟空的化身，承担着助唐僧西天取经的使命。西天取经本是一项崇高的使命，然而对于孙悟空来说，取经意味着个性自由的丧失与爱欲的灭绝。因此，孙悟空始终拒绝这种背离正常人性的“高尚”行为，而宁愿脱去神性的外衣转化为“人”（至尊宝）。随着“幻影”的破灭，绝望之下，使命意识最终又复归到孙悟空身上，这便构成了孙悟空又一个性格悲剧：使命意识与犹自存在的爱情严峻地对抗，不具有任何二而为一的可能性，孙悟空无奈地选择了前者。“无奈”之在爱情“幻影”的破灭，而更深层的原因，还在于孙悟空先天的神性不可能完全消解，他的取经使命是天注定的，他最终逃脱不了宿命的遣使。由此，双重性格悲剧导致了最终爱情的彻底性悲剧：紫霞死了。已恢复神性的孙悟空不但不能在身体上与紫霞结合，精神上也被迫双向分离。如果至此剧情戛然而止，悲剧意蕴

虽然也达到了一定程度，但显然不够。片尾，孙悟空用法力帮助一对相爱却终不能爱的恋人结合到一起，充分表现了他对爱情的忏悔意识与渴慕心理。此时他一双落寞、凄凉的眼睛，特别能引起人的感叹与共鸣。尤其是城头上那位受他恩惠而不自知的夕阳武士搂着心爱的女孩嘲笑孤独落寞的孙悟空那句话："他好像一条狗耶!"而孙悟空充耳不闻，跟随唐僧西去取经。这一幕更将全部的悲剧情绪汇聚到一起，荡气回肠，悠久不绝。

所以，千千万万的人都为孙悟空的那段经典爱情名言深深感动："曾经有一份真诚的爱情摆在我的面前，我没有珍惜，等到失去的时候才后悔莫及。人世间最痛苦的事莫过于此。如果上天给我一次重新来过的机会，我一定要对那个女孩说：我爱你。如果非要在前面加上一个期限，我希望是：一万年。"

2002 年 12 月 8 日

读余秋雨的《山居笔记》

最近又认认真真把余秋雨的文化散文集《山居笔记》看了一遍。

《山居笔记》承袭《文化苦旅》的文化品格与创作特色，从更加宏阔的视角探讨中华民族煌煌文明的文化结构与文化人格，山水风物依然是文化承载的自然体。在余秋雨深广博大的观照与透视下，山水风物与文化人格是同构的。文化人格只有受山水风物的浸染才能构建与健全，而山水风物也只有通过文化人格的支撑才能屹立不倒。文化人格似乎成了余秋雨衡量文化、文明及文人的标准，一切政治的、经济的、社会的现象或形态，都在文化人格面前黯然失色。

余秋雨的散文庄严、肃穆、绚丽、大气，既有理性的透视，又充满了感性的情调。从总体来俯视，余秋雨出于对文化的偏爱与执着，他笔底的“文化人格”往往是经过层层披沥而提纯了的，其纯净度高耸成峰，终于成为后人只可瞻仰而难以企及的生命尺度。比如康熙在笑傲山河的同时对文化的包容、汲取与传播，比如苏轼在逆境中所持的文化操守与对文化的更宏伟的构建，比如魏晋风流人物阮籍嵇康等人对“礼教”的反叛与对自由生命的向往与追求……一切有损他们文化形象的行为都被轻轻拭去，只剩下崇高与悲壮，只剩下完整与强健。我们当然不能因此而批评余秋雨“以偏概全”，事实上，对于这些历史文化名人，千百年风传沉淀下来的也确实是这种形象，而不是其他。余秋雨仅仅是完成一次清理，对于后人，我们所乐意接受的，当然也是这种形象。对个体，余秋雨为康熙、苏轼们的文化人格完成了一次富有诗意的美的审视与重现；而对群体，余秋雨显然更有理性的透视。

在《抱憾山西》中，余秋雨先是将山西商人的商业人格置于小农经济的历史背景下，两相对比，强烈显示出山西商人蓬勃生动的精神

风貌，随即又对其人格中的劣根性形态予以解剖与批判。至于《历史的暗角》所指的小人群体，更是将其卑劣的精神状态、人格构成做了刀刻般的剖解。对文化群体的人格的解剖与批判，更是深刻地反映了余秋雨对文化的深度反省。

《山居笔记》共11篇，篇篇精彩，既有文艺散文的感情抒发，又有思想随笔的理性审视，难得的是，还有小说故事的生动有趣。我认为，就散文的成就而言，余秋雨完全是与鲁迅、周作人、朱自清相并肩而毫无愧色的散文大师。

当然，在此还要顺便指出我在阅读中的一个感受：余秋雨在有些叙述抒情中，总有些矫饰的成分，显得不自然。

2002年12月10日

最爱张爱玲

在中国现代文学三十年中，涌现出了一批极具才华的女性作家：冰心、庐隐、丁玲、萧红、张爱玲等。冰心之温婉，庐隐之感伤，丁玲之英豪，萧红之清丽，张爱玲之华丽，风格各异，都以其个性化特征显示了各自在现代文学史上的地位。

然而这其中，文学成绩最著者，大约是张爱玲了。在20世纪末的一次20世纪中国小说作家风流座次排行中，张爱玲排名第五，居鲁迅、沈从文、巴金、金庸四大家之后，而其余四位女性作家无一入选前九名，足以说明张爱玲杰出的文学创作是世所公认的了。

张爱玲写出《传奇》里那一篇篇精致绝伦的小说，只不过二三十岁（这与曹禺写《雷雨》时的年纪相仿），这的确惊世骇俗，令人惊叹其绝世才华。张爱玲自称“八岁读《红楼梦》，一生称赞《海上花列传》”。我们都知道，张爱玲有着深厚的传统文化功底，她的小说明显带着清代白话小说的旧痕迹，无可否认，她的小说是有着对《红楼梦》的模仿的。但单纯的模仿永远不可能产生不朽的杰作，张爱玲的杰出就在于：在继承并吸收传统文学精髓的同时，融入了现代人的创作思维与创作技巧。

最吸引人的便是张爱玲的文学语言。张爱玲采用工笔细描的语言形式，如闺中女子刺绣，一人一物，一眉一眼，一丝一线，无不精致入微，栩栩如生。在对器物、服饰的精微白描上，被称为自《红楼梦》以来第一人。然而张爱玲的白描语言，显然又超越纯粹的写实，而往往含着对情绪、性格、气质、心理乃至时代氛围的象征、暗示或隐喻，这便使得经意不经意之下的物象具备了宽广的审美内涵。

张爱玲笔下的物象大都是传统文化的承载物，在形状、颜色、气味上具有典雅、富贵的气象，这就使张爱玲的语言、辞藻整体上显出

一种华丽、优雅的贵族风格，如红烛金帐、朱栏玉雕、白玉翠瓦、明珠泻银，庄严中透出冶艳，典雅内逸出灵动，浑圆而精致，富贵得令人目眩，连珠妙喻的使用使语言文字充满了个性智慧，充分显示了张爱玲对语言的驾驭天才。

我以为，在现代文学三十年中，以语言本身所体现出来的审美气质，以及给人直观的审美感受，张爱玲是第一位的。

2003年1月1日

论张爱玲小说的“苍凉”意境

张爱玲小说艺术的整体审美意境，一言以蔽之，曰：苍凉。苍凉的意境以华丽优雅的语言风格托出，越发显得刺目而悠远。

曹丕在《典论·论文》中指出，作家的才性气质决定创作的风格特征。对于一般的二十出头的青年女作家来说，主体精神往往带着或感伤或明朗的浪漫色彩，情调趋向单纯，因此她们的作品总是归属于“主观单纯”的审美范畴，存在于作家本人与读者一贯的情感接受范围内。而张爱玲诚然明显逸出这一审美范畴。张爱玲本也是个优雅的女子，受着中国传统文化与西方现代文明的双重洗礼，思想与情感上都隐含着某种对“常规”的悖逆，再加之由于身世缘故自小养成的孤独性格，造就了正当韶华的张爱玲看取人生、社会的敏锐而冰冷的视界。她不像冰心那样温婉而执着地倾诉美与爱的情愫，不像庐隐那样宣泄情感被压抑的苦闷，不像丁玲那样关注时代风云里轰轰烈烈的英姿烈举，也不像萧红那样以纯真童心的视点温情地回忆往事。她不主观，不浪漫，把一支如手术刀般尖锐冰冷的笔伸向世俗男女的人性深处，撕破一切脉脉温情、美丽缠绵的面纱，彻底暴露人生的庸俗、龌龊、变态、惨烈。她并不是站在美丽浪漫里对人生持有怀疑的姿态，而是她相信人生来就是没有美丽浪漫可言。现代的思维方式与古典的生活方式，构建了这一独特而普遍的人生：充满了畸形的无聊。

“倾城之恋”，一个带着崇高浪漫色彩的诗意题目，其内容表现的却是一段完全基于世俗利益的婚姻。不能说范柳原、白流苏对彼此没有丝毫的感情，但这感情却是以各自明确的利益追求为趋归，这正是我们现实中常见的真实人生，真实到人生的底层，真实到人性的深处，从而让人产生对人生（生命）的恐惧与绝望。

《封锁》里，张爱玲更是对浪漫进行了冷酷的嘲笑。一对都市男

女都是深陷于自我卑微麻木的人生状态里不能自拔的人，一段短暂的封闭凝固的时空为两人的邂逅创造了超越自在生命的机会。然而封锁一结束，浪漫之花旋即凋谢枯萎，两人重又回到原本的“真空”人生。在这里，浪漫仿佛打了个盹，稍纵即逝，对人生毫无实际意义。浪漫本就虚无，而现代人对浪漫的自觉疏离，更表现了人生（生命）的悲哀。

在《红玫瑰和白玫瑰》里，佟振保的形象气质似乎为浪漫的产生提供了条件，事实上，他确实曾在巴黎有过一段刻骨铭心的爱恋，他与“红玫瑰”也确实演绎了一段现代人的婚外激情，这似乎可名正言顺地称之为“浪漫”了。然而关键不在于浪漫的存在与否，而在于主人公对浪漫的态度。佟振保认为：代表“浪漫”的情人只能是曾经生命的一个点缀，只能以回忆的形式存在，而一个“完美”人生在于拥有一个代表“平淡”的妻子。他对自己的人生完全持一种功利主义态度，浪漫只是一种标榜自我形象的手段。在这里，浪漫作为一个美丽的代名词或象征，再次被解构，受到打击与嘲弄。

张爱玲就是这样表达了对“爱情”的绝望，这使得她的小说弥漫着苍凉的气氛，折射出张爱玲内心的孤独与悲凉。

以上是从张爱玲对浪漫的嘲弄与解构来诠释苍凉意境的形成，下面再从伦理与人性的角度来做进一步的阐述和分析。

张爱玲小说艺术的苍凉意境，表现为对灰色人生的逼真再现。在她的小说世界里，很难找出一丝亮色来。她对所谓的美丽、浪漫极度地不相信，在予以重复解构与嘲弄之后，剩下的便是一片无边的苍凉与悲哀。她看透了人生，也看透了人性，认为“生命是一袭华美的袍子，爬满了虱子”。“袍子”与“虱子”两种形态、色彩何等不同的意象，形成了尖锐的对比。她所要捕捉的，就是“袍子”里蠢蠢的“虱子”。她冰冷的手术刀，终于划破了“袍子”，直抵“虱子”。

张爱玲最令人触目惊心的小说是中篇《金锁记》。对曹七巧人性的挖掘，只怕是现代文学典型人物画廊中最深刻的一个了。阿Q是性格最复杂的一个，他的形象概括了国民性的文化劣根，内涵宽广。但鲁迅并不是着重从人性的角度挖掘其灵魂，而更关注国民性格在其身上的典型化。曹七巧的人性之深刻在于：远远超出了人所能容忍的常态范畴，显示了被扭曲后疯狂的、惨烈的畸形特征。曹七巧用一生来换取一副金锁，为此她必须以青春的丧失、爱欲的剥夺、情欲的压抑为代价。爱与欲是支撑健康人生的两大原柱，只有自由地释放才能获取精神的安宁，而人为地压抑，乃是对自由生命的残酷背叛，最终导致的必将是充满罪恶的人性变异。当正常的爱与欲的追求彻底毁灭之后，恨就统占了曹七巧的全部生命。恨在曹七巧的身上被推向了极致：她狠命挖苦她爱过的小叔子姜季泽，绝不仅仅是因为她看透了姜季泽妄想诈骗她视若命根的钱财的图谋，更因为正是姜季泽毁灭了她在逼仄苦闷的空间艰难寻求情欲的可能性；她自己一生受人欺侮，她也不容别人过舒坦的日子，连她亲生的儿女也不放过。她逼死了儿媳妇，甚至亲手毁了女儿一生的幸福。她的一系列变态的行为令人发指，让人不得不惊叹人恨到极处对世界万物所造成的破坏力是多么大。正常的人性必须包含诸般非理性的质素，其间带负面色彩的质素通常是隐藏在深处，而带正面色彩的突现在外。当全部人性凝缩而集中到“恨”之一点，人性的残酷与可怕便暴露无遗了。曹七巧之令人恐惧，就在于其以恨为全部内容的人性，强大到足以摧毁感情与理性的极限程度。

张爱玲冷峻得令人惊讶，在与如此惨烈的人性交流时，始终保持着不动声色的姿态。她只是用“月亮”的意象，在暗示着时间、生命、人性的永恒性、重复性。当一切结束后，人生还剩下什么呢？没有了爱，没有了情，没有了青春，没有了美丽，甚至连恨也消解了，连挣扎也隐退了，如潮汐退去，一片空虚、迷茫、无聊、悲哀：人生就是这样的灰。

2003 年 1 月 8 日、1 月 11 日

我的文言文求职书

尹高洁者，楚之少年人也。出起于孤山寒水之地，求学于白莲清香之城。先生白发萧然，同学意气风发，疑义相析，至揽真学，俯仰之间，四载悠悠如黄鹤之去矣。自思虽未学究天人，然亦曲通经纬，雄心之下，欲绘碧海掣鲸之奇景，扬绝壁跨豹之壮采。因慕贵所，请试之以才，则三千宾中有毛遂，使高洁得颖脱而出，即其人焉。

思想政治，余之大学专业也。精研于中，可揽世界风云之气，吞吐之间，必若悬河奔海，千里一日。又旁涉古今中外文、史、子、集各家著作三百余部，遂宽视界。胸内宇宙，即成笔底文章，有隽逸清拔之姿色，具奇崛越俗之新论，众颇赏之。

或曰："其人技穷于此乎?"噫，是何言！余尝舞百剑，操千曲，四炎四寒，勤练不息，因具教育之能事，谈吐清健，其激情勃发，犹热浪扑人。台下师生，受感而叹。理者，物之内也；情者，事之元也。以理寓情，融情入理，二而为一，此教育所以生姿动人，而效传道授业解惑也。余既悟此道，复握此技，教育之事，更何足言。

余性豁达，动如脱兔，静若处子，可频出于陌巷瓦舍之间，访采人间悲欢离合；可孤居于僻所斗室之中，撰写世上爱恨情仇。余之勤，如日之出；余之诚，犹云从龙；笑则声振林木，泣则泪惊雀啼；行乎于不得不行，止乎于不可不止：此皆大丈夫之所为也。

昔李太白致韩荆州书云："人非圣贤，谁能尽善?"余初出茅庐之少年，何能一时抵胜前辈。然初生之犊不惧虎，长江后浪推前浪，只须假以些时，兢业之下，安能言不脱颖而出？因是，贵所荡荡门庭，何惜阶前盈尺之地，不予理会。请姑一试，当则用之，不当则退之。夫一画，添云必祥，增水必兴，吾之信也。

2003 年 3 月 1 日

5 第五辑　我曾这样爱过

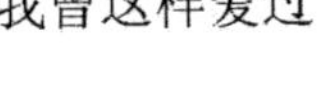

漂流瓶

M. Y：

看到你的回信，信中对我的关怀，感觉很温暖。人在有病的时候，心灵特别寂寞和脆弱，渴望抚慰。我看了你在佳缘的登录时间和发信时间，相差只有15分钟，这说明你看完信之后马上就回信了。这让我备受欣慰和感动。

我感觉似乎已经很长一段时间没有和你见面了。那天晚上我们吃了烧烤后，我回到房子里，就希望从此以后每天晚上去你公司的楼底下等你、接你。但是你委婉拒绝了。我永远是那种温文尔雅、文质彬彬的男人，不喜欢做勉强别人的事情，凡事都会去尊重别人的想法。所以在没有得到你的同意之前，我并不会一意孤行地去做那件事，那样对你来说可能会显得过于唐突。尽管我真的很想那样做，很想每天都见到你，哪怕每天只有10分钟。

今天躺在床上，身子还是有点懒懒的，不想出去，吃的是昨天晚上剩下的菜。多数的时间，我在看书——趁着有时间，我在认真阅读刘心武续《红楼梦》后28回。老实说，作为一个现代作家，要进入《红楼梦》那种语境，是比较难的。但是刘心武的文字读来还是有点“红味”的。但也仅仅是有点“红味”而已，对于贾宝玉、林黛玉、王熙凤等主要人物的描绘与刻画，显得肤浅而草率。这本书也只能当是闲暇时候的读物。

读书的过程中，因为那些古典的人物，总是经意不经意地触动我的情绪，然后想你。在你身上，古典和现代的色彩结合得那么美好。我对于我未来做一番有成就的事业毫不怀疑，因为我拥有那种潜质和能力。但是我在想，如果未来我的成就不能和你一起分享，即使事业有成，其意义和价值也会大大地削弱。

我多么希望你能陪着我，然后一起见证我未来的那番让人骄傲的事业。并且，我也相信，有你在我身边，我将大大缩短我成功的时间。

我从不追求完美。因为世界上不可能存在完美。但是我追求美好，追求生活、爱情和事业的美好。因为只有这些东西美好了，心灵才会更加地自由。

我对这个礼拜六咱们一起去看电影《加勒比海盗4》充满了期待。我相信我那天身子应该早就康复了，又可以精神焕发、神采奕奕。我是个对电影充满了热爱的人，只要有好的电影，即使我是一个人，也会去电影院欣赏。每年我在网络上最少要看30部电影。有的电影我是反复地看，比如《泰坦尼克号》《乱世佳人》《燃情岁月》《2012》《阿凡达》。

说起《泰坦尼克号》，我至今还记得当年上映时的盛况，当真是万人空巷。我接连两天看了两次。看完后还特意写了影评。记忆最深刻的经典画面，当然就是杰克和露丝站在船头，双臂张开，迎着满天的彩霞，像在风中飞翔一样。

我的生活离不开这几样东西：网络，电影，音乐，文字。其中网络是帮我赚钱的，而电影、音乐和文字是为了生活增添色彩的。没有网络赚钱，所有的爱好和梦想都会是一种奢望；而没有电影、音乐和文字，单纯的赚钱就会显得很空洞。

所以，我希望未来和我的爱人一起，在稳定富足的物质生活的基础上，可以去好好享受美好的精神生活。如果你喜欢，我愿意每个周末陪你看一场最新上映的电影，或是去看一场音乐演奏会，甚至去看一场英文或中文话剧。我们还可以去旅行。明年，我想我的工作会更好，到时我会买一辆不是很贵，但是很漂亮的品牌轿车，然后咱们一块开车去外地旅行，在旅行的过程中，拍很多很多的照片，留下生命中美好的记忆。

既然生命中碰到了对的人，就不要轻易错过，然后一起去慢慢享受生活吧。

我会很快好起来的。期待我们周六一起去中心城的金逸国际影院看《加勒比海盗4》。

你说你很喜欢宁萱的那首《漂流瓶》。我当然也很喜欢。这里朗读一遍给你听吧：

是不是每一个漂流瓶都来自远方
是不是每一个远方都有一位姑娘
是不是每个姑娘都心怀忧伤
是不是每段忧伤都藏着梦想
是不是每个梦想都能乘着波浪
是不是每朵波浪都能找到方向
是不是每个方向都能望见彼岸
是不是每处彼岸都能碰上偶然
是不是每个偶然都有一双慧眼
是不是每双慧眼都能湿润心田
是不是每块心田都渴望爱情
是不是每一份爱情都能结成良缘

2011年5月17日晚上

爱情的坚贞

M. Y：

今天跟你说说我朋友的事。

我想你应该还记得《我在深圳的艰辛创业路》那篇文章里，我提到过的我最好的朋友老肖。他的妻子因为涉嫌职务侵占，现在被关押在龙岗看守所里。今天，他忽然打我的电话，然后过来看我。

他是从老家过来的，为他妻子的事奔忙。

今天晚上我翻看相册，里面有很多我们大一时拍的相片。那时，那个女孩青春靓丽。我的朋友老肖对她一见钟情。刚开始，女孩对老肖并不动心。但是老肖是个很执着的人，他几乎每个周末，都要从长沙跑到我们学校来陪那个女孩。终于，那个女孩被他的执着所打动。最后，她嫁给了他。而那时，我的朋友在深圳一贫如洗，连结婚的钱都是借的。但是女孩知道，他能给她带来幸福。

婚后，他们有了一个可爱的女儿。生活中，虽然偶尔也发生磕磕碰碰的事，但是他们相当恩爱。2009 年 3 月到 2010 年 5 月，我和老肖合租在一起。他的妻子每个周末都要从公司回来住。老肖会亲自下厨，给他的妻子做好吃的。老肖的厨艺相当好，吃过他饭菜的人，都赞不绝口。我也是跟着他才学会做饭做菜的。

他的妻子出事后，我曾经问他：如果你妻子要坐几年的牢，你会不会离婚？他说：从来没想过离婚的事。

这就是对爱情的坚贞。让我很感动。

我和老肖念高一的时候开始认识，那时我们都是青春年少。我们都没有想到，我们的友谊能保持十几年，从未因为时间和距离的原因而褪色。这是因为我们在性格上很相似，都是那种温文尔雅的男人。更重要的是，我们都是重情重义的人，懂得珍惜友情、亲情和爱情。

无论未来怎样，我会珍惜现在所拥有的一切，也会执着地去追求那些我觉得美好的东西。

2011年5月19日

520 网络情人节

M. Y：

我也是头一次无意间听说这个“520 网络情人节”的。我百度了一下，才明白这个节日源自台湾歌手范晓萱唱的一首歌《数字恋爱》。热情的网友们于是把 5 月 20 日定为网络情人节。520，简单的网络流行语言，表达的是人们对爱情的美好向往。

听到这个节日之后，我的第一反应就是，我要在 5 月 20 日这天，送你一份礼物。我们本就是通过网络认识的，所以“网络情人节”很适合我们。我觉得这个节日来得太及时了。

请不要拒绝我送你一份礼物，好吗？

据我对你的观察和了解，你并不是一个能轻易动感情的女孩。你在面对一份感情的时候，显得保守而理性。这极像当年的张兆和。张兆和当年面对沈从文一封封火辣辣的情书的时候，也是保持着理性的态度，不温不火。

但是，我知道你是一个思想稳定的女孩。这从你遵守诺言的美德可以看出来。所以我可以肯定，你对一份感情的选择会相当慎重；而当你一旦下定决心做出抉择的时候，你就永远也不会变心了。

这是我坚持认定你的最大原因。

我希望我未来的爱情和婚姻生活能够保持一辈子的稳定，即使遭遇人生当中那些不可预知的风雨飘摇，依然能保持乐观的坚贞。

我不怕被你反复拒绝。真的，我不怕。

2011 年 5 月 20 日

流浪歌手的情人

M. Y：

《加勒比海盗4》以我挑剔的眼光来看，其实不算很好。但是因为这是第一次与你看电影，所以我的感觉还是很好的。6月中旬即将上映《建党伟业》，到时我再邀请你去看吧。

电影散场后，我们走出影院，忽然听到了一阵歌声，是一首校园民谣。那是一个流浪歌手在弹着吉他唱《同桌的你》。夜空下，灯火阑珊，空旷之中，响起的那略带沙哑的校园民谣，让我感觉这城市充满了让人感动的东西。

我当时走过去，想点一首《流浪歌手的情人》给你听，没想到他居然不会唱。这让我感觉有些遗憾。《流浪歌手的情人》是我曾经很喜欢的一首校园民谣。

自从我们相识以来，我更加懂得了快乐的意义。在遇到你之前，我的生活很长一段时间都显得很平静，且平淡。我独自一人寻找着快乐的东西，努力让自己快乐。但是这快乐是很有限的。而现在不同了，我感觉每天对你的想念，每天给你写信，这种快乐超过了我平常所有的事情所包含的快乐。

我觉得，如果能够让你快乐，我会更加地快乐。我希望可以带给我喜欢的女孩一种不一般的快乐。

所以，我做了一件事情，一件在很多的人眼中看来，很浪漫的事情。这件事情，我希望可以长期地坚持下去。

当你早上看到这封信的时候，你会收到我给你的一份小惊喜。

并且，你以后每个工作日的早上，每天一上班，你都会因为这件事情，产生一份美好的心情。

每个早上，因为一份好心情，都是一个美好的早上。

希望我的真心，可以给你带去快乐。真正的快乐。

2011 年 5 月 23 日

爱的喜悦

M. Y：

你不要顾虑我的工作，我的工作我心中有数，不会有太大的影响。我现在只有一个强烈的愿望，那就是陪你度过你大学校园最后一段岁月。我希望在你毕业的相册里，留下我的身影。

我离开校园已经很多年。去年 9 月份，我曾经回过我的母校一趟，我把母校逛了一遍又一遍，那里很多的地方都留下过我的青葱记忆，让我流连忘返。我还记得那天晚上，我特意跑到学校图书馆去看了一个小时的书，然后又跑到主教学楼待了一个小时。一切都那么美好。我多想再过一过那种读书的校园生活啊。

我看到你给我的信中，引用的那一大段你朋友的话，我真的很感动。我现在急切地向往去过一段时间那样的生活。

我希望和你白天一起去图书馆借书看，我在你旁边看本小说，你在我旁边复习英语；

我希望和你晚上一起去教学楼上自习，我翻看我从深圳带去的几本营销类书籍，而你仍然在复习英语，备考六级，偶尔，我们交头接耳，小声谈论一下；

我希望和你在校园里漫无目的地散步，我给你拍下很多美丽的相片；

我希望和你一起去食堂打饭吃，用匙子敲着饭钵，挑挑选选那些一块两块三块的菜；

我希望和你晚上一起去校外吃夜宵，炒个粉或是炒个嗍螺；

……

我想，还有很多我没有想到的事，可以一起去做。是大学校园里最常见的那些事，但两个人在一起却是那么快乐的事。

我给客户一做完培训，就立即飞去你学校。你会欢迎我吗，M. Y？

2011年5月26日

幸福的生活

M. Y：

今天我订好了6月5号去武汉的机票，也是上午11：45，也是国航。我估算了一下，最后到达你们学校的时间，应该是下午18：00左右吧。当我收到你的短信，说要来孝感火车站接我，真是把我高兴坏了。我发现，你任何一点点对我的好，我都会感觉很快乐。

让我感觉快乐的还有两个小细节：一个是在许留山吃芒果，你很自然地用匙子给我分了一小匙子的芒果；一个是那天龙珠花园里，我拖着行李箱走在前面，你忽然给我抚平了褶起来的短袖。这两个小细节让我好多天都回味无穷，感觉无比地温馨。或许你早就已经忘记了吧。但是我深深地记在心里。你对我的任何一点好，我都会记得。

这几天，我白天晚上昏天黑地地忙碌着，因为这段时间是我接单的高峰期。原本我计划5月份招收50名学员，最后却破纪录地招收了73名学员。把我都给乐傻了。由于学员多，所以在上课的互动环节，非常地辛苦，因为要解答几乎每一位学员的问题。一上完课，几乎要虚脱了。可是昨天晚上还只是第一天。最后一天晚上，我可能要连续上6个小时的课。

但是再忙，我也会抽空给你发短信。工作一停下来，我就会想你。我每发一条短信给你之后，我多么期盼你也能回复我啊。当你迟迟没有回复的时候，我的心里总觉得空空落落的。

我相信时间会过得很快，6月5号一眨眼就会到来。几天之后，我就可以飞到你身边了。我多么渴望每天与你见面并厮守在一起，陪你看书、写字、散步、吃饭、看电影。——这是我现在想要拥有的生活。幸福的生活。

期待你的回信。

2011 年 5 月 31 日

不要等我走远了

M. Y：

给你写了那么多信，都是在一种愉悦的心情下写的。但是这封信，我想你完全可以体会到，我下笔是多么地沉重。

老实说，当我听到你下午那番话的时候，我连死的心都有了。那种难过到极致的感觉，到此刻依然没有恢复。很难过，很难过。

我完全没有预料到，我千里迢迢来到孝感，仅仅才几天时间，就出现了这样的结果。而前几天的那些浪漫和快乐，此刻想来，原来都是一些假象。

但是即便是假象，也让我很知足。

我为我自己的举动感到欣慰。为了一种爱情，我可以千里迢迢地跑来。而这在以前，对我来说，根本是不可想象的。究其根本，是因为太喜欢你、太爱你了，把你当成了这一生的理想和梦想。

我想，为了追求你，到现在为止，我能做的都已经做了。我想不出还有什么更好的方式，去打动你。

我知道我自身的一些“条件”，比较难让一个像你这样美丽的女孩，在短时间对我产生感觉。这点我在深圳就意识到了。所以，我一直是抱着一种最虔诚、最真诚的心去对待你的。我希望可以用我最大的努力，去最终获取你的心。

我一直都相信水滴石穿，精诚所至金石为开。这是我这么多年来奉行的人生理念。我以后的人生，也会继续奉行这样的理念。

所以我那么努力地给你写信，给你发短信，给你送玫瑰，给你录制音频。我以为我是可以一点点地慢慢打动你的。

今天这个结果，我曾想到过。但是没有想到过会来得这么快。这是我现在很难接受的。如果要我此刻就恓恓惶惶地离开孝感，返回深圳，这给我的感觉会是毁灭性的。

我认为，爱是不能轻言放弃的。如果一说感觉不对，就立刻背包走人，毫不回头，这不叫爱，只不过是游戏人生而已。

但我从头到尾，是如此地认真。

我曾经说过，你的1%，给过我巨大的勇气，这也是我义无反顾来到孝感陪你的最大的驱动力。

为了那1%的可能，先不说付出了100%的努力，但是我的努力，你是看在眼中的。

现在，似乎感觉1%的希望，你都亲口给我毁灭了。我，还要无望地等下去吗？

我说过，为了对自己内心的承诺，我一定继续等下去。即使是无望地等。

我首先要让你明白的是，无论遭遇什么样的挫折，我都不会轻言放弃。

你今天的话，我相信很大一部分是出自你本真的想法。但是，我知道，女孩子是感性的动物，有些话，也不能当真。

你说你对我毫无感觉。我希望你可以认真回顾一下我们交往的过程。在某些时间段里，你是否对我有过一丝丝的牵挂？

比如，6月4日凌晨0:22，你给我发来一条短信。你问我：到课间休息时间了吗？

虽然只是短短的一句话，但那句话是你第一次主动给我发来的。

现在认真想想，在那样一个凌晨时分，已经是深夜了，你还没有睡着，你的心思飞到了我身上，然后情不自禁发来那样一条关心我的短信。——想想那时那刻你的心情，你能否认你对我没有一丝丝的牵挂吗？

在那个时刻，你没有发短信给任何其他人，而是发给了我。

这应该能说明，你对我至少是有那么点关心的。

即使是很少的关心，很少的牵挂，但是，它毕竟存在过了。

这就是你内心深处对我的某些感情。它是真实地存在过。

你能否认，你对我没有一点点的感情吗？

此刻，我希望你更加冷静地尊重你的内心世界。我要承认，你现在对我还没有多少的感觉。但是在你内心深处，——内心深处，可能

你自己都没有发觉的那个角落，你对我有着那么一丝丝的感情。

……现在，冷静地回想一下。难道真的一点都没有吗？应该是有一点的吧？

如果你承认有这么一点点的话，那么，星星之火，就可以成燎原之势。只不过，你还不够努力而已。

不要主观地认为，你非得要付出与我同样多的“付出”，才能产生一种平衡。感情是不讲绝对的平衡的，不然就成了“等价交换”。在很多相爱的恋人之间，感情不可能呈现50%对50%的对等。

所以，不要让这个“不对等”成为你的压力和借口。

下午我一直在想，难道你真的能够如此残忍地对待一个对你这样好的男人？你真的那么铁石心肠？

当然，我绝对不是要博取你的同情。带有同情的感情，我也是不接受的。我只是希望你可以更加冷静地、客观地深入到你的内心世界，去回想我对待你的一切，去想想你某个以及某些时间段里对我的一丝丝情愫（哪怕只有一丝丝）。

很多女人都表示，这辈子最大的幸福，就是拥有一个疼爱自己的男人。当然，你也说过，这需要有个前提，那就是这个女人也爱这个男人。

首先我想请你明白的是，我一定是个好男人，一个可以给到我自己心爱的女人最多的疼爱的男人，一个会把自己心爱的女人看得比自己的生命还重要的男人。无论是从精神上，还是物质上，我都可以给到我心爱的女人一个幸福的生活。这点我是可以承诺并保证的。我也一直在向你呈现我的优秀，我的能力，我的努力，我的性格，我的行为。

当然，我也肯定会有一些缺点。但是瑕不掩瑜，我总体上，是一个很好很好的男人。

那么现在还是回到你所说的“感觉”上来。

你不觉得你的决定太过于仓促了吗？其实这才短短几天的时间，你就一定要求“感觉”。如果要求感觉的话，一见钟情是最适合的。但是一见钟情是可遇而不可求的。“感觉”是完全可以在时间的沉淀里，慢慢培养出来的。这仅仅是要求你有再多一点的耐心。

你能对我有更多一点的耐心吗，M. Y？

我要感谢你今天坦诚地表达出来的所有想法。这也是我希望你能够表达的。因为把很多想法藏着掖着是不好的。这让我也更加地了解了你。同时，我也坦诚地表达了我的一些想法，相信你也因此更加地了解了我。

我认为，不要随意地去“否定”一切，而是要善于去发现“美好”。人的一生当中，不如意事十之八九，不可能存在完全对板的人和事。所以，当某人某事整体上是“美好”的时候，请去认可他，而不要急切地、仓促地去完全否定他。

很多事情，在你做决定的一刹那，会毅然决然。而以后回过头来想想，是不是会留下少许的遗憾？

所以，M. Y，在你冷静地、客观地再度进入你的内心世界，去发现你的感情，去发现我，然后，是不是可以再给我们彼此一个机会？

在我自己，我一直是这样想的：在所有的事情都绝望的时候，再坚持一下下，一下下，或许会出现一个转折和希望。

我觉得，这样做，才算真正的男人。不要在看似失去希望的情况下，跟着风向走，自己也失去自己。

我想再坚持一下下，一下下。

所以，这也是我不立刻离开孝感的重要原因。

我要陪着你，度过你最后的校园时光。这是我早就对自己承诺过的。

但是从你备考六级的现实情况出发，我也不会来过多打扰你。我不会再像从前那样，每天给你发很多短信，叫你出来吃饭。我或许两三天给你一个短信。我想让你知道，我还在孝感，在你一招手，就可以看到我出现的地方。我们还如此之近。

我的心，仍然在你那里。

我会继续每天在图书馆上网、工作、学习。你不需要一定要来。因为我不希望给你任何心理压力。我如此心疼你。

写到这里的时候，我突然想起了一个朋友写过的一篇文章，我曾经非常喜欢。我马上找到了这篇文章，细读一遍，抄来与你分享一下：

人生难得知己。

网络的发达，沟通的便捷，论坛、群里走马灯似的 ID 似乎没有给我们带来更多的收获更多的珍惜。

网络的森林，你遇见了多少鸟儿，又错过多少，又能把握多少呢？

当你匆忙地行走，蓦然地回首，能发现与你同行的有几人？

飞翔的自由和随意，让一切变得漫不经心。

相遇变得淡如开水，没了一丝期待。

也许某瞬间的心动因了群或论坛便捷的互动在某一瞬间就起了微妙的涟漪，又微妙地沉寂。

虚拟的虚位，总让人觉得未来似乎更期待。

也许下一个更帅，也许下一个更美。

人性是贪婪的，欲望是无止境的。

躁动的心总是没法专注地停留，注定忽略身边的风景。

而当你忽略的那一瞬间，也许我们已经远到看不见彼此。

不要等我走远了，才对我说你喜欢我。

不要等你受挫了，才回头发现我。

不要等心凉了，才发觉彼此已错过。

相遇如果是缘，惜缘又有几个？

缘乃天定，分需人为。

缘分还需要经营。

朋友也好，情缘也罢。

No pains，no gains。

任何情感，来得都会不容易，总是要经历一番艰难曲折，才会修成正果。太过一帆风顺的感情，人们都不会珍惜。所以，我觉得此刻我们遇到了一些正常的曲折，内心里的“坎”成为幸福来临的障碍。再多一些耐心，再多一些努力，结果会怎样呢？会不会柳暗花明又一村？会不会到时发出惊喜的声音？

正如张兆和当年对待沈从文那样（沈是张的老师，比张大 8 岁），寻找各种各样的理由（其中一个很大的理由，巧了，也是没感觉），反复地拒绝。但是当张兆和给了沈从文一个机会，她发现了沈从文的“美好”之处。

当然，我们不能总是跟沈张二人比较。但是，人性和感情，古往今来是相通的。

不要等我走远了，才发现我的好，M. Y。

人生当中，我们不应该好好珍惜那些就在身边的美好的东西吗？一定要再度去苦苦追求遥远的、不可预知的虚幻的“幸福”和“未来”吗？

我，就在你的身边。我会与你一起回深圳。这段时间，可能我没有出现在你的视线里。但是，只要你打个招呼，我一定第一时间，出现在你的身边。

只要你愿意，那就是永远。因为，我爱你，M. Y。

2011 年 6 月 10 日晚，19: 00—20: 40

再次出发

M. Y：

现在是6月17日下午两点。此前一个小时，我订好了飞往武汉的机票。飞机起飞时间是晚上的19:45，大约21:30会抵达武汉机场。之后坐一个半小时的大巴到达武昌火车站。我查了下武昌到孝感的火车时刻表，6月18日凌晨0:30会有一趟到孝感的火车，大约2:00左右，我就会到学校。我可能会入住上次住的那家招待所。

6月13日我怀着痛苦的心情离开了孝感。我想在深圳等你回来，然后再跟你好好谈谈。第二天，饱饱睡了一觉，心情好多了。坐在电脑前，我脑袋里忽然冒出了一个在我看来很"疯狂"的想法：我想再次去孝感，陪你度过你在校园里的最后几天。

这之后的几天里，这种想法越来越强烈。我也跟我一个好朋友讨论过此事，征求他的意见。他说：如果你真的爱她，就去陪她吧，陪在她身边！

朋友的建议让我下定决心，再回到学校，去陪你，然后，我们一起回深圳。

这几天深圳下暴雨，并且不时伴有雷电。我恐怕坐飞机不大安全，所以昨天下午我冒雨去火车票代理处，准备买6月17日18:00左右从深圳到武昌的火车票。不成想，根本买不到火车票。那就只有坐飞机了。

今天上午，深圳仍然下着暴雨，并伴有雷电。我暗自发愁，不知订哪个时刻的飞机。我希望在6月18日下午17:00前一定要赶到学校，那样，我就有从容的时间，出现在你面前。因为那时，你刚刚考完英语六级，跟随人流会从学校东区出来。我希望在你走出校门的那一刻，猛然看到我就站在你的面前。

说真的，我不知道那一刻，当你看到我的时候，心里会是怎样的一些想法。但是我个人会很享受那样一个场景，以及那个场景里你我内心里涌过的所有情感和想法。

我此次二度去孝感，跟我上次去孝感，心理上发生了很大的变化。但是唯一不变的，就是我对爱的执着。

我不会再对最后的结果像以前那样抱有无限的憧憬，我只想去享受爱你的过程中的点点滴滴。哪怕在这个过程里，你仍然不曾对我回报任何东西。我不在乎。是的，我已经不在乎了。从来没有哪个女孩让我愿意这样心甘情愿地去付出。以前没有过，以后，只怕也不会再有了吧。

以后不管你在何处，不管你多么幸福或不幸福，快乐或不快乐，我都希望你记得这点：曾经有个叫尹高洁的男人，这样深地爱过你，愿意真正地为了你付出很多很多。

我有一个想法：阴历七月七日（阳历 8 月 6 日），你生日之前，希望你可以用心地跟我交往一次。时间不多，也就一个多月了。在这一个多月的时间里，我的要求不多，请认真地跟我交往一次。在你生日那天，我会给你过一次你大学毕业之后的第一次生日。我会好好给你过。在那天，如果你仍旧坚持认为，我并不适合你，我就不会再坚持，我会潇洒地放手。

你说，好吗，M. Y？

我一直在努力创造着自己的人生，丰富自己人生的内容。这个对我比结果还重要。飞越千山万水，只为去再度陪伴自己心爱的女孩，这本身是多么浪漫的一件事。我不希望给我的人生留下遗憾。

做过了，就不会遗憾。

我马上就要去机场了。我来了，M. Y。等我。

2011 年 6 月 17 日

6 第六辑　安静的忧伤

生活随笔

一个人最大的快乐是什么呢？就是自由地去做自己最喜欢做的事情。

我现在做的，是我最喜欢的事情吗？不是。所以，我不快乐。是我愿意用整个生命去拥抱的事业吗？不是。所以，我不快乐。

我所想要的，远比现在的工作更高尚，更崇高，更贴近人的灵魂与尊严，更能显示人的骄傲与高贵。我所渴望的是生命的激情飞扬，是灵魂像太阳一般的高蹈焰焰，是生命与生俱来滚滚滔滔不可遏止的潮涌激流。

然而我现在匍匐在地，看见淡紫的斜阳渐渐迷离，渐渐昏黄。我悲哀地微笑着，我原本知道生命会有这样命定的阴影像锋利的刀片切入皮肤，但我仍然陷入无底的绝望。

我不得不承认，绝望是我一生逃不开的宿命。

世上最绝望的句子就是：我是这样这样地热爱绝望。

2004 年 4 月 27 日

飞遍千山万水来看你

我有一颗卑微的灵魂，总是在虚无的空气中飘浮，我借此俯瞰大地，哪里是我温暖的家园，哪里是我绝望的归宿。

有一天，我会飞过千山万水来看你，然后，用我全部的热爱换取清晨的一滴露珠，然后，就这样，就这样，微笑着死去。

2004 年 5 月 11 日

儿童节快乐

儿童节快乐。

不是儿童的儿童节，多少会有落寞的感觉。

很喜欢孙悦的那首老歌《伙伴》：一声呼唤，儿时的伙伴，云儿散开，笑容又回来。

每回听起，都会感慨不已。

我是个喜欢怀旧的人。尤其是我的童年。那么寂寞的童年。

多少年来在炎凉、误解、尊严、叛逆、宿命、绝望、幻想中沉浮，多少的希望已经幻灭，多少的珍贵已经失去。或许在这挣扎的尘世中唯一可慰藉的是，还拥有那么一些纯纯的童真。

很好啊，不是吗？

小时候总是仰望很高很高的天空。蓝蓝的天空。老师说，在遥远的地方，有一种水，叫作海。海的颜色也是蓝蓝的。

天空是在几乎触手可及的地方。而海是遥远。所以，憧憬遥远的那种蓝。

蓝色是我一生的最爱。蓝是一种高贵的颜色。蓝色是我的骄傲。Blue spirit，蓝色精神，是我一直以来推崇的形而上理念。

蓝色是我的生命。

多年以后，我终于看到了海。那种不同于天空的蓝。那是最温柔的蓝。最美丽的蓝。然而也是令人充满了寂寞的蓝。

蓝色孤独。

我终于明白，无论我是在蓝色的天空下，还是蓝色的海边，孤独都是一生逃不开的宿命。

想到这里，我不由微微地笑了。那么寂寞而忧伤的微笑。

走在海边，耳里是张雨生那首深情的老歌《大海》。我一直都以为，这是世上最绝望的歌曲。

唱歌的人早已死去，还剩下我们。而我们终有一天也会死去。

葬身于一种我们生前喜欢的颜色。

很多年以前，我总是害怕死亡。一想到死，就恐惧不已。在高考的那一年，在巨大的压力下，偏偏又被一只狗咬了。于是死亡的阴影无日无夜不在心头萦绕。越恐惧死亡，便越想走近死亡。我常常在夜晚，一个人走到那座大桥上，俯视着桥下平静的河流，有纵身而下的想法与冲动。

我想过自杀。想结束受苦受难的生命。但最后我依然活着。在这里。在这个世界上。

活着，为自己，为爱我的人，为我爱的人。

当我挺过那一关，我的生命完成了一次蜕变。

从此我不害怕死亡。死对我来说，无关紧要。死，轻如鸿毛。

我总是跟人谈论死亡。仿佛在谈我的一个朋友。如手挥五弦，目送归鸿。面对死亡我总是微笑。我仿佛看透了很多东西。这世上，许多东西是不可强求的。是人力不可挽回的。是命定的宿运。

想得很深。

小的时候，是那么单纯，许多事情都不会去想，或想得太深。

想得太深，许多事情便都会很绝望。很痛苦。所以总是那么那么地不快乐。

小时候，有一种寂寞在回忆里。寂寞是一种超出那时年龄的特别的感觉。至今还记得有一次，我独自坐在沙堆里，玩累了，倦了，四处一望，发现周围一个人没有。那是黄昏。突然感到伤心，难过。没有家的感觉。一个人走了很长的路，很长很长的路，来到三姨妈家。一看到她们，我再也忍不住，哇地哭出来。很委屈地哭。因为寂寞。童年的寂寞。多年以后，一个小时候的伙伴对我童年时的那种感觉感到不可思议。但我要说，那是真的。

此时，我的眼里有湿润的感觉。

我的最好的朋友对我说，他从小到大，没有过真正的快乐。

我想对他说的是，我也是。我也是啊。

记得念小学一年级的时候，成绩很好，第一个学期就评上了少先队员。那时，一条鲜红的红领巾对一个孩子来说，是多么值得骄傲啊。我高兴地跑向妈妈，向妈妈报喜，说，看，妈妈，我是少先队员了。戴着一条红领巾到处炫耀。

那条红领巾早已不知去向，连同我的童年。

小时候总是很喜欢过生日，因为一过生日就有红包。现在对生日的感觉只有两个字：恐惧。

大了。于是，老。

长大了，责任也随之而来。人活在这世上，不仅仅是为自己，还要考虑别人，尤其是父母。成家以后，还有妻儿。我是我们整个家族唯一的大学本科生，背负着太多的期望与压力。但我不去想它，因为我太累。已经太累。很多事情我都不去想。也不敢想。一个朋友开始对我逼婚。她说，再过几年，你迟早是要结婚的。是的，是的，那是迟早的事。但我现在不愿多想。依然不愿。

高中的时候，那个美丽的文娱委员教我们唱歌：小时侯的梦想，从来就不曾遗忘，找个世上最美的新娘。

如今，那个美丽的女孩已为人妇，而我们还在寻找。

总是记得徐志摩的那句话：吾将于茫茫人海中寻求吾唯一灵魂之伴侣，得之，我幸，不得，我命。如此而已。

真的，真的。许多事情都是不可强求的。

那么就顺其自然。

那么依然就是这么走。

已经从童年走到了现在，接下来，就是从现在走向将来。将来，不可知。

我的童年让我充满了回想，也让我很难过，因为从那时开始，就在不停地失去很多东西。生命里怎么也无法割舍的东西。我试图寻找。但打捞的无一不是波光粼粼的影。

我微微笑着。

仰头看蓝蓝的天空。天空无所不在。海不在身边。海依然遥远。那种温柔的蓝。那滴悲哀的泪水。

今天，我要祝所有的人儿童节快乐。那些孩子。那些大人。我的父母。我的朋友。我的同学。我的爱人。

更重要的是，我要祝自己儿童节快乐。

我已经不再年幼，但我还是个孩子。至少在我父母的眼里。

所以，我要祝自己儿童节快乐。

我微笑着祝自己儿童节快乐。我的眼里含着纯真的泪花。

儿童节快乐。

2004 年 5 月 29 日

随 笔

轻轻地我走了
正如我轻轻地来
我轻轻地招手
作别西天的云彩

那河畔的金柳
是夕阳中的新娘
波光里的艳影
在我的心头荡漾

这是徐志摩的《再别康桥》。

他走得何等潇洒。看起来。

一道闪光，他消失在云雾茫茫的空中。他 Kissing the fire。他在火光中殒灭。他说，I want to fly。一道闪光，他果真实现了生命的飞翔。

几乎所有的人都认为他走得潇洒。有诗意。

然而知道的人却知道，他走得很沉重。

在他的一生中，有三个女子，都是美丽的红颜。

他爱张幼仪，然而后来不爱了。因为林徽因出现了。他爱林徽因，然而后来不能爱了。因为林徽因嫁给了梁思成。他爱陆小曼，然而后来再也不会爱了。因为他已经厌倦。

他生命中最爱的，我认为，是林徽因。一直到死。

他是情种。每一次他都爱得轰轰烈烈。像个无限依恋母亲的孩子。

然而最终，他不能和自己最心爱的女子在一起。

设想一下，如果他和林徽因在一起，他不会死。是另一个女子的爱害了他。

陆小曼让他感到筋疲力尽。他累了。

于是，死亡，成为一种飞翔的方式。

在那个暗夜里，我平静地对我的最好的朋友说起徐志摩的故事。这个故事让他感慨万千。

他从徐志摩的身上，看到了自己的影子。

在他最艰难的时候，他的女朋友向他提出分手，他那时想到了一个字，死。

但他不想自杀，他想在非典中死去，这样就会死得堂皇，就不会觉得对不起家人。

他说，他依然固执地说，她是爱他的，她是爱过他的。

但是他说，她之所以不快乐，是因为他现在没有钱，她看不到跟他在一起会幸福。她对他没有信心。

那么，对自己的爱人没有信心，这算是爱吗？或者，爱很深吗？

他说，他永不会放弃。所以，他依然对她很好，很好很好。

但是他说，她永远不可捉摸。他无法深入她的内心。

她很少体谅过他。她从来都不了解他。她总是无端地猜测。

陆小曼毁了徐志摩。

她会毁了他吗？

还是他会毁了她？

很累。很累。很累。

我听着也很累。因为我自己也很累。心的累。

永远都不可能走得如诗中描写得那么潇洒。轻轻地挥一挥手。

走了。黄昏。地平线。淡红淡黄的光与影。一个人的背影。

慢慢消失。夜幕降下来。

2004 年 5 月 31 日

传 奇

我曾经问一个朋友，你相信传奇吗？朋友说，可信可不信。我说，我相信。

很喜欢读张爱玲的小说集《传奇》，但是我以为，那不是我想象中的传奇。《传奇》中的人生太过常见，太过平庸，太过俗气。真正的传奇是逸出常规之外的，回肠荡气的，惊心动魄的。就像深远的苍穹，一颗彗星，划出一道长长的、璀璨的弧线。瞬间。永恒。这就是了。

我写过一个传奇故事，关于浩瀚的森林，浑茫的雪原，关于宿命与梦想，关于孤独与绝望。这个传奇故事写得我泪流满面。

真正的传奇对于大多数人来说，只是一个梦想，所以，它是如此地接近绝望。

大学要毕业的时候，我遇见了一个女孩。女孩从我的演讲中断定我就是她苦苦在找寻的那个男孩。女孩说，我希望我是世纪末最后一个传奇。我望着她单纯明亮的眼睛，突然感到很难过。我承认我拥有热血与激情，我承认她有勇气与深刻，我承认我一直在寻找的就是那种传奇式的爱情。但我依然告诉她，我要走了。这座校园，我待了四年，我要走了。在那个夜里，我缓缓地跟她吟着海子的那首诗《面朝大海，春暖花开》：给每一座山每一条河流取一个温暖的名字/陌生人，我也为你祝福/愿你有个灿烂的前程/愿你有情人终成眷属/愿你在尘世中找到幸福/我只愿面朝大海，春暖花开。这是我最喜欢的一首诗。她是个聪明的女孩，她会懂得我的意思。她失望地说，那么，就是这样了吗？我默然不语。是的，是的，就是这样了。那时我感到我是一个很残忍的人，因为我自己在寻找着传奇，却又无情地粉碎了他人的关于传奇的渴望与梦想。

在我心中，有一个传奇。我说不出口，说出来是一个一笑而过的童话。这么多年来，我总是活在童话里。偶尔从童话里探出头来，微笑着，又进去了。

我的最好的朋友总是说我太单纯，太过理想。他提醒我，你活在现实中。

他真正地活在现实中。他说，你只是这样一个卑微的人，你不要幻想传奇的出现。你不可能拥有传奇。所以，你最好与传奇背道而驰。你最好去做一个卑微平凡的人。这是你命定的轨迹。

我一直都佩服他的理性，他看事情的准确性。

我微笑着。我想，可能吧，传奇毕竟只是人类的幻想。一个人，若不是秉着天意，如何能创造传奇。这世上，有几个人能创造传奇。

这样一想，又陷入绝望。我总是不断地陷入绝望。

在我心中，有一个传奇。其实在每一个人心中，都有一个传奇。然而传奇毕竟只是传奇啊。然而传奇毕竟只是在心中啊。

传奇在幻想中开始，在幻想中结束。

即使不喜欢《传奇》里的人生，人，终究还得回到那种人生里。那种令人胆寒，令人绝望的人生。

人生不是一个传奇，只是因为某种意外的因素点染着一些传奇的色彩。

但是我不想做一个卑微的人。所以，传奇在上演。像一场雪，纷纷扬扬。

2004 年 6 月

寂寞心情

今天下雨了。雨停了，是阴阴的天。公司在写字楼的第 29 层，拉开淡绿色的玻璃窗，风很清新。空调还开着，电风扇不住旋转。很宁静的氛围。每天都是这样。

每天都是这样。9 点上班，6 点下班。吃饭，看电视，聊天。直到他们都去睡了，把遥控器反复按了无数遍，再没有什么吸引眼球的节目。于是洗澡。然后躺在床上，先看一会儿书，看到眼皮子发困，然后睡去。不再是从前那样，对书是一种痴狂。看书是迅速入眠的最好的方式。

偶尔，和他们去酒吧。听他们唱歌，自己不唱，虽然很想唱。喝一点点酒。脸色在若隐若现的灯光里，像颓败的花朵。笑。感觉生命在枯萎。没有力气。不知道现在为什么是这样活着。好像这就是都市大多数人的生活。我是这个都市里那么卑微的一个人。曾经幻想过有一种传奇式的生活。最终到底不能免俗。融入了这个城市。仍然想逃离。但已无法逃离。

最近很少上网聊天了。只去看看 5460 网。不留言。他们都和我一样，懒，只想看看别人写些什么。都隐藏在背后，是冷漠的脸，和疏懒的心。

和 Y. Y 聊天是最快乐的事。总是聊起童年，那个寂寞的童年，童年里那些寂寞的往事。她总是不解，她说，你的童年为什么那么寂寞呢？我无法回答她。我给她写了一篇文章，在我的意料之中，她感动得一塌糊涂。她说，没有想到。我说，你不要难过，平淡的生活总会有一些令人意想不到的东西。然而我自己却无法控制自己的情绪。很难过，很难过。几乎想流泪。然而电脑背后的我，打出的字，那么平静。多少年来已经习惯了的平静。我说，你要快乐地生活，总有一天你会再次忘记我，但你要快乐地生活。她说，那么，你快乐吗？我笑。很疲惫地笑，疏懒地笑。我说，是的，我很快乐。可是我的眼里已经有了泪花。

这个月底，R 要来深圳玩。她的最好的朋友把她的相片发给了我。那个熟悉的身形。那么惊眩的美丽。像多年前那场飘散的樱花。记忆全部苏醒。很伤感的记忆。我终于明白，一切美丽的东西，都将是一场残忍的结局。她会来，我不知道届时是否会去见她。或许会，或许不会。多年以前，那个轻蓝色的夜晚，电话中她温柔的声音像云岚缥缈而来。她低低地说，我能见见你吗？这个声音一直在脑海中萦绕。这次她来，我会打电话给她，说，我能见见你吗？她不上网，在这个年代，很奇怪。我很想在网上跟她聊聊。想知道这些年她是怎么过来的。

同样想知道你是怎么过来的，这些年。但我没有问。肖总是以我的名义在跟你聊天时说起你的男朋友。我想，我对那些不会感兴趣。你男朋友是谁，他是怎样一个人，我一点都不感兴趣。但是我想了解你的心路历程。那些虚一点的东西。但是我依然不问。我想，你也不会回答。就像我跟 Y. Y 聊得那么来，但我也不会问她那些事。我总是记起你 17 岁时的模样，那种很温暖的感觉。长发飘飘。有时明媚，有时忧伤。明媚时让我快乐，忧伤时让我心疼。那时总是把你比作古时那个弹箜篌的女子。如今，岁月流逝，还有在千年月色下弹箜篌的那种浪漫的幻想吗？感觉你很疲惫，于是依然心疼。不能给你安慰，这是我的罪过。

很多年了，经历了很多事，心中总是牵挂。那些人，那些事。少年时说这是多情，其实不是的。一些人，一些事，因为曾经与生命有着那样紧密的联系，不可能割舍。有的时候，寂寞的时候，人就靠着记忆活着。仿佛没有未来。未来其实是存在的。我从不怀疑自己有未来。但未来一旦变得模糊，便只能像一只小鼹鼠，往那个黑暗却又有一线光明的死角落钻。虽然明知道，那是虚幻的花影，迷离的烟霭。

那时很单纯，单纯得令自己吃惊。一个人，一件事，认定了，会执着地坚持着，不说放弃。在日记本里，每天晚上，用心写着每一个细节，每一种感觉，每一分快乐，每一分痛苦。日记本，我的日记本垒成厚厚的一沓。我惊讶于我竟然坚持了下来，10 年。我生命中最宝贵的10年，都清晰地记录着。每次回去，都会翻出来，看看，然后一番感慨。发现自己的这10年，竟然过得那么艰难，那么无助，那么酸涩，那么悲凉，那么那么地不快乐。然而我依然微笑。我什么时候学会了微笑？我的微笑，别人都误解了，以为是积极乐观的生活表现。他们不知道，那里面是一种何等锋锐的绝望。对生命的绝望。

那些神采飞扬呢？那些桀骜不驯呢？都消失了。还剩下什么？妥协。忍让。委曲求全。于是，就是颓废，冷漠。就像今天的天气，阴阴的。下过一场雨，阴阴的云，阴阴的建筑物，阴阴的远方，阴阴的人，阴阴的生活。不期望明天会出太阳。热了很久了，深圳。其实，多阴几天，精神或许会好些。

写了这么多，也不知道写了些什么，心里依然空空的，像旷远的风，一阵一阵过去，不停止。这座城市，我不知道自己喜不喜欢。在一个城市待久了，会麻木。对这座城市，我不能有更深的体会。少年时代写诗，喜欢写流浪。因为流浪是一种最浪漫的事情。现在，还会把流浪当成诗歌来写吗？一种疲惫，一种苦涩，一种寂寞，一种难过。

飞机在云层里轰隆隆掠过，留下那道长长的痕迹，像刀锋，划破城市的脸。没有人发出尖叫的声音。像尘埃，他们的生命，在虚无的空气里，起起，又落落。就这样活着。生命，原本如此。

那些很累的感觉。那些寂寞的感觉。无以言传的感觉。

此刻，依然是阴阴的天气。很好的天气。我关上淡绿色的玻璃窗，外面的风打了个转，远去了。还有空调，还有电风扇。我要吃饭了，然后睡一觉，然后开始下午单调的工作。

就这样。

2004年7月23日

别 后

每个周末的下午，黄昏，都要到离住处不远的中心公园去走一走。那里，一年四季，绿意盈盈。到处散落着一些悠闲的身影。空气里飘浮着快乐的心情。很多的小孩，大声欢叫。一对对的情侣，亲密无间。各色形状的风筝在蓝天白云间飘飘荡荡，释放着生命的自由。

从青青的草尖上传荡过来一阵歌声。知道就是我大学时代那些泪流满面的故事的深情演绎。仍然记得那时的泪水像晶莹的雨露悄悄滑落。在无数个星光暗淡的夜里，独自凭窗。一阵阵的风吹过。而如今，在这个城市，独自行走。所历沧桑，早已收起所有脆弱的泪水。大步流星，一笑而过。

呼啸的人群里，你看不见我的身影。

总是有一种很累的感觉。是的，一个人在外面。快速的节奏有一种摇晃的晕幻。外在与内在的许多东西，纷纷扬扬坠落，像一场罕见的大雪，沉重而艰于呼吸。可怕的是，却依然不知道自己的明天会是在哪里。这座城市，承载着太多的梦想。绚丽，如四散的烟花，继而朵朵地灭寂。这么大的城市，找不到一个可以哭泣的地方。于是就只能笑。不管脸色有多么苍白。

离开校园已经一年多。总是想起那里的樱花。一个校友也在这边，我问她，四月回去看樱花了吗？她说，一回去就看了，那片樱花园，飘散着我们所有美丽伤感的记忆。是的，每年四月，樱花如期开放，这时候是我们最盛大的节日。许许多多浪漫的故事由此衍生或破灭。那么短暂的开期，却是年复一年。而我们已经离开。

离开的时候没有说再见。知道那样的话太苍白。我们无力兑现那些飞扬的诺言。高兴地进来，平静地离开。再回头望一眼，所有过往的岁月就这样支离破碎。天空依然蔚蓝，一群飞鸟在我们头顶拍打着翅膀。

每天上班的第一件事就是打开同学录，去浏览上面的留言。某某结婚了，某某又考上研了，某某又换工作了。简洁明了，平静的叙述。知道大家都在自己的生活里或快乐或辛酸。有时也忍不住上去发表两句酸话。但更多的时候，是躲在电脑后面，隐藏着自己，一脸的平淡与疏懒。

那些曾经熟悉的笑容，却渐渐模糊。

其实大可不必为忘却而羞愧。生命里出现那么多人，总是有些人从此会彻底消失。如果某天在某个场所不经意相逢，却如同两个陌生人，不必惊讶。因为一切的一切，都会在时间里磨成碎末。

只是偶尔与几个人联系着。说话的时候，依然带着那时玩笑的口吻。很亲切。不知道再过几年，手机电话簿里的名字还会剩下几个。

晓恒在一所中学窝了一年，终于考上了研。不是曾经信誓旦旦要考的那所名牌大学。那个学校的名字，我们没有听说过。但是晓恒说，不管了，无论如何要出来。研究生的生活，跟大学时没什么区别。但是一个寝室，只有三个人。想起当年风光的寝室，何等热闹，喝酒，骂娘，吹牛，看通宵，把青春尽情耗在那些像水一样温暖而残忍的日子里。他孤独地呆立在空荡荡的寝室，那个曾经刻骨铭心爱恋过的女孩，早已远在天涯。

孤独是我们永恒的主题。那时痛彻心扉地体验着无穷无尽的孤独，在空空的苍茫里不知所措。然后各自在无人知晓的暗夜里，偷偷流泪。记得只有那个黄色的大月亮，默默看着自己是多么伤心，多么难过。一转身，又露出笑容，大叫大笑。一座校园，传荡着那些揪心的疯狂。

离开后，依然是那样孤独。而此时的孤独，更加理性，更加沉着。都习惯了仰望高高的苍穹，然后深吸一口气，依然就是这么走下去。走过平静，走过坎坷，走过无奈，走过悲伤。在我们行走的路上从没有快乐的驿站。那么，依然要走下去。直到抵达彼岸。彼岸，没有我们向往的如火如荼般放肆盛开的樱花。

罗奕说，他快要做爸爸了。我又惊又喜，妈的，真行啊你。我恭喜之余也说，你真打算生下来吗？你还要考研啊！他不说话。我们没有更深入地交谈。很多事，不可能随心所欲。要去面对，要去承担。因为再也不是可以把一切都暂且抛在脑后而只图眼前的享受的大学时代。

这就是人生。

然而我却总是跟朋友说，我从来没考虑过结婚，从来没考虑过有一个家。我注定要一个人，注定漂泊。朋友说，你是在逃避现实，你没有勇气去承担你生命中必须要面对的重大责任。

我不承认。

其实在我心中时时刻刻充斥着一种悲凉与绝望。这么多年来的经历让我相信了某种宿命。有很多东西，该是自己的，逃不了。不该是自己的，即便再努力，也是无济于事。所以我总是对自己说，随遇而安。我喜欢自由，我不喜欢被任何东西束缚住我行为与内心的潇洒。所以，我想，我只能一个人走。朋友说，那会很孤独。我笑了，我说，是的，但我已经习惯。

想起余纯顺，那个孤独的上海男人。他在经历了一次失败的婚姻之后高声喊道，今生爱情与我无缘！于是他走了。他只身背着一个行囊，走遍中国茫茫大地。最后，在一片大沙漠里，他赤裸着身，永远地倒下了。面对的方向，是那个生他养他却从来没有带给他欢乐的上海。

这座城市，我感觉已待了很久。我依然不大熟悉这座城市。但我已经快厌倦了。我很累，很累很累。我想离开。朋友说，你离开之后去哪呢？我不知道。我只是想离开。如此而已。

中心公园里，人群渐渐散去。夜色降下来。灯火阑珊。高高耸立的地王大厦顶层放射出一道强烈的绿色激光，穿透一座城市的遐想。纸醉金迷开始畅游，灯红酒绿开始张狂。而我在一片空旷的天空下，双臂张开，迎着自由的风，固执地仰着头，捕捉着那些幻想中的波光云影，流光溢彩。还有那些生命里似曾刻骨铭心的疼痛。

幻想中有樱花落下来。落满我的一身。我就站在那片美丽的樱花园里，湖光映着我的身影。看着大学时代那个爱过的美丽惊艳的女孩，渐行渐远。终于消失。

我微微笑着。笑容里是淡淡的寂寞与忧伤。

时间不早了，已经待了很久了。我踏着柔软的草地，一个人，在这样凄迷而孤独的夜色里，悄悄走回自己的小屋。

2004年11月5日

告　别

我又一次来到中心公园。

我站在空旷的草地上，仰头看深蓝深蓝的天空。有细细的白色花粉在身边飘飞。

我来告别。我知道告别的时刻已经到来。

我要告别我生命中曾经出现的所有的人，所有的事。

这是一场盛大的告别仪式。尽管出场的只有我一个人。

肃穆的圣乐响起，像一朵朵的白云缓缓飘荡。从来没有一首曲子让我如此倍感悲壮。

音乐如同莲花，满湖里开放，一片灿烂的光芒。

那些寂寞的笑容，那些隐忍的哭泣，那些悲哀的身影，那些苍凉的歌声。

所有刻骨铭心的疼痛，所有回肠荡气的破灭，所有冷冷清清的期待，所有寻寻觅觅的绝望。

此时此刻，在这样凝重的氛围里，如此平静。

我一直以为，生命是一次传奇的舞蹈。有瑰丽的色彩，有流动的线条，有飘逸的光影，有放纵的旋律。

然而不是这样的。真正的生命是一个庞大的旋涡。急速地旋转，然后消失。留下一个扭曲的、颓败的背影。

我在行走，以我自己的方式。然而更多的时候我在停留。因为感觉疲惫。

停留的时候我总是听见很多的哭声。那是我朋友的，也是我自己的。混杂在一起，像永夜的风雨。

有一天我来到这座繁华的都市。来的时候我依然怀着童话般的美好希望。到最后，我和这座城市一起沉沦。

一场又一场的梦魇让我艰于呼吸。

我总是跟人说，我会离开。我总有一天会离开。我是不属于这里的。我是不属于任何一个地方的。

我一直认为自己的生命应该是与众不同的，是特立独行的，是神采飞扬的，是激情荡漾的。

所以，在我心中，时时充斥着一种不可名状的寂寞与悲凉。

我所选择的，和我的朋友们截然不同。

很喜欢读安妮宝贝的文字。我从来没有见过一个人的文字可以寂寞到这种绝望的程度。每次读起，心里都一阵阵地疼。有想哭的冲动。我在想，如果有幸可以见到她，我会很轻易地对她说，我爱你，让我爱你一辈子。

但是我知道她不会答应。虽然她会因此哭泣。因为她无法接受任何形式的束缚。她要的是漂泊，自由，和那些无穷无尽的悲伤与绝望。

写到这里的时候我忍不住想流泪。

我依然想起的是余纯顺，那个不为人所理解的上海男人。那个倔强而孤独的壮士。他毅然把生命交付荒漠，交付死亡。死亡在一刹那来临。死亡从来没有变得如此神圣。

我总是说，我要去看他。他孤零零躺在那片荒漠里，太孤单了。也许他太孤单了，需要一个知心的人去陪他。陪他喝喝酒，抽抽烟。只需要如此，不需要太多的谈话。

我想终有一天我会去看他。我想邀上安妮宝贝一起去看他。我知道安妮了解他。

如果我在那里有幸可以永远陪伴他，我想请安妮给我立一块墓碑。但请不要写我的名字。

从此夜夜在大风大雨里，两个孤独的男人的魂魄放肆流荡。

而安妮，她会继续她的流浪。一个人的流浪。不需要别的人记住我们。只需要安妮。

我们是这个浮华的世界上特立独行的几个人。不需要别人理解的人。很多人会嘲笑的人。只是我们从来不管这些。我们只是默默做我们觉得应该要做的事。对得起自己的生命与灵魂的事。

我想告别的时刻已经到来。我可以为我的远行做准备了。我已经

做好准备了。

我想我终于可以缔造传奇。

那一刻，在所有的爱与痛变得苍茫、变得落寂、变得西风残照的地平线上，在所有闪烁的星斗与死亡纵横交错的时光里，在所有的绝望全部融汇在滚滚滔滔的河流里一往无前的奔流中，我终于泪流满面。

2005 年 3 月 16 日

深圳随笔

昨天晚上和两个朋友吃了饭。席上我对朋友说起，我已经习惯了这座城市的生活，我想我再也不会离开。

就在一年前，我还在嚷嚷着要离开这座城市。我一直以来的心愿就是到北京去。我还记得在毕业前夕的那次晚宴上我对兄弟们发誓说两年后我一定会到北京去。我会去考研，然后在北京定居下来。在那里，过我想要的生活。

然而今天我依然在深圳。

两年多的时间我经历了比大学四年更多的事情。很少有人会知道我初来深圳那段穷困潦倒的日子。我曾经在一家不正规的公司里待了两个月。两个月的时间里我没有一分钱的工资。每天中午同事们去饭馆吃饭，我却要找借口独自一个人出去，在小店子里买上两个包子充饥。很多的时候我甚至连包子都吃不上。那种强烈的饥饿感时常激烈地冲击着我。能够吃上一个盒饭，已经是我最大的满足。我记得有一次，我吃着吃着就要流眼泪，心里充满了难过。我曾经向两个好朋友求助，但最后遭到了拒绝。在那一刹那间性格孤傲的我深深感到了为人的耻辱。从此我明白了一个道理：在你最穷困潦倒的时候，永远永远不要向人求助，因为那只会让人看不起你，结果是你非但得不到帮助，还会受到别人的耻笑，既而是自己的精神给予自己更强烈的耻笑。所以当一个朋友得知我的窘困的时候主动要给我帮助，我毅然坚决地谢绝好意。虽然我那时是那么那么需要帮助，帮我渡过那个该死的难关。

那段艰难岁月早已成为往事。而我也很少再去回忆那段日子。经常看到有人蹲在路旁，地上用粉笔写着找不到工作求各位好心人帮帮忙赏个饭钱。这其中有骗人的，也有真的。我都只是瞥一眼，然后和

所有的人一样，冷漠地离去。这个城市如此残酷，没有给弱者留下温情脉脉的暖色。很多朋友往往都不了解深圳，以闻传闻，以为深圳就是天堂，来了就能找到财富。深圳两年多的经历让我对这种幼稚的想法只能报以苦笑。所以有朋友打算放弃现有的郁闷的生活来深圳寻找发展机会，我第一句话就是问他：你做好三个月甚至半年找不到工作的准备了没有？这种准备是心理上的，但最重要的是经济上的。永远不要奢望以前的朋友在你落难的时候会义无反顾地帮助你。至少在深圳没有这回事。深圳人的思维是：一切的行为以自己的利益为出发点，在不损害自己的利益的前提下可以对朋友提供相当有限的帮助；极端的做法是，对你的要求退避三舍，敬而远之。所以深圳人看起来永远那么冷漠。

有一段时间我陷入从所未有的绝望，我觉得我来到这个城市根本就是个错误。这里没有我想要的工作，更加谈不上事业的发展。我看不到我的前途，更加看不到快乐和幸福。我那么强烈地渴望离开。然而实际的情况又根本不允许我离开。我就像被缚在悬崖两端中间的铁索上，半空里吊着，不能上，不能下，不能过来，也不能过去。那时深圳对我来说就是一座大监狱，我不得自由，不得呼吸。

而今我发现我渐渐喜欢上了深圳。我想很大的原因就是生存环境的改变。当衣食无忧的时候，就可以平静而理性地看待这座城市。我喜欢这里首先是因为这里的气候。这里四季如春，永远都是一派绿意盈盈。当我想起在湘潭读书的时候，那座校园狂风怒吼，寒气肆虐，无情地蹂躏我们脆弱的肌肤，我就不寒而栗。虽然我很怀念大学的时光，但我发誓我再也不会去湘潭过冬，受那份让人叫骂的冷罪。所以比较起来，深圳温暖的气候对我来说是一种天堂般的享受。

两年多的时间让我已经完全适应了深圳的生活方式，并完全接受了深圳的思维和观念。我一直固执地认为，作为中国改革开放的最前沿，面向世界的窗口，深圳的思维和观念绝对是中国大陆最先进的。而某些最先进的思维和观念在内地很多人看来，都是不可思议的，很难想象的。不理解的人会对深圳人做出的一些行为方式予以抱怨与憎恨。而深圳人却对他们的这种实在很落后的看法嗤之以鼻。深圳人固执地做着属于深圳人应该做的事，而不会与不理解的人一般计较。所以深圳人在冷漠之外，看起来又总是那么高高在上。

我知道很多来深圳的人，都经历过我那样艰难的岁月。关键的问题是，能不能挺过去。很多人离开了，很多人留下了。留下的人都会欣喜地看到，深圳给所有的人都提供了同等的平台和机遇。但富裕与贫穷，依然是一种千年不变的金字塔式的社会形式。绝大多数人，只能在最基本的生存范围内活动。深圳人认为，一个人没有成功，全部的原因都是在自己，而没有任何其他客观的原因。而我们以前却把这样一种观念奉为“圣经”：没有成功，或者失败的原因是在主观和客观两个方面。深圳人完全摈弃客观的因素，只考虑主观因素。你现在之所以没有成功，是因为你做事没有努力，或者不够努力。依照这一逻辑，那个只在最基本的生存范围内活动的群体，他们之所以只能在这个范围内活动，就是因为自己做事不努力。就是这么简单。因此，在同等的平台上和机遇前，富裕与贫穷就这样拉开了距离。但是仍然有这么多人固执地留在深圳，是因为深圳永远给所有人提供了无限可能性。所以我觉得，深圳人的优秀之处就在于，他认识到了自己的困境，所以无形中给那种可能性注入了想象、勇气和能量。

我经过两年的观察和体验，终于发现了深圳的可爱之处。永远不要埋怨深圳的冷漠，因为这是中国最大的移民城市所具有的特有的性格，它不会因为某些人的抱怨而消失。我相信很多在深圳停留过一段时间的人，都会认同深圳的思维和观念，并接受深圳的生活方式：在冷漠的都市里，孤独而倔强地奋斗，直到实现自己的梦想。

这是个可以让人轻易梦碎的地方。这也是个可以实现自己梦想的地方。

我发现我来深圳最大的收获就是想象力的张扬。我突然领悟到一个人想象力的贫乏将会使人变得何等渺小而卑微。想象跟梦想是两个完全不同的概念。每个人都会有梦想，但不是每个人都有想象力。巨大的想象力是梦想实现的前提。在深圳，有一大批敢于想象的人，然而，依然有更大一批不敢于想象的人。最终，就像盘古斧头一劈，轻的那一块升而为天，重的那一块沉而为地。人与人之间，就在短短的几年时间里，划开了一道永不可跨越的鸿沟。

我在很长一段时间里都在自己的悲哀里度过。但现在我不再为自己感到悲哀。

当有一天，当那一天，在某一个夜晚，我一个人来到海边，抬头看天上数也数不清的星星，听着海风轻轻地呢喃，我会欣慰，我会为自己阴差阳错来到这座城市感到庆幸，因为我在这里，找到了我的人生。

2005 年 12 月 13 日

我们都要好好活着

在深圳，和我在一起住了三年之久的一个朋友，被确诊得了癌症。腹膜癌，一个从来没听说过的名字。今天上班的时候查了一下资料，发现这种病例在全球很少见，并且几乎都是女性患者。我的这位朋友，或许是有史以来全球第一个男性腹膜癌患者。

是在昨晚将近十一点的时候听到这个消息的。那时我已经入睡了。还等着十一点起来看曼联和阿森纳的关键球赛。我缩在被窝里听电话，全身一阵一阵地发抖。

晚期，治愈的可能性几乎不存在。一般情况下，只有三个多月的生命期。

几天前，他还给我打电话来，说癌的几率只有2%。那时他说话的语调很轻松，说过几天就动手术，估计五月中旬就可再来深圳。我也希望他能早日康复。然而没有想到就这么几天，风云突变，2%变成100%。

我的心悲哀得难以自制。不止是为他的病，更为着我们生命的无比脆弱。

我是个喜欢编撰故事的人。在我虚构的那个世界里，死亡就如暗夜里坟堆上密密纠缠的蔓草，疯狂地生长。我自己曾经与死亡擦肩而过。独特的生命体验与内心体验让我经常进入对死亡的艺术性幻想。我虚构着那些死亡的故事，是为了表达我对生命中某些情感的绝望，更是在不断提醒着自己不要重蹈那些悲剧的覆辙。我从来没想过真正的死亡会在我的生活中出现。我从来都以为，我们都会很好地活着。死亡，那是很久很久以后的事。正因为年轻，我甚至以为我们有资格虚掷一些青春年华。我如此乐观。

我记得我在读大一的时候，那天深更半夜，突然急切的电话把我吵醒。是母亲打来的。她告诉我，爷爷死了。那时我惊得目瞪口呆。因为在那前不久，我还回家了一趟，看到爷爷身体健朗。爷爷的突然去世，让我很难过，但并不是很悲痛。爷爷活了八十多岁，高寿了，他的去世是生理的自然趋势。但是那天晚上我第一次把死亡与黑夜联系在了一起。我睁大眼睛，而周围是无边无际的黑夜。

爷爷是在20世纪的最后几天去世的。我认为那代表着我们家族一个旧时代的结束。而我如此年轻，我将很好地活着，比祖辈们活得精彩一百倍。

我是个内心经常充满绝望感的人，这有很多人都不理解。我也无须去解释什么。但是我是一个无比热爱生命的人。我喜欢春天，喜欢阳光，喜欢美好的爱情，喜欢醇厚的友谊。虽然我不断陷入绝望，但我从来都不会放弃对生命美好的信仰。我常常在镜中端详自己，发现自己的生命如此健康，如此灿烂，心中充满着对上苍的感激。感谢我的父母让我来到这个世界上，感谢我这样年轻而健康地活着，感谢我可以通过自己的努力和智慧去创造属于自己的人生传奇。

我还活着，这多么美好啊！

可是我并不是孤独地活着。身边有我的亲人，有我的朋友。这些人是我能安静而富足地生活的理由。我祈祷着我自己的健康，我也祈祷着亲人和朋友的健康。

我一直都把青春当作生命最可宝贵的财富。我一直以为，我们可以死去，但绝不是在年轻的时候。我们还有好多事情没有做，还有好多的快乐幸福没有品尝，我们怎么可以轻易死去。不要说什么只要生命活得有价值，即使现在死去也无怨无悔，我从来都不相信那一套。要明白，我们如此平凡，如此普通，我们不需要那些堂而皇之的价值观来充当我们可以轻蔑生命本身的借口。我们需要的，就是好好活着，一直活下去，一直到老。

所以世界上最残酷的事情，是青春的死亡。这是我们最不愿面对的悲剧性结局。

我再次在黑夜里听到了这样一个噩耗。这次，是关于青春的即将死亡。

朋友的表哥给我打电话，说还没有把结果告诉朋友。我知道他依然对自己的生命充满乐观，他不会认为命运会对他如此残忍。他2001

年大学毕业，来深圳快五年，一事无成。但他跟所有怀着梦想来到深圳的人一样，从不放弃，即使别人对他抱着极度的怀疑，他对自己在深圳终能闯出一片天地充满信心。

一个人可以永远怀抱希望。但是如果生命消失，肉体毁灭，就无所谓希望了。

我自然想到自己的生命。一年的时间里，我做过三次体检，老天保佑，没有出现什么问题。这是我现在最大的安慰。但我是一个宿命论者，生命如风云，难以预测。我明天会是怎样呢？我不知道。

腹膜癌，病发的原因至今在医学界没有定论。如此罕见的一种疾病，居然发生在我的朋友身上，除了宿命，我不知该用什么来解释。对于他自己来说，不到三十岁的生命历程，充满了太多太多的遗憾。他甚至没有尝到过人世间最普通的男女情爱的滋味，感情世界一片空白。这对于一个男人来说，是怎样的一种悲哀啊！

我曾和我的朋友一起看过湖南卫视的一个报道，说一个艾滋病患者在死亡前的那段日子，经历着超越生死的轰轰烈烈的爱情。病人终于死去，但却死得安详。我记得我们当时都感叹不已。我不知道我的朋友是否还记得那个真实的报道。当他知道他的病情的那一刻，他的反应会是怎样呢？他会痛哭流涕吗？还是怔怔地不知所措，躺在床上空洞地望着天花板？他那时会想起一些什么事情？生命里那些难过，伤心，沮丧，悲凉，痛苦，绝望，会不会突然之间全部汇聚在一起，飞流直下三千尺？

我们应该庆幸，我们还安静地活着，不管我们曾遭受过多少的苦难，不管我们将来还要遭受多少的苦难。我们还活着，这是多么幸运的一件事啊！

我会好好珍爱自己，保护自己，我不希望有一天我会像我的朋友那样处在绝望的崩溃地带。我会好好活着，首先仅仅是为了自己。

愿你也是。

2006 年 4 月 10 日

最纯粹的幸福

这段日子来，看见一些悲哀，也看见一些幸福。悲哀是纯粹的悲哀，幸福却并非纯粹的幸福。在我自己，没有悲哀，也不存在幸福。但是内心平静。这就很好。

他们都走了，还留下我。我一个人在这里，眼里含着泪水。肩上是风，风上是天空，于是知道自己承载得有多重。内心徜徉着对生命的感激和感动，所以从未感觉孤独。

过去的都过去了，就像一场黑白电影，竭力去捕捉，也不过是一些淡淡的影印和嘶哑的声音。他们最终消失。缅怀的唯一意义是让自己更加地安静。

我遥望天际，被一些宏大的声音所震撼。那些声音提醒我，我在路上。我一个人走，却充斥着天地间最强大的力量。

我看见了某些画面，那些流光溢彩的笑容，和飞旋在周围的落花。这样美的情景，我从所未见。

写这些文字的时候，感觉内心充满最纯粹的幸福。

2006 年 10 月 19 日

一直很安静

给你的爱一直很安静
我从一开始就下定决心
以为自己要的是曾经
却发现爱一定要有回音

——阿桑《一直很安静》

深夜，睡不着。在反复听阿桑的这首《一直很安静》。

沉缓的中低音，如同波浪轻轻拍打海滩，却是撕裂般的疼痛与绝望。

如此残忍的歌声。

歌声让我思绪飞扬。过去，现在，未来。那个清癯的背影，在暗夜的天空里，模糊而惆怅。终于看清那就是自己。终于看清那就是自己的灵魂。始终孤清，始终骄傲。一转身，消失，嘴角是淡淡的微笑。寂寞的微笑。

少年时代，很安静地喜欢过一个女孩。美丽，清纯，是天使降落人间的感觉。那时把她比作古时候那个在月色下弹箜篌的女子，寂寞而清冷。心中是无限的怜惜。认定她就是这辈子要厮守终生的女孩。可是，自始至终连她的手都没有牵过。后来就是毕业，后来就再也未曾见面，后来听说她嫁了人。

大学那场樱花漫天飘飞，惊世绝艳。从未见过那么美丽的樱花，从未见过那么美丽的女孩。樱花的开期很短，只有那么短短的几天。几天的时间把人世间所有的繁华与凋零演绎得淋漓尽致。那段感情，

竟与樱花的开期一般相似。还未来得及惊呼出声，如同一道闪电，乍放，然后迅速消失。永远消失。水痕一般，归于平静。樱花在那座校园仍然一年一度地开放，可是我再也没有回去。再也回不去了。

总会很认真地去看那个女孩的博客。停在记忆里的那张笑容，永远是七岁时的模样。这么多年来，一直有着淡淡的牵挂。曾经出现在我生命里的那段最惊心动魄的寻找，就是关于她。二十一年后我们终于见面，她早已为人妇。她邀我去她的家里，在她家里，我只停留了一分钟的时间，然后说再见。看她的博客，知道她怀了身孕，很幸福。那个男人，是她生命中最重要的人，她所深爱的人。而即将出生的孩子，是她的未来。

在这座城市，在某个荒芜冷寂的夜晚遇到了一个女孩。如同白色的康乃馨，静静开放的一个女孩。从北京漂流到深圳，居无定所。她的生活习性就是不断地漂泊下去，从一座城市到另一座城市。我们住一起吧。有一天她说。我却残忍地拒绝，因为那时我自知我正陷于经济上的困境，我无力去养活她。虽然她并不需要我养她。然后，她去了另一座城市，继续她的漂泊生涯。

这么多年来，我就这么安静地活着。一个人，始终。安静地爱。从不恨，从不抱怨。我知道什么是属于我的，什么是不属于我的。我早已看透了很多。所以，从不强求。从来都是这么淡然。或许在某个时候，心里会很难过，很难过，甚至有想哭的冲动。但是总是让自己面带微笑，即使这微笑后面是烟花般残忍的灭寂。

很多的时候我在想，我还会爱吗？因为爱对于我来说，的确是一件如同上古时代的事，遥远如星辰。只有仰望。好在我是一个喜欢写文字的人，于是在文字里编织一些似是而非的爱。所以爱并不陌生。我总是把自己融入到文字里每一个人物的灵魂里，然后与他们一起呼吸。他们都是有爱的。我始终相信，是爱，让他们具有了光辉的人性。即使他们中的一些人总是那样孤独而沉重。我始终相信这个世界上，爱是主导一切的元素。可是我是一个残忍的人，我总是不会让他们得到他们所渴望得到的爱。爱伸手可及，但是那永远是别人的事，与我无关。爱是一件奢侈品。

我很累。一个人。我总是会这样觉得。经常下班回来后就倒在床上呼呼睡去，澡也不洗。懒得洗。睡了两个钟头又起来，上网，看书。重复着这样的生活。有时头痛欲裂。于是就一个人到外面去散步。很高很高的天空下，我的影子凄清而渺小。有时想到一些人，一些事，我会微笑，微笑里是隐忍的忧伤。

有一次半夜里醒来，发现自己脸上满是泪痕。不记得做了什么梦，会让自己在梦里也这样难过。

你还记得你曾经在年少时的梦想吗？

你还记得那个曾让你辗转反侧的美好的身影吗？

你还记得那个曾让你感动无数遍的笑容吗？

你还记得那些天真烂漫的海誓山盟吗？

你还记得那些曾让你泪流满面的事吗？

你还记得你仰望天空里飘来飘去的云朵时难过的心情吗？

你还记得吗？

如果你还记得，你会微笑着默默擦去眼角的泪水吗？

像风一样地过去了。现在，只剩下我自己。我仍是在行走，我仍是一个人在行走，我仍是将一个人去行走。没有人陪伴，也不奢望陪伴的那个人会奇迹一般出现。心中的难过开始泛滥，但我竭力控制住了。我依然微笑。我想我会在这座城市继续待下去，我想我会仍旧这样安静地生活下去，我想我的绝望感依然会在心中时不时涌现。

突然想起弘一法师圆寂前写的一句话：悲欣交集。

抬头望望窗外，发现天色已亮。我想我要休息了。

让我安静地睡会。我的眼睛很疲倦了。

我的梦里会有什么呢？我不知道。

可是我知道，会有天使守在我身边，默默看着我平静的脸庞。

她守护了我二十多年。
她的名字叫孤独。

2007 年 7 月 16 凌晨 6 点

孤独的孩子

我一直以为，我写得最好的小说，是《雪落的声音》。但是，似乎没有人承认。

这部小说，关于雪原，关于大森林，关于那些美丽的传说与神话，也是关于普通人的梦想，宿命，情感。我在短短十万字里倾注了我二十多年的人生体验和阅读体验，给小说注入了强烈的悲悯情怀和探索意识。文笔优美，意境悠远。

然而结果却是，稿子发遍全国大小出版社，没有一家出版社愿意接受出版。至今，只能放在电脑上，孤芳自赏。

我从未怀疑过自己的创作才华，对于自己呕心沥血的这部小说的价值，亦从未怀疑过。但是不为大家所接受的原因，我亦做过深刻反省。我总结出来的最主要的原因就是，题材不符合当下人们的审美惯性，写作手法太过剑走偏锋，现实小说不像现实小说，浪漫小说不像浪漫小说，也不像是爱情小说，也不像是奇幻小说。无法归类，连我自己也无法归类。

太过于新奇的小说，似乎很难为大众所理解，所接受。

我是一个聪明的人，在图书市场上走一圈，很快就明白人们欢迎什么样的作品。于是，我逢迎着人们的阅读喜好，写最纯粹的爱情小说，把自己从未经历过的那些虚构的爱情故事写得回肠荡气，催人泪下。于是，小说很快就被接受出版。

可是，那些小说根本不是我当初要写的。那是我向图书市场妥协的结果。事实上我自己从不认为我已出版的小说会比《雪落的声音》好。《雪落的声音》在我心中就像一颗王冠上的明珠，我在想即使十年之后我也未必能写出这样的作品来。但是这样的小说是不为大众所理解，所接受的。

我继续写着那些可以马上受到大众欢迎的滥俗小说，也无比珍爱地守护着我视若明珠的《雪落的声音》。它是我孤独的孩子，值得我用一生来怜惜。

2007年7月23日

行为艺术就是裸体艺术吗

7月29日和友人去关山月美术馆看画展。三楼的画展主题是“开放的水墨”，友人写了篇文章专门对此做了描述和评论。另外三楼还有一组行为艺术的绘画作品，友人在文章中没有提到，我在此做点补充记录。

说到行为艺术，很多人在受到媒体误导的情况下一般将行为艺术狭隘地理解为“裸体艺术”，并予以非艺术性地讥讽与嘲笑。事实上行为艺术是观念艺术的一种，是艺术家通过人体的变化多端的姿态与动作来表现外在社会现象或自我个性化的内在感受。我所看到的这一组行为艺术的绘画作品，很有意思，一个身穿长袍的年轻男子，端然而立，阳刚干净，却被突如其来的大朵的墨汁溅了一脸。绘画所表现的就是墨汁泼向脸庞的瞬间定格，而表演者凝然不动，宠辱不惊。我不是美术专业出身，对于现代艺术不可能从专业的角度予以评判，只能从初步的审美视觉来欣赏。说实话我没有看懂这些绘画所表达出来的意义，据我的理解，艺术家或许想以此表达个体生命在自我世界的展示中所呈现的某种荒谬与扭曲，以及对现世人类精神遭到强暴的抗议与控诉，并由此引发人们对现代个体生命意义重构的思索与解读。在后现代艺术潮流中，艺术家们疯狂追逐异质与模糊的抽象表达方式，将理性与感知融入夸张的意象形态，自觉不自觉地拉远了与观众的距离，显得异常曲高和寡。或许艺术追求的就是一种高处不胜寒的高雅姿态，而当代艺术家们本身对传统的叛逆性决定了他们必然选择某种喃喃自语，追求更加个性的表达方式，即使那些方式散漫而疏离。在艺术探索与更新的勇气上，我向这些无名的艺术家们表示默默

的钦佩。同时我盼望着艺术家们在艺术表现的情感体现中寻求到与观众心灵相通的途径。

2007 年 7 月 30 日

我们需要什么样的爱情与婚姻

Cindy 是我 2004 年在某网络公司工作时的同事，已经许久不见。今天突然出现在 MSN 上跟我打招呼。我感到很惊喜，我说，猪，死哪里去了，嫁人了没有？她说，嫁了，正闹着离婚呢。我问你老公做什么的。她说，你见过。于是我就想起 2005 年在她生日时见的那个男人，一脸的成熟与沧桑。

Cindy2006 年离开深圳，回到南宁，春节的时候和她现在的老公结婚。听说还在深圳的时候，就开始吵闹。明明已经感情不和，却不知道为什么还要结婚。或许仅仅是为了维系那根本已脆弱的感情线？所谓鸡肋，嚼之无味，弃之可惜。

我的一个在深圳的律师朋友，和女朋友爱情长跑 5 年，终于在 2005 年结婚。他说，似乎已经没有了什么感情，但还是决定与她结婚，因为有道德上的义务，不能辜负了她。然而，终于在 2006 年又办了离婚手续。两个人在空荡荡的房间里，经常是相对无言，同床异梦。离婚，是最好的结局。

我最好的朋友，就是我在《深圳，没有爱情的城市》中写到的那个林，2004 年与他的女朋友结婚，3 年的时间大小架不知道吵了多少回。两个人从未了解过对方。结婚，是因为不小心怀上了孩子。上个月，他提着个箱子，恓恓惶惶地搬出了家，两人已决定离婚。再也没有商量的余地。

婚姻是什么呢？不仅仅是两个人领张结婚证，然后在一起过日子那么简单吧。

我在非常社区上看见很多的征婚信息，也匆匆浏览了一些。发现有很多女人都急切地要把自己嫁出去。更有甚者，有的女人在征婚要求里强调今年就要结婚，并且年内就要有宝宝。突然感到很滑稽，很

荒谬，似乎是在读一篇卡夫卡的小说。然而类似的征婚信息每天依然如炸弹般轰炸我们的视野。

是太寂寞了吗?

是，大家都很寂寞。于是把婚姻当成摆脱寂寞的唯一途径。或者你也可以有形形色色的理由：比如自己年纪大了，还不嫁别人笑话了；比如家里催了，烦死了；比如婚姻本来就是人生的一个过场，必须要去完成这样一个秀等。你可以举出更多的理由。

丝毫没有嘲笑婚姻的意思。事实上我亦到了结婚的年龄。我中学时的所有的同学，都结婚了，就我至今独身。但似乎并不急，父母也理解，从来不催我。

我一直在想，我将来的婚姻会是怎么样的。一直以来我最欣赏的是赵明诚和李清照的婚姻。两个人的婚姻建立在相同的文化水平和文化品格上，建立在相互欣赏相互敬重的心灵感知上。所以两个人可以相濡以沫 28 年。可是后来李清照同样陷入一段婚姻悲剧。赵明诚去世 3 年后，李清照嫁给了一个财吏张汝州。跟赵明诚比起来，张汝州简直就是人渣，他不仅仅不会去欣赏并尊重这样一个风华绝代的奇女子，还经常施之以暴力。3 个月后，李清照终于忍无可忍，毅然向官府提出与张汝州离婚。大家一般都知道李清照和赵明诚的爱情，而不知道她再嫁并离婚的事，因为李清照在我们的心里实在是太完美了，连历史老人都不忍心把她那段并不光彩的事公之于众，生怕有损李清照完美的形象。我在大学时读到李清照与张汝州的婚姻故事，然后对比她与赵明诚的婚姻，感慨不已，后来写了一篇戏剧，把两个人的婚姻生活做了鲜明的比照。我得出的结论就是：两个人一定要在文化水平与文化品格这两个层面上保持相当的一致，才具备相互欣赏相互理解的可能，建立在这种基础上的爱情与婚姻才可能长久。

李清照是幸运的，她在 18 岁上碰到了年轻的赵明诚。虽说后来有那么一段荒谬的再婚史，但无悔此生。因为在她一生大部分的时间里，她与一个对的人生活在一起。他们生活当中也偶尔会有点小摩擦，但事后都是莞尔一笑，感情更深。他们一起同样过着柴米油盐的平静的生活，但相同的爱好与志趣让他们沉醉在书画金刻、诗词歌赋里，并乐此不疲，由此保持着长久的感情，日久弥香。

如果有一天，我碰到了那个对的人，那个值得我用一生去呵护的女人，当我向她求婚的时候，我不会动用价值上万的金戒指，我只用一本书，这本书就是《香草山》。我相信她会感受到我对她一生坚定的承诺，我相信她会感动得流下泪来。

并且，有一天，我会用我自己优美的文笔，给她写一本新书。这本书，是属于我们俩的“香草山”。我会在书的扉页上郑重写道：献给与我共同面对并承受人生中所有甜蜜与痛苦的我最深爱的伟大的妻子。

《圣经》里说：良人属于我，我也属于他。他在百合花中牧群羊。

未来的我亲爱的爱人，我们要去香草山上幸福地生活。香草山上，蓝天白云，水草丰美。

2007 年 8 月

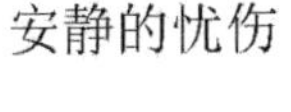

11 岁小男孩卖冰棒挣一年学费

这是我自己的故事。

小时候，家里在小镇上开了个服装店子，但是印象中，似乎是年年亏损，欠了很多债，往往借东家还西家，永远也还不清。所以，家里的生活永远都那么拮据。我和弟弟每个学期的学费都让父母感到头疼。那时的学费其实不高，才 30 多块钱一个学期。但是每到开学了，家里似乎就没钱了，不知道钱到哪里去了。

那年我 11 岁，读完了小学五年级。放暑假的时候，我决定跟其他的小孩子一样，去卖冰棒，给自己挣学费。

我央求妈妈给我买了一个小冰棒箱，开始了我人生中第一段“创业”经历。

那时的冰棒只有 4 个品种：白冰棒，绿豆冰棒，鲜奶雪糕，绿豆雪糕。白冰棒进价是 5 分一个，卖 1 毛钱；绿豆冰棒进价是 6 分一个，也是卖 1 毛钱；鲜奶雪糕和绿豆雪糕进价都是 1 毛钱一个，卖两毛。每天上午 9 点多的时候，吃完早饭，我就背着小冰棒箱去冰棍厂进货了。我一般第一次进货会进 10 个白冰棒，10 个绿豆冰棒，5 个雪糕。如果全部卖完，可以挣 1.4 元。我的小冰棒箱是塑料泡沫做的，非常轻巧，箱子里头底下铺一块毛巾，把冰棒堆砌在毛巾上，又把一块毛巾放在冰棒上，防止融化。走出冰棒厂，就开始沿着马路叫卖：冰棒豆子冰棒雪糕啊——冰棒豆子冰棒雪糕啊——

突然想起小时候唱的那首儿歌：啦啦啦，啦啦啦，我是卖报的小行家……

刚开始卖冰棒的时候，因为害羞，不敢大声叫卖，只是在马路上默默走着，东张西望，听到有人喊，哎，买一根。就停下来，卖给他一根。过了几天，胆子慢慢大了，也就敢叫了。

在路上大声叫卖的时候，经常会碰到班上的同学。小时候，我是一个非常害羞的男孩子，不敢跟女生交往。所以，如果在我卖冰棒的时候，看到班上的女同学，我就会觉得很不好意思，停止叫卖，低着头，装作没看见，走过去。可气的是，有些女同学看见我了，就叫我的名字，要买我的冰棒，我也无可奈何，只好犹犹豫豫走过去，卖给她一根。完了之后，拔腿就跑，心里祈祷，以后不要再叫我碰到她。

车站是最好卖的地方，那里人多。没来车的时候，在候车室里朝着等车的乘客叫卖。一旦来了车，马上跑到车下，仰着头朝着车里的乘客疯一样地叫喊：冰棒豆子冰棒雪糕啊——冰棒豆子冰棒雪糕啊——这时的生意是最好的，车里的乘客纷纷探出头来买冰棒。递冰棒，收钱，找钱，忙得不亦乐乎。有时一箱冰棒马上就卖完了。来不及想其他的，又赶紧一路小跑，跑到二里地远的冰棒厂去进货。然后又走上二里地，回到车站来，等着下一班车来。

因为一辆车只停几分钟，所以有的无耻的乘客拿了冰棒后，装模作样地掏钱，掏了半天一分钱也没掏出来，眼看车就要开了，急得我在车下面大声喊：快点啦，车要开啦！好多乘客就凭这一招白白骗走了我的冰棒。

经常也会碰到下雨天。一下雨，生意就会非常不好，冰棒卖不出去，眼看着要融化了，就只好自己吃。好在我非常喜欢吃冰棒，平常生意好可舍不得吃上一个，吃快要融化的冰棒是冠冕堂皇，吃得心安理得。那时，比我小 4 岁的弟弟也经常跟着我去卖冰棒。冰棒快融化了，于是我们哥俩就狂吃。

经常在烈日下往返奔波，那时心里只有一个念头，就是赚钱，多赚钱。赚了钱，学费就出来了，赚了钱，家里就会轻松许多了。所以从那时起，我就学会了吃苦，学会了节省，学会了体谅父母。每天把挣到的钱，都放进自己的储蓄罐，每天都数上几遍，心里充满了快乐。

那个暑假过去了。当时的班主任知道我卖冰棒的事，所以在新开学的课堂上问我，你卖冰棒挣了多少钱啊？我骄傲地回答：100 块。班主任就不住地夸我。

是的，100 块，足够我兄弟俩一整年的学费了。

2008 年 8 月 10 日

国庆假期，你会回家看望父母吗

国庆假期很快就要到了，很多人开始筹划他们的旅游计划。有朋友打电话来问我打算去哪玩，打不打算回家。

我差不多快有两年没回家了。本来去年过年要回去的，到了广州火车站，听得人说受雪灾影响，火车根本开不动，于是又不得不折回深圳来。6月份的时候，一个朋友买了辆新车，回了趟老家，回去前问我回不回去，要回的话坐他的车一起回去。6月份没有假期，来回折腾也太麻烦，就没回去。

9月12号早上8点多，突然接到母亲的电话，她说她肋下生了个黄豆大小的粒，要去动手术。我吓了一跳，忙问究竟。母亲说，这个粒有两个多月了，开始的时候只是痒，没怎么注意，这段时间一碰就疼了。我叫母亲马上就去动手术，拖延不得。当天我就到银行给母亲汇了一笔钱回去。13号，母亲动了手术。电话里说，是个很小的手术，几分钟就完事了，但是为防意外，那个切下来的粒要送到市人民医院去做化验，怕有什么病变，结果要5天后才出来。这5天里我一直在担心。5天后我给母亲打电话问化验的结果，母亲口气轻松，说医院打电话来了，说没事。我大大吁了一口气。

说到国庆放假的事，母亲问我回不回家一趟。我想了一会儿，还是决定不回。我虽然在证券公司工作，但工作时间特别自由，完全自己安排。正因为时间充足，于是开始自主创业，创业的项目叫作SEO服务，就是给企业网站做优化，并给想通过SEO赚钱的个人进行这方面的培训。业务开展虽不到两个月，但是发展很顺利，前景也非常看好。

我之所以不回去，主要是考虑到这个创业项目的问题。第一，我每天晚上8: 30要准时给学员进行网络远程培训，回家上网就极其不方便了；第二，我想利用这次假期好好做几份营销活动策划方案，以待假期过后更好地开展自己的业务；第三，还有两本很长的书稿，要利用时间好好赶一下。

所以，我决定不回去。母亲也很能理解我，说那就过年再回好了。母亲一向很理解我。比如在婚姻这样的终身大事上，母亲虽然平时也偶尔提提，但是从来不会催我，更加不会来逼迫我，只说顺其自然。所以对比很多老是被家人逼迫结婚的朋友，我已经很幸福了。

父亲现在离家 20 多里的一个地方给人当会计，每个月 800 元，但母亲说，已经 3 个月没有发工资了，估计这工资要拖到 11 月份去了。好在现在家里经济情况已经慢慢好转了，暂时也不缺父亲那点工资。最让我欣慰的是，父亲的身体还很硬朗。我跟父亲似乎没有跟母亲那样亲密，一年到头也难得跟父亲通一次电话。父亲在生活中很善谈，但在电话里完全不会表达，干巴巴地说那么两句，经常就主动把电话给挂了，所以我也懒得跟他通电话。上次中秋节，一大早，父亲放假回家，他吃饭的当儿，我打了电话回家，跟父亲说了几句话。听到母亲说我现在事业进展得不错，也很高兴，问我到底做的是个什么东西。我没法跟父亲解释那个 SEO，估计他也听不大明白。聊了几句，父亲又是习惯性地说，我挂了啊。于是就挂了。

知道家里一切安好，我心中喜乐，觉得这是人生最幸福的事。

国庆不回家，但是我会想着家里人的。

2008 年 9 月 26 日

创业未成身先死，长使兄弟泪满襟

我曾在我的一篇文章里提到过一位朋友，他的名字叫李新雪。李新雪，男，湖南益阳人，2006 年 5 月 1 日，因患腹膜癌，不幸逝世，卒年 29 岁。

相 识

2003 年 3 月 29 日，我来到深圳找工作，我最好的朋友老肖把我接到他租的房子里。房子是一室一厅，我进去的时候，看见卧室里有一个人正在玩电脑。他就是李新雪，老肖的大学同学，见我进来，向我点了点头。我也向他点了点头。我们就这样认识了。

李新雪性格比较怪僻，老肖常叫他“星宿老怪”。因“新雪”与“星宿”发音很接近，所以几乎所有认识他的人，都叫他星宿。我也跟着这样叫。

老肖常说李新雪很抠门，舍不得花钱。其实也难怪，他是跑业务的，换过好几份工作，底薪通常都只有 1500 元左右，他业绩也不大怎么好，省着点花也是正常的。但是老肖很看不惯他的斤斤计较。那时，大家在一起做饭吃，李新雪就经常不去买菜，也懒得动，老肖对他很有意见。我和老肖是最要好的朋友，老肖这样看他，我自然也是跟老肖站一边。

7 月份，我大学毕业，再次来到深圳，仍是与老肖和李新雪住一起。从 7 月份一直到 12 月份，我都没有找到一份正式的工作，没有任何的收入来源。从 8 月份起，我身上带的那点钱就花光了。这时老肖表现出一个真正的朋友的义气，他那时每个月的工资也只有 1500

元，但是他毅然无私地从他那点工资里挤出一部分来给我花。在最困难的时候，他身上只有200元钱，他还拿出100元来给我。

本来我跟李新雪的关系也只是君子之交淡如水，虽然睡在同一间房里，但是平常跟他很少有什么交流，因为觉得跟他交流似乎很困难。他的很多想法总是很偏激。他平常买菜时的抠门也让我有点看不惯。可有一次交房租时，本来是三个人分摊，而我已经身无分文，老肖必须要给我出我那一部分，这时李新雪主动提出，尹高洁现在没找到工作，很困难，老肖你少出一点吧。这等于是，他也帮我分摊了部分房租。

那一刻，我在旁边看着，虽然口里没说什么，但是对他却是充满了感激之情。

还有一次，老肖的工资因为没有及时发下来，他身上也没钱了，于是向李新雪借了100元。第二天早上，老肖匆匆上班去了，我连吃顿午饭的钱都没有了，只好硬着头皮开口向李新雪借钱。他说，如果你以后要借钱，最好晚上借，哪有早上借钱的道理？但他还是借给我了。不管怎么说，他能借给我，我已经很感激了。

在你陷入困境的时候，帮助过你的人，都应该感激他一辈子。这样的人，就是你的兄弟。以后不管他遇到什么困难，你都应该好好回报他。

2005年，我的第一本书出版，一下子拿了不少稿费，经济上很宽裕。而那段时间，他却失业好几个月，经济上陷入窘迫，当他开口向我借钱的时候，我毫不犹豫地借了给他。我没有管他什么时候还，因为我觉得已经没有那个必要了。

情　感

李新雪大学从来没有谈过女朋友，我想，这是他毕生的遗憾。

他2001年大学毕业后就来到深圳，5年过去了，仍然没有谈过女朋友。老肖说，李新雪不舍得投入资金。因为谁都知道，在深圳这个现实的城市，谈女朋友得舍得花钱。

我与李新雪共同生活的3年当中，只看见他认真追求过一个女孩

子。他的这段感情历程我亲眼见证，从最开始的躁动喜悦，到后来的凋零颓败。

那个女孩子是老肖的女朋友的大学同学，当时是在湖南长沙。很偶然的，李新雪要到了那个女孩子的 QQ 号码，于是他们在网上聊了起来。看起来聊得很投机，于是李新雪开始动了真情。据说李新雪大学从来没有追过女孩子，那么，这应该是李新雪的初恋了。

那时已经是 2005 年，李新雪来深圳已经 4 年了。4 年，换了很多家公司，但是一直都不如意。他曾经想通过自己一个人的奋斗，在深圳闯下一片天地。但是现实让他强烈认识到，光凭他一个人的力量，没法拥有一份自己的事业。他需要一个工作上和生活上的好伴侣，与他一起奋斗。而对这个女孩子，他跟我分析她的情况来：她是学外贸的，如果到深圳来找份薪水不错的工作，不会有很大问题，那么他就有个可靠的后方，可以让他安心地去创业。

想法非常不错。但是他是否有足够的把握让那个女孩子离开长沙到深圳来，来到他的身边呢？他显得很有信心。可是作为旁观者的我，丝毫看不出他的信心来自哪里。诚然，他是一个好人，但是现在的女孩子都是很现实的，好人又怎么样呢？更何况这只是一段网恋而已。

我想那个女孩子一定通过老肖的女朋友对李新雪的状况和为人有了一定了解。他性格不好，很怪僻，这是每个人都知道的。他也没有任何存款，一直过着两袖清风的日子。我把我自己想象成一个女孩子，从现实情况考虑，我是绝对不会因为一段轻率的网恋，离开长沙千里迢迢跑到深圳来投奔他的。爱情？现在有几个人肯相信有那么崇高的爱情？

可是李新雪似乎没有我们这样的“觉悟”，他仍然固执地相信某种所谓的“爱情”。我想，这是一个太过单纯的人，因为他从来没有经历过感情的事。虽然也是奔三的人了，但是在看待感情这回事上，还是显得极为幼稚。

那年的十一黄金假，他打算去长沙看那个女孩子，把他们的关系确定下来。正好那时中秋节也碰在一起。他拉着我去超市买月饼，打算送盒月饼给她。在超市逛了一个多小时，发现最便宜的月饼也要 100 元，他有点舍不得，就对我说，长沙的月饼应该比较便宜，还是到长沙再买。

我有点哭笑不得。

他满怀着一种在我看来虚无的信心踏上了去长沙的列车。7 天之后，他回来了，灰头土脸，人似乎瘦了一圈。

后来我知道，他到了那个女孩子的宿舍楼底下，那女孩子死活不肯下来。7 天的时间，她硬是铁石心肠地没有给他见一次面的机会。

其实从一开始，我就知道，李新雪只不过是在自作多情而已。可悲的是，他居然把一段网恋当成了他理想中爱情的全部寄托。这就是一个深圳男人的爱情，一段根本不可能有任何结果的爱情。它发生在我的朋友身上，凄凄然，留下一个空洞的背影。

今天想来，我突然感到那么伤感，那么悲凉。

创　业

深圳 5 年，李新雪创过一次业。

时间是 2004 年。大学毕业 3 年了，一直在不停变换着工作，给人打工，工资多的时候，也拿过七八千，但次数非常少。更多的时候，是一两千、两三千，在深圳这样一个高消费的城市，堪堪维持着基本的生活，不可能有什么其他的娱乐活动。

他终于决定开始自己创业了。

深圳有全国最大电子批发市场，而这块市场主要就集中在深圳最繁华的地段华强北。高高耸立的赛格广场，是华强北的标志性建筑，在赛格广场里面，可以找到任何你需要的电子产品。

由于业务的原因，李新雪经常要跑赛格，也听到了无数创业财富的奇迹。他经常回来跟我们说起，某某人，曾经穷得怎么怎么样，后来借钱在赛格租了个柜台，倒卖什么什么产品，两年下来就赚了 500 万。

他也开始行动了。他看中了一个什么品牌的摄像头，能拿到比较好的进货价。于是他辞掉了工作，花了 3000 元在赛格也租了一个半米的柜台，卖起了摄像头来。

在 2004 年的时候，我对创业还没什么概念。那时，我虽然也在

跑业务，但是业绩一直都不怎么好，于是也就吊儿郎当地混着，心里想着的还是去考研，跑业务只是混口饭吃。所以，我对李新雪的那次创业并没有过多的关注，很少过问他的事。

那几个月的时间，看见他非常地忙碌，经常很晚才回来。

可以看得出，他的创业发展得不是很顺利，经常回来话也很少。果然有一天，听说他把赛格租的柜台退了，房子里马上堆了一堆摄像头，许久过去也没看见他怎么处理掉。

这是我们相处3年中，我看见他的唯一的一次创业。这次创业以失败告终。我后来问他有没有亏，他口头上说没有。到底有没有亏，我也不清楚。

2005年的时候，我们经常晚上很无聊，除了看电视，不知道干些什么。李新雪曾经提议，不如我们去进些货，晚上到新一佳超市门口的天桥上去卖。新一佳超市门口的天桥上的人流量，一到了晚上非常大，很多小贩都在那摆地摊。我觉得李新雪的提议很好，也附和着。但是最后大家也只是说说，并没有任何实际的行动。

自从李新雪那次创业失败之后，他依然跟以前一样，变换着不同的工作，给不同的公司打工。

伤　逝

2006年年初，我发现他的肚子胀起来了。他自己也没怎么在意，我就更加没怎么在意了。他本来就生得壮实，打篮球经常带球撞人，肚子大了，估计是人发福了，谁也不会往不好的地方去想。

3月份，他老对我说身体不舒服。于是我叫他去医院检查一下。他去了深圳北大医院检查，没检查出什么问题来，医生叫他先交1000元的押金给医院，到医院来好好观察。他觉得很可笑。每个人都知道深圳的医院是吞金噬血的魔窟，再大的家产，到里面转个圈，出来估计就只剩条内裤了。他觉得他可没那么傻，好端端把1000元往水里抛。

他又到了一家医院检查，回来后他对我说，有可能是血吸病。我说怎么可能呢，血吸病在深圳这种地方怎么可能有呢？但如果真的只是血吸病倒也好了，血吸病很容易治的。

他感觉越来越不舒服了，终于决定回老家益阳一趟。3 月 18 日，他起程回益阳。回去前，他对我说，他不久就会回深圳来的。

可是，自那一别，他就再也没有回深圳。

不久之后，我就听到了他已是腹膜癌晚期的消息。那个晚上，我躺在被窝里，听老肖在电话里说到那个结果，一边听，一边浑身瑟瑟发抖。

4 月的某天，他给我打了一个电话。看来亲戚朋友还瞒着他，并没有让他知道最后的确诊结果。他说，癌的几率只有 2%。我问他，现在能吃饭吗？他说，能吃饭就好了，只能吃一点稀饭，起床走路也很困难。我听到这里，知道已经彻底完了。但是我只能安慰他，安心好好治疗，留得青山在，不怕没柴烧。我还问他什么时候可以回深圳，他说，3 个月之后应该可以回来。看来，他对自己还没有绝望。

终于有一天，亲人们把他从医院接回了家里，因为医生说已经没法治了，催促着抬回家去等死。这时，亲人才把结果告诉他。

他彻底崩溃了。

后来我听李新雪的一个大学同学说起，李新雪给他打了电话，说下辈子再做兄弟。他听了，眼泪唰唰地流。

后来我给李新雪的弟弟打电话，了解情况，他弟弟说，他现在已经不能说话了。他弟弟说，李新雪知道自己的结果后，每天流泪痛哭，不断地说，我不甘心啊，我不甘心啊……

29 岁大好年华，情感世界一片空白，工作没有任何起色，却突然之间就要从这个世界上彻底消失，谁，谁，谁能甘心啊！

2006 年 5 月 1 日，我的朋友李新雪含恨而死。

结尾：我们应该怎么活

两年多过去了，李新雪的身形面容经常在我梦里出现。我努力想把这个人忘掉。前几天翻出以前很多的名片，一张一张看过去，无意间看到他的名片，看了一会儿，然后连同所有的名片全都扔到了垃圾袋子里。

他只是芸芸众生里一个非常非常普通的人，普通到可以被所有的人轻易地忘掉。深圳几个跟他交往较多的朋友偶尔聚在一起，都是谈着自己的工作，话题里再也没有李新雪这三个字。

但是他带给我的震撼实在是太大了，说要忘记，谈何容易。我从来没有如此近距离地感受过死亡的气息。我从来没有如此痛彻心扉地体验过生命的脆弱。我从来没有如此清晰地看见青春在我眼前活生生地消亡。

李新雪的早逝让我深刻无比地体会到，世界上，真的再也没有比生命更加重要的东西了。

但是，当生命握在手里的时候，我们也同样要认识到，怎样才能让自己短暂的生命焕发出生动的光彩，可以让我们在生命结束的时候，不至于含泪说：我不甘心啊，我不甘心……

我经常认为，我的朋友李新雪这辈子真的是太不值当了。我庆幸我还活着，我还可以大胆地去爱，大胆地去追求我喜欢的女孩子，我更加可以放开脚步，为了自己成功的梦想去努力地拼搏奋斗。我觉得在我的生命还很年轻还很健康的时候，我一定要把我这辈子该实现的那些梦想都一一实现，我一定不能让自己这辈子充满了那些无穷无尽的遗憾与缺憾。

没有人能够阻止我追求爱、追求成功的步伐。

同样，没有人能够阻止你们我们他们追求爱、追求成功的步伐。

我的朋友们，让我们一起加油！

2008 年 10 月 23 日

窈窕淑女，君子好逑

很多人在说到“窈窕淑女，君子好逑”这句话时，都会把“好”念成 hào。原因在于他们把“逑”当成了动词“求”，而实际上，“逑”是一个名词。这个普遍的错误，不能怪大家，源头在老师那儿。老师教错了，于是传开了去，大家跟着错。

这里的“好”应该念 hǎo，是“美好”的意思。“逑”，是“对象”的意思。好逑，就是美好的对象。“窈窕淑女，君子好逑”，意思就是善良美丽的女子，是好男人想要追求的美好的对象。

十二年前，我买了一本《诗经注译》，至今还带在身边。诗经里的那些男女爱情的诗歌，非常优雅迷人。所有美好的爱情里面，我以为，含蓄，默契，是最美好的感觉，也是最值得长久咀嚼回味的感觉。所谓两情若是久长时，又岂在朝朝暮暮。便相隔万里，两下里微微一笑，知道彼此对彼此的心意和关怀。

倾城之恋的魅力，乃在死生契阔，与子相悦；执子之手，与子偕老。

2009 年 8 月 19 日

深圳，我们流离失所的生活

乔说，我们在钱柜612。

换上一件干净的T恤。挤上公交车，40分钟后换乘地铁。

下了地铁，平在出口等我。于是一起进入钱柜。电梯门开了，看见一个女孩正等在那里。一身绿色的连衣裙，温婉动人的笑容。她优雅地伸出手，说，你好，我是乔。

十几个人坐在包厢里，男男女女，都是陌生的面孔。一个女孩在唱歌。是《寂寞在唱歌》。那个我喜欢的歌手阿桑，已经去了天堂。你听寂寞在唱歌，轻轻地，狠狠地。这样轻易撕裂一个人的灵魂。

乔随意介绍了几个人，相互之间淡淡地点头。然后给我们打开啤酒，然后很豪爽地敬酒。然后点歌，唱歌。

这样的场景，很熟悉。因为已经很多年。

唱完歌，然后一起去酒楼吃饭。是咸亨酒楼。那个我们印象中可怜又可悲的孔乙己，成为酒楼的代言人。所有可以利用的历史或虚构名人，都可以轻易进入我们的商业体系。习惯，让我们不会再有滑稽的感觉。不会有反讽。不会有荒诞。

乔是那天的主人。她请每个人都介绍自己。每个人都尽量保持低调，淡淡的几句话，像风过去，不会在记忆里留下任何痕迹。每个人都知道，吃完这顿饭，就会风流云散。不会再有相聚的机会。

偶尔的笑声。偶尔的说话声。寂静在流淌。会感觉相隔如此之近，却是遥遥相望。

转头看乔，她缓缓地把一匙汤送进口里，然后用一张白纸巾轻轻地抹抹嘴唇。脸上始终是微微的笑容。

终于散了。

跟一群原本不熟悉的人说再见。

这是国贸，深圳最繁华的地段之一。华灯闪耀。车辆拥挤。人群喧哗。欲望丛生。

抬头看看天空。这是浩渺的夜空。没有月亮，只有几颗淡淡的星星。但是霓虹灯把夜空照耀得恍如宫殿。宫殿微微地倾摇。星星开始流离失所。

把乔送到她公寓楼的底下，然后轻轻挥手说再见。不知道会不会再见。

然后与平一起，转身，离开。

身后长长的影子，紧紧地跟随我们，生怕被我们抛弃。

2009 年 9 月 15 日

我是个安静的男人

今天早上起来，天气突然变了，阴阴的，后来开始下雨。这是春天绵绵的细雨，安静地下着。

今年以来，好像还没有跟朋友认认真真聚过一次。只是4月1日那天，一个朋友的公司开业，我去道了声贺，因为晚上还有工作，就没有和他们去吃饭喝酒，一个人回来。

一个人在家里。

其实我很喜欢热闹。我喜欢和朋友吃吃饭，聊聊天，唱唱歌。和朋友在一起，总是会有简单的快乐，内心的充实。

我讨厌寂寞。

可是，寂寞总是与我为伴。

更多的时候，我都是坐在电脑前。

我不喜欢抽烟，不喜欢喝酒，不喜欢打游戏，不喜欢泡夜店。

我只喜欢在网络上看电影，听音乐，写博客，看新闻。

我的工作和生活都无法离开网络。我通过网络赚钱，赚的比很多人都要多。这让我有充分的自由可以每天睡到自然醒。

自由的生活，自由的爱。

多年来的艰辛打拼，我已经拥有了自由的生活。但是，我的生活里缺少爱，缺少温暖。

我从小就是一个安静的孩子。安安静静坐在某个地方思考，安安静静坐在桌前写东西。我的脸上有时带着微笑。微笑里是隐忍的寂寞和忧伤。

长大了，我仍然如此安静。曾经，也是那么安安静静地喜欢过某个女孩，安安静静坐在她身边，看着她。就这样，心里感觉简单的快乐。

我从来都是非常简单的一个男人。一个希望通过自己的努力过上好的生活的男人。一个希望跟自己心爱的女人幸福地生活的男人。

我对生活真的没有太多的奢求，只想安安静静地做我喜欢做的事，安安静静地爱我所爱的女人。

我希望每个晚上可以和她依在沙发上看无聊的电视；

我希望在被窝里蜷缩着睡觉的时候怀里同样蜷缩着她的身子；

我希望每天早上醒来可以看到她真实地躺在我的身边；

我希望我在电脑上工作累了的时候她可以为我端来一杯清水；

我希望每个礼拜的周末和她去莲花山上或中心公园手牵手安静地散步；

我希望她可以偶尔陪我一起去美术馆静静地欣赏那里的画；

我希望我可以经常陪她去看她喜欢的好莱坞电影，或是一场盛大的音乐会；

我希望我们可以偶尔在星巴克喝上一杯咖啡，开心地说着一些琐碎的话语；

我希望可以一起到我们未曾到过的地方去旅行；

我希望可以为她在海边拍下很多美丽的相片；

我希望每次吻她的时候，都会在她耳边轻轻地说那句很俗气但是很温馨的“我爱你”；

我希望她为我生一个美丽的小公主，然后看着我们的小公主慢慢长大。

我只希望和我心爱的女人这样安安静静地相爱。我希望这样安安静静地相爱一辈子，不抛弃，不放弃，不分离。

2010 年 4 月 15 日

我的世界杯情结

今天晚上10点，南非世界杯就要开幕了，首场是南非VS墨西哥，在约翰内斯堡大球场举行。

这一天，我盼了4年了。南非世界杯，你终于来了。

我与足球结缘，起于2001年世界杯亚洲区十强赛。在那之前，我对足球完完全全没有任何概念。那时有同学每期都在买一份叫《体坛周报》的报纸，我偶尔也翻翻，对足球方面的新闻很少关注，最感兴趣的是围棋新闻。好笑的是，我对围棋也不懂，至今不会下，只会一点五子棋，也属于菜鸟之列。

我记得有一次，在大食堂里吃饭，看到很多人站在那里，仰着头看上面的一台24英寸的彩电，里面正在播放一场足球赛。我闲着无聊，也凑过去看了一下。那是中国客场对马尔代夫的一场球，最终结果是1∶0。中国球员在后场把个球倒过来倒过去，就是不往前踢。我觉得很奇怪，就问旁边的人，这就是踢足球？这有什么好看的？我撇撇嘴，端着饭钵就走了。

2001年的十强赛，刚开始的时候我也没有去关注。只是每到赛事开始，好像觉得整个校园都空了，原来大部分人都到校外的投影厅里看足球直播去了。同学们一看完球回来，还在兴致勃勃地谈足球。十强赛开了个好头，中国队连连克敌，风头正劲，进世界杯大有希望。我受到同学们的影响，也忍不住，在十强赛第三场比赛的时候，随同学们去看球了。那是2001年9月8日，中国客场打卡塔尔，前面80多分钟，中国都被卡塔尔压着打，0∶1落后。眼看就要客场输球，出线形势不利，在第89分钟，李玮峰接队友开出的任意球，高高跃起，把球狠狠砸入卡塔尔的大门。那一刻，所有的人都沸腾了。包括我这个十足的足球菜鸟。

从此我就喜欢上了足球。跟所有的球迷一样，盼着下一场足球赛事的到来。每次看完球，与同学们一路回来，都要大谈特谈。那时我最搞不清的一个问题就是“越位”，同学中的资深球迷不厌其烦一遍一遍地详细讲解，我才明白。越懂足球，就越喜欢看。不过我要承认，对于什么战术，什么阵型，我仍然有点不清不楚。但是这完全不妨碍我看球的兴致。

2001 年 10 月 7 日，沈阳五里河体育场，中国主场 1∶0 战胜阿曼。那天晚上，看球的那个大大的投影厅狂热不已。因为中国队提前两轮出线，历史上首次晋级世界杯决赛圈。

2002 年的韩日世界杯如期而来。那是大学三年级最后一个月了。马上就要期末考试，但是整座校园没有人去提考试，几乎所有的人都在谈论世界杯。我大约看了二三十场比赛，有时在门卫工作室里看，有时在大食堂里看，有时在别的寝室里看，有时在投影厅里看。那时我觉得我真是疯了。不过比起那些连看 64 场比赛的铁杆球迷，我还不够疯。

巴西 VS 德国的决赛，巴西 2∶0 夺冠。那天晚上，我喜欢上了华丽的巴西，喜欢上了那个神一样的罗纳尔多。

韩日世界杯过后，我经常和寝室里的兄弟，半夜爬起来，跑到校外投影厅看 2: 45 开赛的意甲球赛。韩日世界杯已经把我彻底塑造成了一个球迷。凡是重大赛事，比如冠军杯淘汰赛，我和寝室的兄弟们一定要去看。我至今还记得，2003 年 5 月底，那时“非典”还没结束，学校封闭管理，晚上绝对不允许外出。我和寝室几个兄弟，偷偷绕了好大一个圈子，像做贼一样，溜出了学校，跑到外面投影厅里看冠军杯决赛 AC 米兰 VS 尤文图斯。最终 AC 米兰点球胜出。从此，AC 米兰成为我心中最爱的俱乐部。

大学毕业后，我来到了深圳打工，由于工作很不稳定，连台电视都买不起，看球就别提了。2004 年欧洲杯开始了，另外 3 个与我合租的朋友，商量着一起凑了 480 元钱，每人出了 120 元钱，买了一台二手的创维彩电，24 英寸的。我当时身上只有几十块钱，根本拿不出 120 块钱，我那一份还是向他们借的。于是，那年的欧洲杯，看了好几十场，还算过瘾。

2006 年，我们合租的几个人风消云散，我一个人搬到了一间只有

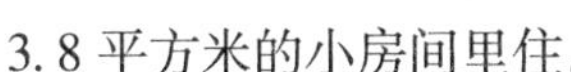

3.8 平方米的小房间里住。

小房间只能放一张木板床，一张书桌，那台二手的电视我花了一点钱，从他们几个手里买下了，就放在书桌上。因为工作不如意，也不知道未来可以干些什么，每天晚上下了班，无所事事，就是看电视。

2006 年的世界杯是在德国举行。那时，我在一家网络公司上班，3 个月试用期过了，由于业绩不好，我也萌生去意。世界杯开赛前，我就在想，是不是考虑辞职，专心在屋子里看球。那天是 6 月 9 日，世界杯开赛的日子。下午，我正在电脑前，不知该干些什么，估计是在上网瞎看新闻之类的，忽然，部门销售总监把我叫去了，对我说，鉴于我的工作表现，不再适合继续在公司工作。这样，我被辞退了。

被辞退后我很高兴，因为可以堂而皇之地看世界杯了，也不用找什么借口去请假了。当时在我心里，绝对没有比世界杯更重要的事情。那天，我的一个同事，也因为业绩不佳，主动辞职了。他约我到他的出租屋里去看世界杯。我欣然前往。

那天晚上零点，我们两个就在他的出租屋里，看了世界杯开幕赛，德国 VS 哥斯达黎加。第二场波兰 VS 厄瓜多尔，因为是凌晨 3: 00开赛的，实在熬不住，就睡过去了。第二天，我回到了我那 3.8 平方米的小房间，开始了黑白颠倒的日子，晚上看球，白天睡觉。64 场比赛，我看了 54 场，感觉是非常非常地疯狂。

不过，看了一个礼拜的球之后，我又去找新的工作了，因为以我的经济状况，如果不工作的话，我挨不了多久。在世界杯还没结束的时候，我就找到了一份新的工作。

2008 年的欧洲杯，我是在网吧里看的，因为我那台二手的电视，早在 2007 年初就以 180 元的价格转让出去了，一直没买新的电视。

2008 年 8 月我开始第 4 次创业，这次创业取得了成功。2010 年 3 月我在深圳布吉买下了一套房子。5 月初，我搬进了我的新房，购置了崭新的家私家电。我特意选购了一台 32 英寸的创维液晶电视，挂在墙壁上。我平常基本上不看电视，买这台宽屏的液晶电视的唯一目的，就是为了看今年的南非世界杯。跟 4 年前的心情一样，充满了期待和激情，唯一不同的是，我看球的环境得到了大大的改善。我可以躺在宽大柔软的沙发上看，喝着啤酒，嚼着花生米，看球的时候永远也不必像4年前那样，还惦记着须得找份工作，不然可熬不下去了。这两年来，我学会了怎么赚钱，学会了怎么享受品质生活。只有赚到了足够的钱，或者说，只有拥有了赚钱的能力，才能心无牵挂地去享受生活，去开心地做自己想做、喜欢做的事情。

今天下午我打算去买一大箱方便面，为凌晨的球赛做准备。我记得大学时，我们寝室的兄弟们，最享受的事情就是，半夜打牌打得饿了，就泡上一包方便面，边吃边继续打牌。我已经很多年没有吃过方便面了，我想，我现在最享受的事情，就是在凌晨看球的时候，肚子饿了，泡上一包方便面，边吃边看。

这是我的世界杯。这是我的生活。

2010年6月11日

我在深圳8年的独白

2003年3月29日清晨6点多，从湖南长沙出发的一列火车，缓缓驶进深圳火车站。

我挎着一个书包，书包里塞了一本书和几件换洗衣裤，下了车。

我随人流走出火车站，抬头望了望天空，眼神里充满了期待。

我记得那天清晨的天空是有些灰蒙蒙的，但是空气新鲜。于是我不知所然、莫名其妙地开始喜欢上了深圳。

那时，我是一个还未毕业的、正在四处求职的大学生。青春年少，风华正茂。

我那时的梦想，就是能找一份好工作。

后来我知道，所有梦想的开始，其实都是噩梦的开始。

很长很长的一段时间，深圳对于我来说，不是一个美丽的梦幻，而是一个接一个的梦魇。

我吃过很多的苦，受过很多的委屈。在那些苦难的日子里，陪伴我的，只有一个日记本。

所有的痛苦、委屈、辛酸、伤感、孤独、悲凉、哀怨、恓惶，都写在我每天的日记本里。

我失去了朋友（包括背叛的、离开的、死去的），失去了爱情（包括主动放弃的、一厢情愿的、无可奈何的），也失去了我的青春。

唯一没有失去的，是我自己。

我没有放弃我自己，因此我也得到了很多。我得到的，都是我付出了比常人多出十倍的努力得来的。

我出版了小说，实现了从初中就开始做的那个痴痴的“作家梦”；我买了房子，在深圳这个寸土寸金的地方有了自己的安身之地；我开创了自己的网络事业，受到许许多多人的尊重。

我义无反顾地挑起了我的家庭所有的负担，让我的家庭从此走出贫困和卑微的境地，让我的家人在别人面前终于可以不再卑躬屈膝，从此可以扬眉吐气地走路。

今天，是2011年3月29日。我来到深圳整整8周年（让我想起8年抗战，战火纷飞）。

2006年5月1日，我的一位跟我同住了三年的朋友的死去，曾经给过我巨大的生命震撼。而我今天还健康地活在这里，我要感谢上苍。我还有很多未完成的梦想。

每当我精神不振的时候，我就会跑到一个僻静无人的地方，振臂高呼：上帝啊，赐予我力量吧，让我完成我所要完成的事业！

常常因为这句话，我泪流满面，甚至嚎啕痛哭。

一个男人的痛哭，会是多么令人揪心的情景，你可曾见过？

如果有一天，我离开深圳，我希望那时的我已经实现了我所有的梦想。我希望我可以了无遗憾地离开。

现在是春天，回首过去的8年，我悲欣交集。

2011年3月29日

秋日的私语

很长一段时间，我都是一个人生活。书城和星巴克是我最常去的地方。而在书城的一楼，就是一家星巴克。买了书以后，我会到星巴克里小坐一会儿，点上一杯卡布奇诺。然后，翻看我从书城里买的新书。

新书的香味，咖啡的香味，混合在一起。空气里是种淡淡的愉悦和寂寞。

有时我会带上手提电脑，直接去星巴克。在网络上游荡的时候，心灵很自由。电脑上播放着我喜欢的歌曲。没有音乐的世界无法想象。

喜欢阿桑的所有歌曲。阿桑的中低音纯净得如一片蔚蓝的海水，波浪一声声轻轻拍打，忧伤和难过的感觉悄然涌上心头。阿桑的声音寂寞得如深山里一朵花开，绝望和残忍能把灵魂撕裂。听阿桑的歌，心里总是又温暖，又潮湿。

我的灵感总会在歌声中来临。我在键盘上轻轻敲击，一些美丽的文字就这样流淌出来，带着韵律和色彩，带着情愫和欲望。很多的时候，我的文字会把一些人感动到想哭。

我只是帮他们完成了一次内心的倾诉。

在深圳待久了，总是渴望远行。

我想起我第一次坐飞机。飞机在机场上飞快地滑翔，我的头略微有些晕眩。在飞机蓦然离地冲天的一刹那，似乎感觉整个的灵魂，也冲上了无尽的天宇。

当飞机在万米高空稳稳飞行时，我的脑海里总是不停地幻想一个画面：飞机突然发生故障，迅速坠落，所有的乘客恐惧地大声尖叫。

我带着微笑，默默取出手机，给我最爱的那个女孩，发出最后一条短信：我在天堂，继续爱你。

可是那个画面仅仅是在脑海中演绎。而我那时，也没有我所爱的女孩。

飞机安全降落，我走出机舱，外面的寒风刮进我的脖子。我抬头望了一眼黑夜的天空，寻找我那还未落地的灵魂。

那次是去无锡参加一个大学同学的婚礼。

婚礼上，新郎向新娘表白说：我从高中起，就在外地读书，然后一直四处漂泊，一路寻找我所爱的女孩。终于有一天，我找到了你。

背景音乐的声音逐渐放大，显得深情而忧伤。新娘泪流满面。作为伴郎的我，也是忍不住热泪盈眶。

我祝他们幸福。然后，我背起行囊，开始我下一站旅行。

我不知道下一站等待我的是什么，我只是想不停地旅行下去。

想起范冰冰主演的一部电影《观音山》。三个年轻人，站在一列火车上。火车风驰电掣地往黑暗的前方奔驰，呼啸的风漫过他们的头发和衣服。他们在风里大声地尖叫呐喊。他们不知道他们要去往何方。铁轨无尽地延伸，人生也无尽地延伸。

那一刻，我感觉到生命的美好。

我在苏州一个大学同学那里做短暂的停留。他一个人蜗居在一间6平方米的出租房里。房间里凌乱地摆放着杂物。看到那个情景，我感觉很心酸。原来生活是这样的不容易。

我跟他谈起我们的大学时代，谈起那一个个早已远去的熟悉而陌生的人。

那时我们还无忧无虑，肆意地浪费着每一个白天和夜晚。一座校园里，回荡着我们青春的笑声。还有那低低的哭泣声。

而一转眼，我们就各奔东西，在各自的生活里，起起落落，浮浮沉沉。

从苏州到上海，然后乘飞机返回深圳。

生活一如既往，没有任何改变。我还是会经常一个人到星巴克去，坐在那里，点上一杯咖啡，看书，上网，听音乐，看电影，写字。

一个朋友推荐我上了一个文学论坛。很快我就喜欢上了这个论坛。这是深圳一群喜欢文学的人，集资创办的一个公益的文学论坛。他们还创办了一份杂志，免费发送。

这个论坛聚集了一批有才华的人。他们未曾谋面，但相互吸引。他们散落在深圳各个角落，在冷酷的现实里，写着温暖的文字。

我把自己的文字也发了上去。但是从不回帖、跟帖。

我在他们中间，也游离在他们之外。

梦瑶出现的时候，是一个夏日的午后。

长长的秀发，洁白的裙子，清丽的面容，甜美的微笑。如柳条一般轻柔，如流水一般清丽，如玉石一般温婉。

她不是江南女子，可是我感觉，她比江南女子还纯粹。

看到她的第一眼，我在心里想：这是水边的阿狄丽娜吗？

很多年前的一个秋天的傍晚，23岁的理查德·克莱德曼在塞纳河岸边散步。晚霞映照着埃菲尔铁塔，秋风把法国梧桐树吹得沙沙响。风光怡人。忽然，他看到一个长发的女孩，在河边半蹲着，洗着纱布，动作优雅，姿势美妙，神情专注。女孩清丽脱俗的气质，在秋日的黄昏里，与大自然完美地融合在一起。

克莱德曼惊呆了，然后他立即谱写下了那首优美的《水边的阿狄丽娜》。

我们去了一家咖啡厅。咖啡厅靠窗的座位已经满了，我们选了一个中间的位置。光线稍微有点暗淡。服务生问我们点什么咖啡。

我说，卡布奇诺。

然后我问梦瑶，你要什么？

梦瑶说，卡布奇诺。

我笑了笑，对服务生说，两杯卡布奇诺。

我们安静地聊天。聊天的方式是我喜欢的。很随意，没有固定的主题。这样更好，可以保持心灵的自由和愉悦。

我似乎已经很久没有这样的聊天，尤其是跟一个美丽的女孩。在咖啡气息营造的氛围里，我一度有种把所有的心声都倾诉的渴望。

人与人之间，有时存在着某种无法言说的联系，内心潜藏的很多欲望和梦想，会被这种联系一点点地激发出来。最后，成为生命继续下去的最大的理由。

梦瑶忽然说，你听，这是什么曲子？

我这才留意到，原来咖啡厅里播放了一首新的曲子，是我们共同喜欢的理查德·克莱德曼的钢琴曲《秋日的私语》。

那一刻，因为恍惚间听到关于生命的某种神秘的启示，因为感觉到生活可能会出现某种意想不到的改变，我突然间沉默下来，低头啜了一下咖啡，内心里似乎感觉到我此刻坐在了一列风驰电掣的火车上，呼啸的风一阵阵地漫过去，无止无尽。这是生命又一次的出发和重生。

在一瞬间，我想起了我在飞机上幻想的那个画面，想起了那条未曾发出的短信：我在天堂，继续爱你。

是的，我爱你。

2011 年 5 月 12 日

沁园春·竹

宜丰竹原，青照西北，翠映东南。瞰层峦叠嶂，宛如游龙；云山雾海，翩若惊鸾。春雨绵绵，秋风肃肃，千里总是美画卷。须青莲，笔落鬼斧，直上九天。

我辞故乡经年，惹牵魂绕梦一日还。看幼笋探土，依然欣欣；泪竹刺天，犹自斑斑。几只鹧鸪，数声杜鹃，不掩青壮歌无边。试借问，苍翠深处，何人卷帘？

——写于 2013 年 3 月 24 日下午。十几年没填词了，几乎是不会填了。凭着大学时念过的一些古典诗词的粗疏功底，草成此词。这是替远在江西宜丰的一位朋友写的，并且以其身份、口吻来写。这位朋友精通书画，而我不会书画，但是我喜欢给书画配诗词。

第一次写对联儿

一片白云，百竿修竹，宜居千家万户；
半轮明月，数声轻笑，丰收五鼎三牲。

注：内含“宜”“丰”二字。宜丰县，中国竹子之乡。

2013年4月18日

那座校园的传说

我1999年考入湘潭师范学院政教系，2003年毕业。在我毕业的那一年，湘潭师范学院和比邻的湘潭工学院合并成湖南科技大学。可以说，我正好是第一届湖南科技大学毕业生。

一转眼，我毕业有10年了，而湖南科技大学也成立10年了。在这10年里，我回过科大3次。第一次是2006年的春节前，和我的室友谢晓恒、王学军一块儿去的。第二次是2010年9月，我独自回学校取毕业证和学位证。第三次，则是今年4月底，回母校参加了法学院思政专业99级学生毕业10周年聚会。

每次回去，我都会把整个北院校区逛上一遍，并且会在樱花园、明湖、图书馆这3个地方停留比较久的时间。

那座校园，留给我很多很多的回忆。那些回忆里的故事，就成为了经久不息的传说。

关于兄弟

大一，我们4个新生，跟4个大四毕业生合住一间寝室，410寝室。4个师兄对我们这几个小学弟都颇多照顾，诲人不倦地传授我们所有有关学习、考试以及逃课、恋爱的经验。每次去馆子里吃饭，几个师兄都会叫上我们。印象最深的场景就是，和他们整天整天一块打扑克牌“炒地皮”。感情就在日复一日的相处中，渐渐浓厚。他们毕业的时候，一个个都很伤感。其中一个师兄感叹了一句话：“大学4年，情感一片空白！”让人唏嘘不已。而另一个年龄最大的师兄，他走的前一天，我们几个小学弟陪他静静坐在运动场边的石阶上，不多说话，只抽着香烟，好像集体都陷入了沉思。那是黄昏，夕阳如血。

师兄们毕业之后，一间寝室，便只剩下了我们4个新生。但另外一个姓晏的同学，从大一开始就与我们不合群，我们去馆子里吃饭，或其他什么活动，也从来不叫他。我们3个人是死党，每个人的生日，都会记得，好好庆祝；每个人的感情故事，都会去关注，各自献言献策。3条光棍，每次喝酒，都说，要是有朝一日能有6个人一块喝酒吃饭，该多好。李毅哲说，不可能。可是最后找到女朋友的，只有他。而曾晖，总是沉浸在过去的一段感情里，有一天回寝室，放声大哭，哭声是那么悲凉。我和李毅哲，只能默默地陪在他身边，也不劝。就让他哭吧，不需要劝。

大二，罗奕搬进了我们的寝室。以前跟罗奕不在同一间寝室，虽然是同学，平常也不过是点头之交而已。自从他进来，我发现我们有很多共同之处，关系一下就热络起来，经常同进同出。那时他喜欢我们班上一个最优秀的女生，还是我帮他去递的情书。后来，我喜欢中文系一个女生，也是他帮我去递的情书。

大三，从衡阳师范学院转进来3个专升本的同学，入住了我们寝室。其中一个小胖子睡我对面床，晚上那鼾声让我不胜其扰。终于有一天，我忍无可忍，搬到了509寝室。

跟509寝室结缘，是因为我经常去他们那里打扑克牌“炒地皮”。我精力充沛，经常在他们寝室打通宵。其中杨智勇最喜欢打牌，经常在上面朝下面喊：尹高洁，上来打通宵啊！我一听召唤，一溜烟就跑上去了。

509寝室汇聚了很有个性、也很优秀的一群人，应该说，509寝室是当时法学院99级公认的最优秀的一个寝室。记得普通话等级考试，另外一个班一共才3人过了二级甲等，我们509寝室就过了3个。还记得毕业前夕，院里邀请了8名优秀毕业生去与学弟们座谈，其中4个就是509成员。

509的谢晓恒，就睡在我对面的上铺。他是我整个大学时代最好的朋友和兄弟，我们在一块，自然而然就喜欢开玩笑，很轻松，很放松。我对晓恒最感激的一件事就是：大四的时候，我忽然有一天半夜被突如其来的病痛折磨得直叫唤，晓恒爬起来，搀扶我去校医院，一直陪我到中午。2010年11月，他在无锡结婚，我特意飞了过去，当他的伴郎。

毕业的那天晚上，我们寝室公认的最优秀的易奔同学请客吃散伙饭。那天晚上，我没有再多的话，敬了每个兄弟一大杯，数次来往洗手间，吐了喝，喝了吐。我忽然深刻地体会到当年4位师兄毕业时的心情。

我走的那天，是2003年6月25日上午。李毅哲和另外几个迟几天再走的同学送我。李毅哲抢过我的包，替我拿着。我在校门口，叫了一辆摩托，然后跟每个同学一一握手再见，然后，跨上摩托的后座，绝尘而去。回头望了一眼校门，校门上写着6个字：湘潭师范学院。

关于老师

我们是政教系9961班，班主任是戴开尧副教授。戴老师脸上总是一副笑眯眯的样子，非常亲切。戴老师曾给过我一次很大的鼓励，我至今记得。

那是大四第一个学期，我们即将奔赴底下的中学去做教育实习。在实习前，我们经常在教室里练习试讲。那天晚上，我们几个邀请了戴老师来给我们做试讲指导。我在台上试讲完，戴老师在下面称赞我说，你上课生动幽默，以后一定会是一名优秀的人民教师。我本来对自己试讲没有多少信心，但戴老师的那番表扬，给了我极大的信心。

但是多年后我并没有去学校当人民教师，而是在深圳做了一名SEO培训师，学员也有上千名。今年4月底回母校参加毕业10周年聚会，我特意走到戴老师面前，向他敬酒，并回忆起了那天晚上戴老师对我说过的话。我说到了我现在的培训事业，戴老师仍是笑眯眯地称赞说，好，好，那比当人民教师更好！

年轻的陈学明老师，其实是高我们5届的同系大师兄，毕业后留在政教系当干事，顺便也教我们一些课。但前面3年，我跟陈老师几乎没有什么交往。大四去株洲三中教育实习，我们那一组20几人，由陈老师领队。那时我们才熟起来。

当时我被分配给一个初二班当实习班主任，但却是给一个初一班讲政治课。陈老师不知出于什么考虑，竟安排我第一个去讲课，记得讲课的主题是“如何控制情绪”。那天，陈老师和我所有的同学，以及株洲三中的政治老师，都坐在教室后面，听我讲课。估计陈老师对我满怀期望，但是我却让他失望了。我讲课的风格天马行空，有点像大学老师讲课的风格，但却不适合初中生。下课后，陈老师斥责我“乱弹琴”。不过这事也就过去了，陈老师并没有放在心上。

平时没课的时候，陈老师很喜欢来我们男生宿舍，跟我们打成一片。我们经常在宿舍里打扑克牌“炒地皮”，刚开始，陈老师进来时，只看我们打，我们叫他一块打，他总是摆摆手不打。后来禁不住诱惑，也坐下来打。他的牌技只能用“烂”字来形容，但跟我们一样，打到高兴劲头上，也喜欢吹牛。记得有一次，他抓了一副绝好的牌，得意扬扬，扬言要灭了我们，但是我就在他得意忘形的时候，用3个王出其不意地掀了他的所有底牌。那一刻，我们所有的同学都大笑起来。每次想起跟陈老师在一块打牌的情景，就忍不住笑容浮上来。

在我们实习期间，碰上陈老师29岁生日。我们每个同学都凑了20元钱，给陈老师过生日。陈老师其实并不能喝，但是他装着很能喝。喝完之后，他估计是醉了，两个同学搀着他回去，一路上，他高唱“起来，不愿做奴隶的人们，把我们的血肉……”声音里充满了悲凉。

其实我们都知道他内心承受着巨大的压力。他的女朋友，也是我们政教系的龙师姐，考上了北京师范大学的研究生，他也想考研考到北京去。但是考了好几次都没考上。在我们实习期间，陈老师的房门经常紧闭，我们在外面打牌，他在里面读书。他不知道这一次他能否考上。

我们毕业之后，陈老师继续考研，后来听说考上了清华大学。后来，他又跟随他的女朋友，到了广州。两人爱情长跑多年，终于修成了正果。

我虽然是政教系（法学院）的学生，但是我最喜欢听中文系吴广平副教授的课。我没有去蹭过他的课，但是他做过好几次讲座，讲前秦、汉魏文学，我都去听过。他一口带有浓浓的汨罗口音的普通话，加上他生动幽默的讲话风格，让他的课充满了无限的魅力。没能正式成为吴广平老师的学生，是挺遗憾的事。因为我本来高考填报的是中

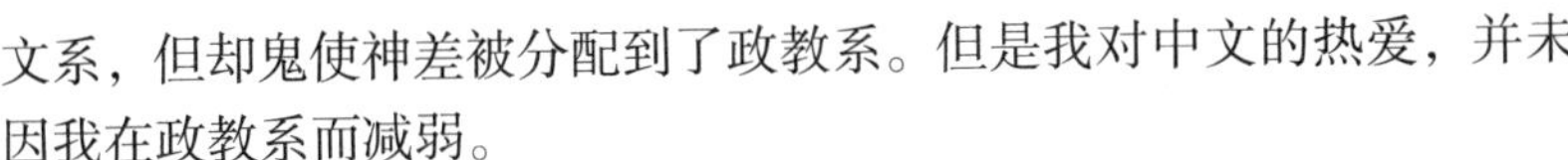

文系，但却鬼使神差被分配到了政教系。但是我对中文的热爱，并未因我在政教系而减弱。

2012 年，一个湘灵文学社的前任社长联系到了我，发给了我一段视频。那段视频是湘灵文学社 30 周年活动期间拍的。出乎我意料的是，吴老师竟在视频中提到了我，称我是湘灵文学社的杰出代表。

在湘灵文学社的一个 QQ 群里，有一天看到吴老师出来说话，我于是在群里跟吴老师打了招呼，很认真地说，吴老师是我大学 4 年最喜欢的一位老师，虽然您没有教过我的课。吴老师连说不敢不敢。

我在大一的时候就加入了湘灵文学社，是一名普通的社员。吴老师是湘灵文学社的指导老师，多年来一直兢兢业业地指导着湘灵文学社的工作。作为一名老社员，我由衷地希望湘灵文学社在吴老师的指导下，能够蒸蒸日上。

关于爱情

大学 4 年，我没有正经地谈过一次恋爱。这是我至今都深感遗憾的事。但是，我的心中也有爱恋的女孩，并且不止一个。

我记得大一军训结束之后，有一次在旧阶梯教室 101 房，听一个老师的讲座，座位都坐满了，很多人都站着。我忽然发现一个女孩，清纯而文静，我的注意力马上就转移到她的身上了。后来，在校园里，在图书馆里，很多次都遇到她。但是，我从未有勇气去主动与她打过招呼。后来，知道她是中文系的一个学姐。后来……没有后来。

我还记得大三的时候，有一个周末的晚上，我在主教学楼 5 楼的一间教室自习，到晚上 9 点多了，那间教室最后只剩下了我和一个陌生的女孩。我只看到了她的背影，但是感觉她会很漂亮。等到她起身出去后，我也收拾了书，悄悄地跟在她的后面，一路尾随到她的宿舍楼底下。然后，看着她走了进去。我发了会儿呆，然后又默默走回我的宿舍。此后，再也没见过她。其实我连她的面容都没看清楚。

当然，还有另外几个女孩，有的写过情书，有的只是默默关注。我想，那些其实都不能称之为“爱情”。唯一让我认定我爱过的女孩，是中文系自考班的一个女孩。

我在大一的时候，有一次在图书馆看到她，惊叹于她的美貌和气质，于是对她念念不忘。平时在校园里，偶尔也能遇见她。但是遇见也仅仅是遇见，我也不敢有什么行动。直到大二快结束了，有一天在主教学楼看到她，那一天她穿着一件墨绿色的长裙，美丽得让人眩目。我感觉我不能再等了，于是立刻叫室友罗奕给她送了一封长长的情书。当天晚上，她就给我打来了电话。那个晚上，是我大学4年最幸福的一个晚上。我第一次从电话里听到她的声音，她的声音好听得像风铃一样。几天之后，我们有了第一次的约会，也是唯一的一次。因为她是自考班的，而据她说，当时我们学校没有设立中文自考的本科课程，她下个学期就将奔赴湖南师范大学攻读中文本科学位。我只能感叹造化弄人。我没有在一开始遇见她的时候，就大胆地去认识她，结果，让我们从此擦肩而过。

但是，我仍然感谢她的出现。她让我感觉我大学4年，毕竟有过一次刻骨铭心的爱情。或许，那也不能叫作爱情，因为我们毕竟没有正式交往过。可是我一直都固执地认为，那就是属于我的爱情。虽然是那么地短暂，如同樱花从绽放到凋谢的瞬间繁华和瞬间消失。那么美丽，那么让人充满了无限的哀怨与忧伤。

毕业之后，我并没有像大部分同学一样，去中学当一名人民教师。我选择了去深圳打工，从最底层的业务员做起。虽然离开了校园，但是校园里那些景、那些人、那些事，总是不断地浮现在我脑海。我有了想把曾经的校园生活写下来的想法。

2005年5月，我出版了第一本长篇小说《一座校园的传说》。小说就是以我的母校湖南科技大学为背景，在书中，无数次出现了樱花园、明湖、图书馆。这本小说在2005年获得了畅销，风靡了很多的大学校园，其中的爱情故事、兄弟情谊，打动了无数的大学生，很多的学弟学妹都纷纷给我写信来谈他们的感受。整本小说弥漫着一股浓浓的忧伤。因为我在写作的时候，在回忆的时候，总是充满了忧伤。这忧伤，是对青春逝去的哀叹，对爱情失落的怅惘，对生命成长的拷问。

那座校园，在我的记忆里，在一届又一届的毕业生的记忆里，都慢慢成为了过往的风景。不管我们身在何处，我相信，我们每个人内心里，总会有一个温暖而潮湿的地方，那就是我们的母校。它注定会成为每个在那里就读过的学子心中永远的传说。

2013 年 10 月 24 日